古典詩歌研究彙刊

第十六輯

龔鵬程 主編

第21冊

顧貞觀詞學與詞研究

涂意敏 著

國家圖書館出版品預行編目資料

顧貞觀詞學與詞研究／涂意敏 著 -- 初版 -- 新北市：花木蘭文
化出版社，2014〔民 103〕
目 2+184 面；17×24 公分
（古典詩歌研究彙刊 第十五輯；第 21 冊）
ISBN 978-986-322-839-4（精裝）
1.（清）顧貞觀　2.清代詞　3.詞論
820.91　　　　　　　　　　　　　　　　103013527

ISBN-978-986-322-839-4

9 789863 228394

古典詩歌研究彙刊
第十六輯　第二十一冊　　　　　　ISBN：978-986-322-839-4

顧貞觀詞學與詞研究

作　　　者　涂意敏
主　　　編　龔鵬程
總 編 輯　杜潔祥
副總編輯　楊嘉樂
編　　　輯　許郁翎
出　　　版　花木蘭文化出版社
社　　　長　高小娟
聯絡地址　235 新北市中和區中安街七二號十三樓
　　　　　　電話：02-2923-1455／傳眞：02-2923-1452
網　　　址　http://www.huamulan.tw 信箱 hml 810518@gmail.com
印　　　刷　普羅文化出版廣告事業
初　　　版　2014 年 9 月
定　　　價　第十六輯 21 冊（精裝）新台幣 32,000 元

顧貞觀詞學與詞研究

涂意敏 著

作者簡介

涂意敏，東吳大學中文系碩士，現就讀東吳大學中文系博士班，研究領域為古典詞學。《顧貞觀詞學與詞研究》一書為碩士論文經修改而成，撰有〈選詞與傳心——顧貞觀詞與詞學研究〉、〈顧貞觀詞學思想論析〉、〈論《今詞初集》的編纂構想〉、〈今古恨，幾千般——論稼軒詞中的「恨」〉等單篇論文。

提　　要

　　顧貞觀（1637～1714），初名華文，後改名貞觀，字遠平、華峰，號梁汾，江蘇省無錫縣人。其與納蘭性德、曹貞吉並稱「京華三絕」，並與陳維崧、朱彝尊並稱「詞家三絕」。其《彈指詞》中存詞245首，又有詩集、序跋等文論留存，著作頗豐，然後世研究甚少。

　　本論文先述其出身背景，再依次考述顧貞觀在江南、京師等地行跡，以及晚年好友亡故後之際遇；其次則論述顧貞觀所處時代環境，及其交遊情形，以期對其生平有更全面了解。

　　顧貞觀詞學思想以天賦化成為首要條件、「抒寫性靈」為核心，並向外擴展為自然渾成與符合格律等詞論，同時強調填詞時不可拘於一格甚至抄襲前人，須兼容百家，獨創面目，本文即將顧貞觀之詞學理論分為：一、主張極情與性靈；二、兼備天賦和詞律；三、兼容百家及獨創；四、力倡尊體之觀念四點，依次論述之，以闡明其理論之進程與核心。

　　詞選集方面，顧貞觀與納蘭性德同選《今詞初集》，為清初重要詞選本之一，本論文依次論述此書編纂動機、選詞情形，並與同時代之《倚聲初集》、《古今詞選》相較其差異。

　　詞作方面，《彈指詞》為顧貞觀少年至青年時代的人生遭遇與心路歷程之紀錄，本論文則打破類別，將《彈指詞》中作品依時間分為在京十年、罷官奔走、生活隨筆三部分依次論述，將其生平與作品結合。

　　顧貞觀之文學生涯以詩開始，以詞輝煌，以詩終結，其作品以性情撰結而成，真摯誠懇，是清初詞壇中特出面貌者；且詞學思想頗具系統，又有詞選本輔佐之，可見顧貞觀確實曾想在詞壇中別開生面，無奈納蘭性德驟逝，遂風流雲散，令人惋惜，本論文即對顧貞觀之生平、交遊、詞論、詞選、詞作等方面進行論述，以期對顧貞觀之文學成就有全面了解。

目
次

第一章　緒　論

第一節　研究動機與目的

　　詞體原為歌筵酒畔、娛賓遣興之音樂文學，萌芽於唐，繁榮於兩宋，然衰頹於元明，最終在清代復興。清初詞家輩出，群體紛呈，流派競勢，雖曾經歷戰火，然清詞數量之多，仍遠超前代，據葉恭綽《全清詞鈔》統計，初選有四千多家，成編者約有 3196 家之多。〔註1〕

　　清詞的復興與清廷統治息息相關，在如此動盪的年代，文人莫不以詞寄託感懷，龍榆生云：「三百年來，屢經劇變，文壇豪傑之士，所有幽憂憤悱纏綿芳潔之情，不能無所寄託，乃復取沉晦已久之詞體，而相習用之，風氣既開，茲學遂呈中興之象」〔註2〕詞不僅作為發抒情感的媒介，更是種種社會與現實情況的反映，清代詞家賦予「填詞」一事更加深層的意義，嚴迪昌云：「清詞的堪稱輝煌豐碩，當然更重要的還在於它廣闊而豐富地表現了清朝 260 餘年間社會現實的諸種播遷，特別是它藝術地透現著這特定時代的人間百態在各個層次上的知識份子心頭所激起的哀樂與悸動」〔註3〕正因如此，詞在清代

〔註 1〕〔清〕葉恭綽：《全清詞鈔》（北京：中華書局，1982 年），頁 5。

〔註 2〕龍榆生：《近三百年名家詞選・後記》（上海：上海古籍出版社，1998 年），頁 225。

〔註 3〕嚴迪昌：《清詞史》（南京：江蘇古籍出版社，2001 年），頁 2。

已從淺斟低唱的小道末流，逐漸轉化成爲一種實用的文學體裁，嚴迪昌所云「清人之詞，已在整體意義上發展成爲與詩完全並立的抒情之體。」〔註4〕所言的確切中事實。

明末文人生逢易代之時，或誓死抗清，或隱居不出，或投效新朝，內心皆背負亡國破家的哀痛，現實的壓力亦迫使其在隱居及出仕之間掙扎，種種心境錯縱複雜。顧貞觀（1637～1714）即生活在此時代嬗變之際，其出身名門之後，曾祖顧憲成（1550～1612）爲東林黨創辦人之一，族中亦多有功名者，童年時因明代覆亡，隨父親隱居家鄉無錫。後由於好友吳兆騫（1631～1684）遭科場案牽連流放寧古塔，加以心中仍有經世之願，因此最終選擇出仕清廷，然卻仕途失意，有志難伸，官場十年後仍罷官而去，其人生失路之寥落可想而知。顧貞觀在京師與江南皆交遊廣闊，且往來者皆當代名士，如龔鼎孳、吳偉業、王士禎、嚴繩孫、秦松齡、姜宸英、曹溶、朱彝尊、陳維崧、吳綺、丁澎、汪懋麟、李漁、納蘭性德、徐乾學、周在浚等，顧貞觀與之往來，塡詞酬唱，共討學問，建立起自身之詞學思想。

顧貞觀在當時頗具盛名，其與朱彝尊、陳維崧並稱「詞家三絕」，又與納蘭性德、曹貞吉並稱「京華三絕」，在當世頗有盛名，其《彈指詞》更與徐釚《菊莊詞》、納蘭性德《側帽詞》共同傳至朝鮮，甚有「誰料曉風殘月後，而今重見柳屯田」之說〔註5〕，然顧貞觀的詞學成就卻不如朱彝尊、陳維崧、納蘭性德等受到學術界重視，在詞史論著如嚴迪昌《清詞史》及黃拔荆《中國詞史》中皆僅簡略敘述，並未詳說，謝桃坊《中國詞學史》更全未提及。歷來研究者也多專注於贈吳兆騫〈金縷曲〉二首的本事與賞析，至1996年卓清芬於《中國文學研究》中發表〈顧貞觀詞論探析〉一文，1999年李康化發表〈顧貞觀詞學思想論衡〉，爲研究顧貞觀詞與詞論的發端，其後方有2001

〔註4〕嚴迪昌：《清詞史》，頁2。
〔註5〕徐珂編：《清稗類鈔・知遇類》（北京：中華書局，1984年12月），第3冊，頁1420。

年政治大學在職進修碩士學位班吳幼貞《顧貞觀《彈指詞》研究》、
2002 年蘇州大學李娜《清初詞人顧貞觀研究》及 2008 年遼寧師范大
學許維娣《顧貞觀《彈指詞》研究》等學位論文發表，然其中對於顧
貞觀的詞論闡發與詞作分類仍有不足，如吳幼貞對顧貞觀詞論仍全數
沿用卓清芬與李康化看法，對詞作的分類亦有所缺誤；李娜則在詞作
分析上過於簡略，仍不能體現《彈指詞》的風格。

　　此外，關於顧貞觀與納蘭性德共同編纂的詞選本《今詞初集》，
由於上海古籍出版社於 2002 年出版《續修四庫全書》方有收錄，在
此之前絕少能見，故全無研究此書者，至 2008 年閔豐於《清初清詞
選本考論》一書中，專文對《今詞初集》選詞概況與特色概況有所分
析，以及 2008 年張宏生〈《今詞初集》與清初詞壇〉、2011 年葛恒剛
〈《今詞初集》與飲水詞派〉，三者為至今《今詞初集》相關研究之發
端。

　　《彈指詞》和《今詞初集》在當世皆頗受推崇，然顧貞觀的生平、
交遊、詞論、詞選、詞作等各方面的研究，仍有可待探討之處，故筆
者以顧貞觀生平經歷、交遊情況、詞學思想，以及《彈指詞》與《今
詞初集》二書作為探討對象，整合眾家說法，進行系統性的論述，以
期能對顧貞觀相關研究有所補充。

第二節　前人研究概況

　　顧貞觀填詞講究自然天成，因鑒於清初詞壇浮靡風氣，曾試圖開
創不同面貌之詞派，葛恒剛在〈《今詞初集》與飲水詞派〉中云：

> 飲水詞派作為清初一個重要的詞學流派，與陽羨詞派、浙
> 西詞派鼎足詞壇，是清初詞壇不可忽視的一極。……在清
> 初詞史上，具有重要的地位和價值。〔註6〕

可見以顧貞觀、納蘭性德為首的「飲水詞派」確實曾對當時詞壇產生

〔註 6〕葛恒剛：〈《今詞初集》與飲水詞派〉，《古籍整理研究學刊》（2011 年
　　5 月，第 3 期），頁 102。

影響，李娜云：「如果不是納蘭性德英年早逝，清初詞壇上就會出現一個性靈詞派。」〔註7〕，可知「飲水詞派」尚未成爲風勢便已雲散，甚爲可惜。

　　同爲此派的倡導者，納蘭性德的研究早已甚爲風行，相關著作亦甚爲豐富，但對顧貞觀的研究皆仍有待進行。目前對顧貞觀的研究可分爲（一）生平與交遊、（二）詞論、（三）《今詞初集》研究、（四）《彈指詞》研究等方面。

一、顧貞觀生平與交遊研究

　　顧貞觀曾涉足江南、京師各地，其生平行跡記載最詳者，乃其門人鄒升恆所撰〈梁汾公傳〉一文，其餘相關生平資料亦可散見於各種列傳，如《國朝詩人徵略初編》、《國朝耆獻徵略初編》、《清史稿》等；交遊方面資料亦散見於顧貞觀之《徵緯堂詩》或《彈指詞》等作品以及其友人詩文詞作品中，目前可見對顧貞觀生平有脈絡敘述者有張秉戍《彈指詞箋注》、李娜《清初詞人顧貞觀研究》、許維娣《顧貞觀《彈指詞》研究》、吳幼貞《顧貞觀《彈指詞》研究》三篇，然此三者皆論述較簡，未對顧貞觀各時期經歷進行詳盡敘述。此外，李娜所著者與張秉戍《彈指詞箋注》二書末皆附有顧貞觀年表，其中又以李娜考證較爲詳盡。

二、顧貞觀詞論研究

　　由於顧貞觀未有詞論專書，亦無文集，因此其詞論只可散見於其詞作序文、爲友人所作之序跋中，有關顧貞觀詞論之研究亦較少，目前見於相關專書中較有系統論述者有：（一）陳水雲《清代前中期詞學思想》〔註8〕；（二）李娜《清初詞人顧貞觀研究》等。獨立論文方

〔註7〕 李娜：《清初詞人顧貞觀研究》，蘇州大學碩士學位論文，2002年，頁26。

〔註8〕 陳水雲：《清代前中期詞學思想》（武漢：武漢大學出版社，1999年），頁177～181。

面則有李康化〈顧貞觀詞學思想論衡〉〔註9〕以及卓清芬〈顧貞觀詞論探析〉〔註10〕，無論是專書或獨立論文，皆已對顧貞觀詞論中尊詞體、極情、性靈等有所闡釋。

三、《今詞初集》研究

《今詞初集》為顧貞觀與納蘭性德共同編纂之詞選本，由其選詞情形亦可歸納出顧貞觀詞學理論，關於《今詞初集》之研究，目前以閔豐《清初清詞選本考論》一書中論述最為詳盡，其中將《今詞初集》的選錄作家與詞作之概況、特色等皆進行統計與分析。此外在葛恒剛〈《今詞初集》與飲水詞派〉〔註11〕、張宏生〈《今詞初集》與清初詞壇〉〔註12〕以及于佩琴〈論納蘭性德的編輯思想〉〔註13〕、陳水雲〈評康熙時期的選詞標準〉〔註14〕等皆對《今詞初集》中所代表的顧貞觀詞學思想，以及當時以顧貞觀、納蘭性德為首，即將萌發卻終未成勢的「飲水詞派」有所論述。

四、《彈指詞》研究

顧貞觀作品以贈吳兆騫〈金縷曲〉二首最廣為人知，有關其詞的賞析與研究大部分皆止於此二首作品，論其本事者有夏承燾〈顧貞觀

〔註9〕 李康化：〈顧貞觀詞學思想論衡〉，《學術月刊》（1999 年 04 期），頁75～81。此文後收於其《明清之際江南詞學思想研究》（成都：巴蜀書社，2001 年）一書中。

〔註10〕卓清芬〈顧貞觀詞論探析〉，《中國文學研究》，第 10 期，（1996 年 5月），頁91～108。

〔註11〕葛恒剛：〈《今詞初集》與飲水詞派〉，《古籍整理研究學刊》，2011 年5 月，第 3 期，頁 96～102。

〔註12〕張宏生〈《今詞初集》與清初詞壇〉，《南開學報（哲學社會科學版）》，2008 年，第 1 期，頁 113～123。此文後收入其《清詞嘆微》（上海：上海古籍出版社，2008 年 5 月），頁 254～276

〔註13〕于佩琴〈論納蘭性德的編輯思想〉，《承德民族師專學報》，第 26 卷，第 4 期，2006 年 11 月，頁 44～47。

〔註14〕陳水雲：〈評康熙時期的選詞標準〉，《武漢大學學報（哲學社會科學版）》，1998 年第 1 期（總第 234 期），頁 83～87。

寄吳漢槎〈金縷曲〉徵事〉〔註15〕、〈顧貞觀〈金縷曲〉補考〉〔註16〕、
宋海屏〈詞顧金縷曲本事〉〔註17〕、劉小燕〈略談吳兆騫返京原委〉
〔註18〕；論篇章結構與風格、影響者有瞿果行〈顧貞觀《金縷曲》「非
正聲」辯〉〔註19〕、陳民珠〈從顧貞觀「金縷曲・以詞代書」看清詞
的發展〉〔註20〕、吳兒容〈顧貞觀〈金縷曲〉二首篇章結構分析〉
〔註21〕、羅賢淑〈談顧貞觀深情真氣之〈金縷曲〉兩首〉〔註22〕等，
已對〈金縷曲〉二首的各層面論之甚詳。此外，對顧貞觀所有作品較
廣泛探討者則有高亢〈顧貞觀與《彈指詞》〉〔註23〕、鄭潔〈顧貞觀
詞簡論〉〔註24〕、余何〈問天公，生余何意——論顧貞觀的詠懷詞〉
〔註25〕、張學舉〈論顧貞觀《彈指詞》之「極情」特色〉〔註26〕等，
為顧貞觀作品勾勒出大致面貌。此外，尚有針對顧貞觀創作心境、詞
作與詞學實踐等議題探討者，如張兆年〈顧貞觀身世及文學實踐之矛

〔註15〕 夏承燾：《唐宋詞論叢》（北京：中華書局，1962 年），頁 288～293。

〔註16〕 夏承燾：《唐宋詞論叢》，頁 238～259。

〔註17〕 宋海屏：〈詞顧金縷曲本事〉，《中國文選》，第 39 期，1970 年 7 月，
　　　　頁 108～114。

〔註18〕 劉小燕：〈略談吳兆騫返京原委〉，《重慶科技學院學報（社會科學
　　　　版）》，2009 年第 11 期，頁 153、157。

〔註19〕 瞿果行：〈顧貞觀《金縷曲》「非正聲」辯〉，《蘇州大學學報（哲學
　　　　社會科學版）》，1992 年第 2 期，頁 140。

〔註20〕 陳民珠：〈從顧貞觀「金縷曲・以詞代書」看清詞的發展〉，《中華學
　　　　苑》，第 52 期，1999 年 2 月，頁 37～73。

〔註21〕 吳兒容：〈顧貞觀〈金縷曲〉二首篇章結構分析〉，《板中學報》，第 5
　　　　期，2006 年 5 月，頁 73～82。

〔註22〕 羅賢淑：〈談顧貞觀深情真氣之〈金縷曲〉兩首〉，《中國語文》，第
　　　　99 卷，第 1 期（總 589 期），2006 年 7 月，頁 43～51。

〔註23〕 高亢：〈顧貞觀與《彈指詞》〉，《承德民族師專學報》，1994 年第 3 期，
　　　　頁 17～22。

〔註24〕 鄭潔：〈顧貞觀詞簡論〉，《內蒙古煤炭經濟》，2006 年第 4 期，頁 73
　　　　～75。

〔註25〕 余何：〈問天公，生余何意—論顧貞觀的詠懷詞〉，《魯東大學學報（哲
　　　　學社會科學版）》，2007 年第 2 期，頁 67～69。

〔註26〕 張學舉：〈論顧貞觀《彈指詞》之「極情」特色〉，《隴東學院學報》，
　　　　2008 年第 6 期，頁 31～34。

盾芻議〉〔註27〕、陳桂娟〈顧貞觀詞「將身世之感打并入艷情」淺探〉〔註28〕、陳慶容〈顧貞觀塡詞前後心境考述〉〔註29〕等。

關於顧貞觀詞作有較爲詳細之論述者，則有嚴迪昌《清詞史》、李娜《清初詞人顧貞觀研究》、許維娣《顧貞觀《彈指詞》研究》等，然嚴迪昌其書爲概論性質，篇幅有限，僅列舉 7 首顧貞觀作品，以及魯超、毛際可、謝張鋌等少數時人與後人評論，說明《彈指詞》的詞風與特色；李娜亦僅以一節之篇幅，舉少數實例大略論述顧貞觀各類詞作特色，並未進行深述探討；許維娣書中雖有「《彈指詞》的藝術特色」一節，然其中全未對其詞作進行分類，所舉實例也未見賞析，甚爲可惜。

對顧貞觀詞作進行較詳細分類論述者首推張秉戍《彈指詞箋注》，將《彈指詞》分爲（一）抒懷吟志、（二）記遊覽勝、（三）友情戀情、（四）詠物詠古四類，分別解析，然友情與戀情、詠物與詠古實可再加以細分，可顯現其分類仍稍過廣泛。其次則有吳幼貞《顧貞觀《彈指詞》研究》，將其詞作分爲（一）交遊、（二）愛情、（三）抒懷、（四）記遊寫景、（五）詠物等進行論述，並解析其藝術手法與風格特色，在顧貞觀詞作分類及藝術特色等方面，吳幼貞皆有所闡述，然詞作分類上部分有待商榷，如「題畫作品」歷來被認爲與詠物同宗，或將之由詠物中脫出，獨立爲「題畫」一類，然吳氏將此類作品盡歸交遊類中，且未能對此類作品進行詳細分析，頗爲惋惜。此外，尚有 2010 年安徽大學儲慶之碩士學位論文《顧貞觀詞的前承與創新》，闡述顧貞觀詞作在內容風格、藝術手法上的繼承與創新，以及其詞作在詞史上的地位與影響。

〔註27〕 張兆年：〈顧貞觀身世及文學實踐之矛盾芻議〉，《現代語文（文學研究版)》，2008 年第 7 期，頁 34～35。

〔註28〕 陳桂娟：〈顧貞觀詞「將身世之感打并入艷情」淺探〉，《承德民族師專學報》，2007 年第 4 期，頁 41～42。

〔註29〕 陳慶容：〈顧貞觀塡詞前後心境考述〉，《東吳中文研究集刊》，第 16 期，2010 年 10 月，頁 55～68。

第三節　研究材料與進行步驟

一、研究材料

　　本論文以顧貞觀生平背景、交遊情況、所處時代之政治環境、詞學思想、詞選本編選及詞作內容等面向，作爲探析顧貞觀詞學、詞選與詞作對於清初詞壇之價值與貢獻。研究材料以顧貞觀詞集、詞選以及友人序跋爲主，並旁及當代文獻以及近人研究資料。本論文主要所用材料出處，分述如下：

（一）引用傳記資料

　　顧貞觀生平主要見於鄒升恆撰〈梁汾公傳〉〔註30〕，以及其詞集與序跋中，其年表有張秉戍編〈顧貞觀年譜〉、李娜編〈顧貞觀年表〉，另參考顧貞觀與友人吳兆騫往來之信件，以及朱彝尊、陳維崧、王士禎、徐乾學、納蘭性德、嚴繩孫、秦松齡、吳興祚、李漁、杜詔、諸洛、鄒升恆等著作相關記載之片段資料。

　　史傳、方志資料參自斐大中等修、秦緗業等纂《無錫金匱縣志》〔註31〕、南京師範大學古文獻整理研究所編《江蘇藝文志》〔註32〕、張維屛撰《國朝詩人徵略初編》〔註33〕、吳修編《昭代名人尺牘小傳》〔註34〕、趙爾巽編《清史稿‧文苑傳》〔註35〕、李桓編《國朝耆獻類

〔註30〕　〔清〕鄒升恆撰：〈梁汾公傳〉，見〔清〕顧貞觀撰、張秉戍箋注：《彈指詞箋注》（北京：北京出版社，2000 年 1 月），頁 3～7。

〔註31〕　〔清〕斐大中、秦緗業等纂：《無錫金匱縣志》，收入《中國方志叢書》（臺北：成文出版社，1970 年）

〔註32〕　南京師範大學古文獻整理研究所編：《江蘇藝文志》（南京：江蘇人民出版社，1994 年）

〔註33〕　〔清〕張維屛撰：《國朝詩人徵略初編》，收入《清代傳記叢刊》，冊 21，頁 349～351。

〔註34〕　〔清〕吳修編：《昭代名人尺牘小傳》，收入《清代傳記叢刊》，冊 30，頁 386～387。

〔註35〕　〔清〕趙爾巽：《清史稿》，收入《清代傳記叢刊》，冊 94，頁 699～700。

徵初編》〔註36〕、蔡冠洛編《清代七百名人傳》〔註37〕、陳莫纕等修，倪師孟等纂《吳江縣志》〔註38〕、李元度編《國朝先正事略》〔註39〕。

（二）引用顧貞觀詩詞與詞選

詩集方面，2000 年北京出版社出版《四庫未收書輯刊》第七輯第二十八冊中有顧貞觀《徵緯堂詩》二卷。

詞集方面，顧貞觀詞作僅《彈指詞》，今日通行之《彈指詞》單行本則爲北京出版社於 2000 年出版，由張秉成以枕經葄重刻本爲底本，參以《四部備要》本及《清名家詞》校勘而成者，收詞共 245 首，爲迄今收詞最多，且全數箋注者，本論文引用皆採此本。

詞選方面，顧貞觀與納蘭性德同選《今詞初集》，上海古籍出版社 2002 年出版《續修四庫全書》收錄清康熙刻本影印本。2007 年江蘇鳳凰出版社《清詞珍本叢刊》則據之影印出版，本文引用以《清詞珍本叢刊》爲主。

此外，尚有《顧梁汾先生詩詞集》一書，爲顧貞觀詩詞合集，1934 年排印本現藏於傅斯年圖書館，台北廣文書局於 1970 年十月據此本影印出版，本論文所引顧貞觀詩詞作品，除以單行本爲主外，皆與此本進行比對。

（三）引用顧貞觀詞論

顧貞觀未有詞論專書，其論詞主要在與友人書信往來、序跋、詞作以及詞選本等論及，本論文所引顧貞觀詞論，皆蒐羅自（一）友人作品，如納蘭性德《飲水詞》與《通志堂集》、吳兆騫《秋笳集》、蔣

〔註36〕 〔清〕李桓：《國朝耆獻類徵初編》，收入《清代傳記叢刊》，冊 151，頁 277～279。

〔註37〕 蔡冠洛編：《清代七百名人傳》，收入《清代傳記叢刊》，冊 196，頁 329～330。

〔註38〕 〔清〕陳莫纕等修，倪師孟等纂：《吳江縣志》，收入《中國方志叢書》（臺北：成文出版社，1975 年），冊 163，卷 32，頁 32 下～頁 33 上。

〔註39〕 〔清〕李元度：《國朝先正事略》，收入《三十三種清代人物傳記資料匯編》（濟南：齊魯書社，2009 年），冊 3，頁 16 下～頁 17 上。

景祁《瑤華集》。（二）友人序跋，如魯超《今詞初集‧題辭》、毛際可〈今詞初集跋〉、杜詔〈彈指詞序〉、諸洛〈彈指詞序〉。（三）顧貞觀所作序跋，如〈與栩園論詞書〉、〈飲水詞序〉以及對李漁作品之評論等。

（四）引用評論顧貞觀之詞

顧貞觀之相關評論可見於眾家序跋，其中《今詞初集》有康熙十六年（1677）魯超題辭，卷後毛際可跋，以及光緒二十三年（1897）張鋆跋後。《顧梁汾先生詩詞集》則在卷四後有楊壽枬題後、卷五前有王士禎序及楊兆槐跋、卷五後有顧貞觀八世從孫顧綬珊跋、杜詔序、諸洛序、秦賡彤重刻《彈指詞》序。卷八後有孫顧綬跋。卷九前有裘廷梁《彈指詞》補遺序皆有對顧貞觀作品之評論。

此外，並檢視唐圭璋編《詞話叢編》與朱崇才編《詞話叢編續編》所收詞家對《彈指詞》之評論，以見後人與時人之意見。

（五）引用其他詞論與詞話

本論文中引用其他詞話，皆出唐圭璋編《詞話叢編》與朱崇才編《詞話叢編續編》。

二、進行步驟

本論文採分章進行，首先說明研究動機、前人成果、研究材料、研究步驟等，其次進入主題，由顧貞觀家世背景、生平經歷、交遊情況為首，次則論其詞學思想、《今詞初集》之編纂以及詞作，各章大要如下：

第一章「緒論」，又分為「研究動機與目的」、「前人研究概況」、「研究材料與進行步驟」三節。首先闡明此論文寫作原由，以及期望之成果。其次將前人研究顧貞觀之詞論及詞作資料進行整理，並指出前人之所未盡。最後搜羅顧貞觀相關文獻材料，擬定大綱後分章進行。

　　第二章「顧貞觀生平考述」，顧貞觀乃書香世家之後，然生於明末，長於清初，正是改朝換代的動盪之際，曾想經世濟民，卻仕途塞澀，本論文即由顧貞觀家世背景著手，依次從其居鄉時期、仕宦生涯、罷官遊歷、老年隱居等不同時期之經歷，探討其一生遭遇對其學問、思想養成之影響。

　　第三章「顧貞觀與當代詞壇」，顧貞觀身為南方明代遺民，當時清廷為控制江南，除以懷柔政策開科取士等方式加以攏絡外，亦連續以科場案、通海案、奏銷案、哭廟案、明史案等大案打擊南方反清勢力，其亦深受影響，故本章首先探討其所處之政治環境，次則以人為綱，交代其在京師與江南等地之交遊情況，並從而理解其性格與思想之形成。

　　第四章「詞學思想」，歸納為「主張極情與性靈」、「天賦與格律兼備」、「兼容百家及獨創」、「提倡尊體之觀念」四點，故分四節。首先說明其以極情與性靈為核心境界之詞學理論，次則闡發其自然天賦、符合格律的學詞進程，三則論述其兼容與獨創的主張，最後交代其視尊詞體為第一要務之尊體思想。

　　第五章「《今詞初集》之編纂」，本章分為「編纂動機」、「選詞情形」、「選集比較」三節，首先說明顧貞觀編纂《今詞初集》之動機與目的，次則分析《今詞初集》之編排方式，選詞情況，以及其中反映的詞學思想，最後則以《今詞初集》為主軸，分析此書對鄒祇謨、王士禛編選之《倚聲初集》的繼承與糾正。此外，顧貞觀於《今詞初集》刊刻四十年後，協助沈時棟選編《古今詞選》，二書反映的詞壇風貌差異，亦可視為顧貞觀思想的體現，故第三節以《倚聲初集》、《古今詞選》作為比較對象。

　　第六章「《彈指詞》研究」，前人對《彈指詞》之分類研究多半以詞作類別為主軸，分為交遊、愛情、抒懷、寫景、詠物等，本論文打破此種分類方法，採取以生平為經，詞作為緯之法，將《彈指詞》分為「在京十年」、「罷官奔走」二時期，分析顧貞觀前後期詞作，以扣

合其生平經歷。此外，另立「生活隨筆」將其無法編年而具特色者置
於此類。

　　第七章「結論」，總結各章研究成果。

第二章 顧貞觀生平考述

　　顧貞觀（1637～1714），初名華文，後改名貞觀，字遠平、華峰，號梁汾，江蘇省無錫縣人，生於明崇禎十年（1637），卒於康熙五十三年（1714），享年七十八歲。顧貞觀幼年時雖經歷明末清初改朝換代，然其真正活躍於文壇之時，已是順康等較爲平和之時代，積極創作則是康熙十一年（1672）中舉人踏入仕宦之途後開始。顧貞觀之生平行跡文獻以其門人鄒升恆撰〈梁汾公傳〉最爲詳盡，相關生平資料亦可散見於各種列傳，如《國朝詩人徵略初編》、《國朝耆獻徵略初編》、《清史稿》、《清史列傳》等，本章即以各書所記相互參照，先述其出身背景，再依次考述顧貞觀在江南、京師等地之行跡，以及晚年好友亡故後之際遇，以期對其生平有更全面之了解。

第一節　生於無錫，先祖一門皆書香世家

　　顧氏一門賢者輩出，顧貞觀曾祖顧憲成（1550～1612），字叔時，號涇陽，又號東林。顧憲成於萬曆八年（1580）中進士，授戶部主事。萬曆十年（1582）任吏部稽勛清吏司主事，掌文職官之勛級、名籍、守制、終養等事，後官至吏部文選郎中。萬曆二十二年（1594）顧憲成任吏部文選司郎中，因官員任用之事遭神宗以忤旨之罪革職回籍，十年官場生涯告終。

萬曆三十二年（1604），顧憲成修復東林書院，與高攀龍（1562～1626）、錢一本（1539～1610）、于孔兼（生卒年不詳）等講學於此，批評時政，企圖挽救時局於頹唐之中，並與高攀龍並稱「顧高」，人稱涇陽先生。時政局混亂，有志之士大夫莫不憂心，顧憲成此舉遂成風勢，眾士人聞風而來，於是當時「士大夫抱道忤時者，率退處林野，聞風響附，學舍至不能容。」〔註1〕，又因顧憲成曾曰：「官輦轂，志不在君父，官封疆，志不在民生，居水邊林下，志不在世道，君子無取焉。」故時東林諸生「講習之餘，往往諷議朝政，裁量人物。朝士慕其風者，多遙相應和。」〔註2〕其後逐漸形成龐大勢力，影響朝局，與魏忠賢一黨抗衡。

萬曆四十年（1612）顧憲成死於家鄉，崇禎初年贈吏部右侍郎，諡號端文。顧憲成為明代著名政壇、文壇領袖之一，其子顧與沐（1580～1618），字木之，號斐齋，萬曆四十六年（1618）舉人，官至戶部郎中、夔州知府。

顧與沐子顧樞（1602～1668），即貞觀之父，字所止，一字庸庵，少事高攀龍講性命之學，於易學更是潛心修讀，「雖顛沛中必以《周易》自隨，於說《易》諸家靡不考證尋釋，畢生心力萃是一書。」〔註3〕年少時便「頗有先祖憲成遺風，才學高博，意氣風發。」〔註4〕天啟元年（1621）中舉人，時年二十，然進士卻屢試不第，終未能為官。

顧樞生於明末清初動亂之時，加以未中進士，一直未能入朝為

〔註1〕〔清〕張廷玉等撰：《明史》（北京：中華書局，1974年），卷231，列傳第129，頁6032。
〔註2〕〔清〕張廷玉等撰：《明史》，卷231，列傳第129，頁6032。
〔註3〕〔清〕顧樞撰、顧貞觀編次：《西疇日抄》，收入《四庫全書存目叢書》（臺南：莊嚴文化事業有限公司，影印清華大學圖書館藏清康熙九年錫山顧氏刻本，1995年9月），子部第19，頁517。
〔註4〕何齡修、張捷夫編：《清代人物傳稿·上編》（北京：中華書局，1991年4月），第6卷，頁360。

官，故在貞觀出生之時，家境已不如先祖顯貴，僅「薄田兩頃依東郭」
〔註5〕，且正當改朝換代之際，文人士子人人自危，顧樞目睹當時情
狀：

> 奄豎擅政，清流禍興，諸君子皆惴惴焉。莫必其命鄒、趙、
> 孫、馮諸大老既盡斥，未幾，忠毅、忠節斃於獄；明年，
> 忠憲正命，里中文貞忠介又慘死。先生大慟，曰：「所謂人
> 之云亡邦國殄瘁。使吾祖而在，亦必不免。際此時會，吾
> 甕甕何所騁乎？」〔註6〕

政局動亂使顧樞灰心仕途，明亡後遂隱居不出，結茅廬於故居之旁，
取陶淵明詩語名之曰西疇。〔註7〕從此不再與世事交接，讀書躬耕終
老。顧貞觀爲其手訂有《西疇易稿》、《庸庵公日鈔》等書。

　　顧樞晚年隱居，淡泊名利，視官位利祿爲無物，專心鑽研學問，
其醇正的學風對顧貞觀產生極大的影響，顧樞配王氏，即貞觀之母，
爲光祿卿翼庵公孫女、太學振翼公之女，婉靜溫恭，亦通曉書史。由
此可知貞觀童年生活雖不甚優渥，但可說衣食無缺，安寧閑靜，且家
中藏書甚豐，也爲顧貞觀提供良好的環境。

　　顧氏先祖一門皆有賢名，在文學與理學中皆有所成就，顧貞觀姊
弟自幼在此書香世家接受薰陶，皆通文墨。其長姊貞立（1623～1699）
原名文婉，字碧汾，自號避秦人，特工塡詞，著有《棲香閣詞》，風
格不同於眾家閨閣詞，名作如〈滿江紅·楚黃署中聞警〉一闋云：

> 僕本恨人，那禁得悲哉秋氣。恰又是將歸送別，登山臨水。
> 一派角聲煙靄外，數行雁字波光裡。試憑高覓取舊妝樓。
> 誰同倚。　　鄉夢遠，書迢遞，人半載，辭家矣。歎吳頭

〔註5〕〔清〕顧貞觀撰、張秉戌箋注：《彈指詞箋注》（北京：北京出版社，
　　　　2000年1月），頁370。

〔註6〕〔清〕徐乾學撰：〈顧樞墓表〉，見〔清〕徐乾學撰：《憺園文集》，《續
　　　　修四庫全書》（上海：上海古籍出版社，2002年），第1412冊，頁
　　　　727。

〔註7〕此事見徐世昌著：《清儒學案小傳》，《清代傳記叢刊·學林類》（臺
　　　　北：明文書局，1985年），頁343。

楚尾聲，脩然高寄。江上空憐商女曲，閨中漫灑神州淚。

算縞綦何必讓男兒，天應忌。〔註8〕

詞中「江上空憐商女曲，閨中漫灑神州淚」表達出她憂國憂民，渴望建功立業，欲與男兒一爭高下的心願，郭麐評其詞云「語帶風雲，氣含騷雅，殊不似巾幗中人作者，亦奇女子也。」〔註9〕惜其婚姻不善，嫁與同邑侯晉，晉早年爲官湖北，貞立獨守空閨，晚年又無所成就，使貞立漂泊無依，以淒涼愁苦終老。

顧貞觀從兄廷文（1630～1655）字廷颺、長兄景文（1631～1675）字景行，皆少有才名，能詩文，有奇氣，可見得家族教育之功，惜其作品多已亡佚，僅存數首散見於各傳記及顧貞觀詩文集附錄中。〔註10〕

在此書香世家下，顧貞觀亦受家學影響，並深以先祖之功爲傲，其季子開陸（1675～1747）於康熙四十五年（1706）中進士，謁選得河南之永寧時，顧貞觀致書云：

吾家五世聯科，三賢理學，端文公曾舉天下公廉第一，爾清勤報國，克紹家聲。〔註11〕

由此書可見，顧貞觀確以其家「五世聯科，三賢理學」之功業爲傲，並以此勉勵子孫能承其傳世之功，兢兢業業，克紹箕裘。

顧貞觀晚年應盧州守張見陽之聘修郡志，卻在事成後「卻所贈，而請刊端文公遺書」〔註12〕此外又在康熙七年（1668）爲父治喪期間

〔註 8〕 〔清〕顧貞立撰：《棲香閣詞》，收於南京大學中國語言文學系全清詞編纂研究室編：《全清詞·順康卷》（北京：中華書局，2002 年），第 7 冊，頁 3761。

〔註 9〕 〔清〕郭麐：《靈芬館詞話》，收於唐圭璋編：《詞話叢編》（北京：中華書局，2005 年 10 月），第 2 冊，頁 1537。

〔註 10〕 如《顧梁汾先生詩詞集》中附錄景文〈桂枝香〉一首。

〔註 11〕 〔清〕鄒升恆撰：〈梁汾公傳〉，《顧梁汾先生詩詞集》（臺北：廣文書局，1960 年 10 月），頁 5。此傳爲記載顧貞觀生平甚爲重要之文獻，對其各階段主要行跡皆有紀錄，後獨立隱文中引此傳處皆於引文末隨文夾註，不另出註。

〔註 12〕 〔清〕鄒升恆撰：〈梁汾公傳〉，《顧梁汾先生詩詞集》，頁 4～5。

編定文集《庸庵公日鈔》、《西疇易稿》等，爲祖父輩存人存文，可見
其對先祖功業的崇慕之心、傳承之願；記載顧憲成生平行跡之《顧端
文公年譜》更由顧與沐、顧樞、顧貞觀祖孫三人共同修訂完成，譜中
貞觀述語亦云：

> 先祖虁州公於崇禎丙子秋以户部郎拜守郡之命，辭歸養
> 母，部題有清愼勤罔玷官箴，孝弟慈克傳家學二語，時稱
> 實錄，閒居好稱說端文公言行以爲後世子孫模範。〔註13〕

又顧貞觀爲顧樞手訂之《西疇日抄》卷末有顧貞觀評語云：

> 觀生也晚，不及際東林之盛，然家庭間耳提面命，良足奉
> 以終身，其何以無忝所生，而於私淑諸人之義有當萬一耶。
> 〔註14〕

由此足見顧貞觀的家庭教育即是以先祖功業爲傲，方有「不及際
東林之盛」的感慨，亦可知顧氏一門對於先祖之功業都引爲模範，深
以爲傲，亦皆將家學傳承視爲至關重要之事。

第二節　入愼交社，初試啼聲即名動江南

顧貞觀生於無錫，自幼「稟異資，讀書目數行下，甫操觚即殫心
經史，尤喜騷選」〔註15〕，順治八年（1651）始從黃家舒（1600～1669）、
吳偉業（1609～1671）等江南名士交遊，並大力於詩古文詞等，文兼
眾體，才華超群，在邑中聲名大噪。

順治十年（1653），貞觀年方十七，參加童生小試，賦〈蓉湖競
渡詩〉一首，令考官「讚賞不已，拔冠一軍，後隸蘇郡嘉定籍，爲弟
子員」〔註16〕此事不僅使貞觀之名愈盛，亦令其在江南地方奠下基

〔註13〕〔清〕顧與沐記略、顧樞初編、顧貞觀訂補：《顧端文公年譜》，收
　　　　於于浩輯《宋明理學家年譜》（北京：北京圖書館出版社，影印清光
　　　　緒三年刻本，2005 年），頁 601。
〔註14〕〔清〕顧樞撰、顧貞觀編次：《西疇日抄》，頁 545 下。
〔註15〕〔清〕鄒升恆撰：〈梁汾公傳〉，《顧梁汾先生詩詞集》，頁 3。
〔註16〕〔清〕鄒升恆撰：〈梁汾公傳〉，《顧梁汾先生詩詞集》，頁 3。

礎，開啓往後與愼交社諸文人之交遊，少年聞名的貞觀在〈旅情寒況一百韻次秀嚴集〉中直言自己「賦才輕庾鮑，詩格儕盧楊」〔註17〕顯露對自身才華的自信。

此時江南地方結社發達，除各地小社外，明末復社、幾社等大社亦分化爲眾多黨社，順治六年（1649）冬，吳兆騫（1631～1684）等人於江蘇府吳江縣成立愼交社，陳去病《五石脂》云：

> 漢槎（吳兆騫）長兄弘人名兆寬；次兄聞夏名兆夏，才望尤夙著，嘗結愼交社於里中，四方名士咸翕然應之。而吳門宋既庭實穎、汪苕文琬，練水侯研德玄泓、記原玄汸、武功㷖，西陵陸麗京圻，同邑計改亭東、顧茂倫有孝、趙山子澐，尤爲一時之選。〔註18〕

除吳兆騫外，主辦者尚有尤侗（1618～1704）、宋實穎（1621～1705）、汪琬（1624～1691）、計東（1625～1676）等人，皆當時名人文士，順治皇帝亦曾對愼交社讚譽有加，云「愼交社可謂極盛，前狀元孫承恩，亦愼交中人也。」〔註19〕

順治十一年（1654），顧貞觀與吳兆騫相識，當時貞觀在江南已有詩名，吳兆騫更早已是「才名動一世」〔註20〕的名士，二人在江南齊名已久，相識後兩人遂爲知交，隨後貞觀亦加入愼交社。當時社中主要成員除吳兆騫等外，尚有吳門三宋（宋實穎、宋德宜、宋德宏）、玉峰三徐（徐乾學、徐元文、徐秉義），以及陳維崧、秦松齡、嚴繩孫等前輩，顧貞觀在其中「年最少，飛觴賦詩，才氣橫溢，一時推爲英絕領袖」〔註21〕。

同年，貞觀又與同鄉詩人秦保寅（1628～1690）、秦松齡（1637

〔註17〕〔清〕鄒升恆撰：〈梁汾公傳〉，《顧梁汾先生詩詞集》，頁54。

〔註18〕陳去病著、甘蘭經等點校：《五石脂》，收於薛正興主編《江蘇地方文獻叢書》（南京：江蘇古籍出版社，1999年8月），頁294～295。

〔註19〕徐珂編：《清稗類鈔·恩遇類》（北京：中華書局，1986年），頁276。

〔註20〕王鍾翰點校：《清史列傳》（北京：中華書局，1987年），第18冊，卷70，頁5738。

〔註21〕〔清〕鄒升恆撰：〈梁汾公傳〉，《顧梁汾先生詩詞集》，頁3。

～1714）、嚴繩孫（1623～1702）、黃瑚、鄒顯吉（1636～不詳）、劉
雷恒、劉霖恒、安璿及其兄景文於惠山結雲門社，於是「名動遠邇，
四方名士如睢州湯孔伯斌、吳門汪苕文琬、慈溪姜西溟宸英輩咸來赴
焉。邑中凡十人皆一時之俊也。」〔註22〕時人稱「雲門十子」，在彼
此唱和交遊之間，貞觀才名愈盛。

　　順治十四年（1657）十月科場案發，牽連無數，一時間江南爲
之震動，吳兆騫在場中因未能成卷，遂遭累其中，被押往北京，並
於順治十六年（1659）閏三月出塞赴寧古塔。爲防患於未然，順治
十七年（1660），順治皇帝下詔明令嚴禁結社，上諭曰：「士習不端，
結社訂盟，把持衙門，關說公事，相煽成風，深爲可惡，著嚴行禁
止。」〔註23〕在科場案後眾多文人遭押，加以此嚴令之下的兩相影
響下，愼交社之活動亦告停止。

　　順治十八年（1661），科場之案未平，江南三大案之一的奏銷案
又起，貞觀亦牽連其中，深受其害。康熙元年（1662）冬有信寄兆騫
云：

> 弟窮愁日甚，所幸者兩親垂白強飯，稚子八齡，能讀四子
> 尚書，又能時時聽人說吳江四伯，輒問與弟是何等交與，
> 可寄語漢槎爲一破涕也。家兄數奇，憤滿遂損一目。弟爲
> 奏銷所累，青衫已非故物。去年走山左，今年走長安。右
> 之鎬秩南歸，公肅還朝未久，秦留仙以絓誤爲林下人矣。
> 相知落落，欲作六館諸生，而亥冬爲湖寇所劫，橐中一空。
> 今賣揚雄之賦，不值十金，援納無資，浪遊非計，正在莫
> 可如何。近詩頗可觀，偶蒙一二先達見賞，亦誰當爲薦陸
> 機者。漢槎而在，何至作此態耶！〔註24〕

〔註22〕〔清〕黃印：《錫金識小錄》（臺北：成文出版社，1983年），卷4，
　　　　頁18。
〔註23〕清高宗敕傳：《清朝文獻通考》（臺北：新興書局，1962年），卷69，
　　　　學校考7，頁5488。
〔註24〕〔清〕吳兆騫撰、麻守中點校：《秋笳集》（上海：上海古籍出版社，
　　　　1993年10月），頁374。

貞觀向吳兆騫告知自己「窮愁日甚」之苦，又言己「爲奏銷所累」，秦松齡更「以絓誤爲林下人矣」，於是打點行裝前往京城，一面爲自己找尋未來之路，一面也爲吳兆騫尋覓生還之計。然而禍不單行，途中又「爲湖寇所劫」，以致行囊一空之窘境。貞觀又云：

> 西上之魚，南歸之雁，兩地杳然，倘有便，乞將新詩近況，一一詳示，以慰積懷。他語總希之家報及方年叔字中。弟明年走永平，問津童子試，如得當，即入北闈，淹留尚久，倘有機緣可乘，爲漢槎作生還之計，固是古今一幸事，但不敢必耳。拙吟錄十章附正，嫂夫人以何日到，邇來何以度日，相與何人，體中好否？一有便，即悉以相慰，至囑！臨紙氣結，不能長語。〔註25〕

顧貞觀在信中透露自己欲「問津童子試」之想法，以及「爲漢槎作生還之計」的心念，除與吳兆騫慰問家常外，並希望吳兆騫若得此信能有所回覆，告知近況，悉以相慰，於信末更以「臨紙氣結，不能長語。」表達自己對好友思念之心。營救吳兆騫成爲顧貞觀入京的最大動機，然身爲士子，又受到家學影響，顧貞觀仍有經世濟民之心，希望能透過科考進入官場一償此願，但他身爲前朝遺民，父兄輩亦不乏因抗清而死者，兩者的矛盾使顧貞觀在往後十年的官場生涯裡，都在舉棋不定的猶疑心態中度過。

第三節　抵達京師，十年仕宦復去職爲民

顧貞觀入京途中「爲湖寇所劫」，故康熙二年（1663），抵達京師時一貧如洗，只好寄寓佛寺，雖滿腹才華卻窮困寥落，因此在寺壁上題「落葉滿階聲似雨，關卿何事不成眠」〔註26〕句，日後江左三大家之一的龔鼎孳至此寺見而驚賞，曰：「眞才子也。」〔註27〕於是顧貞

〔註25〕〔清〕吳兆騫撰、麻守中點校：《秋笳集》，頁375。
〔註26〕〔清〕鄒升恆撰：〈梁汾公傳〉，《顧梁汾先生詩詞集》，頁3～4。
〔註27〕〔清〕鄒升恆撰：〈梁汾公傳〉，《顧梁汾先生詩詞集》，頁4。

觀文名在京師漸譟，隨後便入成均館中（官設最高學府），並得以與
公卿交遊。

康熙三年（1664），顧貞觀接到吳兆騫回信：

> 滯留絕域，相見無從，即暫託音書，亦復匪易，悠悠此心，
> 惋憤何極！伏聞出入金門，追踪枚、馬，放廢之人，遙爲
> 慰藉。曩昔弟婦東來，云華老欲以令子婚我次女。近歲屢
> 接家郵，知華老篤念故人，期以必踐前諾，伏聞此音，銜
> 感入骨，弟以塞外遷人，爲時所棄，而吾兄顧情深厚，欲
> 締姻盟，雖巨源字中散之孤，拾遺嫁崔曙之女，揆之高誼，
> 何以相過！〔註28〕

吳兆騫在寧古塔聽聞顧貞觀得以「出入金門，追踪枚馬」深爲慰藉。
由此信中亦可得知顧貞觀在吳兆騫流徙塞外後，擬聘兆騫次女爲己之
長子顧統鈞之妻，欲以兒女之姻盟補彼此之睽違，惜吳兆騫離京前已
將次女過繼李家，李姨甚愛之，貞觀多次求聘，皆未肯輕許。然對此
姻盟之情，吳兆騫仍感念再三。

同年顧貞觀奉特旨考選中書，遇見第二位知音，當時大學士魏裔
介見其「書法端麗，文辭典雅，必江南名士」〔註29〕於是進呈康熙帝，
並於七月初八得到康熙帝召見，得皇帝親自召見本是絕佳機會，但實
情卻不如想像，顧貞觀在〈滿江紅‧甲辰七夕後一日陛見〉中透露些
許失望之情：

> 曙色天街，衣半濕、露華涼沁。何處是、雙星一水，碧空
> 遙浸。夾道紗籠趨畫省，幾枝銀箭傳清禁。賦春城、批敕
> 與韓翃，題宮錦。　　初日耀，龍墀蔭。承恩角，魚鱗渰。
> 向御爐煙裡，瞻天無任。只覺上清塵土絕，那知玉宇高寒
> 甚。料孤眠、正憶早朝人，欹山枕。〔註30〕

此作上片全寫景物，天將破曉，顧貞觀經過街市，入宮上朝，期望自

〔註28〕　〔清〕吳兆騫撰、麻守中點校：《秋笳集》，頁 374。

〔註29〕　〔清〕鄔升恆撰：〈梁汾公傳〉，《顧梁汾先生詩詞集》，頁 4。

〔註30〕　〔清〕顧貞觀撰、張秉戍箋注：《彈指詞》（北京：北京出版社，2000
　　　　年 1 月），頁 147。

己如韓翃當年賦「春城無處不飛花」一般得到皇帝賞識。下片先寫太和殿前肅穆莊嚴之景〔註31〕，然卻忽話鋒一轉，以閨中愁思之情收束，使此作中全不見皇帝召見的欣喜之情，反有許多身不由己的無奈，當時康熙皇帝年僅十一，尚未親政，皇宮重重巍峨，肅穆莊嚴，但端坐其上的少年皇帝卻手無實權，權柄盡把持於鰲拜等輔政大臣之手，全無決斷之權，對顧貞觀來說，皇帝的召見並無法帶給他入朝為官或營救吳兆騫之機會，因此在作品中也顯現出如「阻風中酒，如余者，老大徒傷」〔註32〕的無奈無力之感。

康熙授顧貞觀內秘書院辦事、中書舍人，康熙五年（1666），顧貞觀舉順天鄉試第二，調任內國史院典籍，加一級。然中書舍人僅掌文書繕寫，國史院典籍亦是撰擬表章等文書小職，皆是從七品的小官，雖稱作在京供職，實際卻是可有可無之位，無法施展抱負，顧貞觀內心自不稱意，卻又無可奈何，營救吳兆騫之事更難有發展，但吳來信述及自身情況云：

> 所攜婢僕，奄忽都盡。加以歲比不登，米價八倍，賴合肥宋、徐諸公捐金相餉，以度凶歲，否則久委溝中矣！今外無應門之童，內無執釜之婢，煢然夫婦，形影相弔。〔註33〕

吳兆騫因寧古塔「歲比不登，米價八倍」，生活困頓，幾至斷炊，僅靠友人接濟，顧貞觀欲伸手相救卻束手無策，種種逆境使顧貞觀產生「願他生，得相逢，歡喜地」〔註34〕的絕望想法，此般怨憤與不滿也反映在此時期的作品中，如〈金菊對芙蓉・至夜〉：

> 早換新衣，遲添弱線，且教同坐更闌。乍繞簷冰箸，戛碎琅玕。今宵海樣蓮花漏，聽兒家、數盡悲歡。燕台夢杳，似伊清瘦，可奈嚴寒？　　雙魚昨寄平安。道夜深風雪，

〔註31〕龍墀即宮中之台階，罘罳即簷上防鳥雀之絲網，以景物描繪紫禁城巍峨重樓的宏大氣象。
〔註32〕〔清〕顧貞觀撰、張秉戌箋注：《彈指詞》，頁135。
〔註33〕〔清〕吳兆騫撰、麻守中點校：《秋笳集》，頁308。
〔註34〕〔清〕顧貞觀撰、張秉戌箋注：《彈指詞》，頁97。

正直金鑒。想頻呵凍墨，絳蠟才幹。平明又復催趨走，只
空陪、彩仗千官。口脂面藥，幾時宣賜，分餉孤鶯。〔註35〕

　　孤身一人在京，時又多至，地凍天寒，上片先述遙想家人情景，
思念之情更覺深刻，下片寫自己獨在宮中值夜，爲朝廷公務而忙碌，
工作辛苦，然卻只是庸庸碌碌，功績並不顯著，在京爲官看似出入朝
堂，實際只是「空陪彩仗千官」，然卻又無力改變現況，顧貞觀思及
此不免牢騷滿腹，透過作品表露無遺。

　　康熙六年（1667）九月，顧貞觀以國史院典籍身分扈駕東巡，並
以七言絕句六十首紀錄沿途景色，今存四十一首，如〈馬鞭山〉：「寒
色憑陵仗濁醪，夜深千帳解弓刀。山山落木村村雨，臥聽天風送海潮」
〔註36〕等，語極高朗。

　　康熙七年（1668）顧貞觀奉詔撰〈大藏經序〉〔註37〕，此時朝
中輔政大臣鰲拜晉爲太師，聲勢正熾，大權在握，把持朝政，康熙皇
帝年齡尚幼，亦無可奈何，顧貞觀在朝中更無可用力之處，又思及扈
從出巡時「戲馬高台，扈蹕長楊。又翻經蕉苑，甘露分嘗。」〔註38〕
種種外地景況即當年美好，對照現今無人照應，不免感慨，漸生厭倦
仕途之心，遂有如「生戀著，黃茅野店雞聲多」〔註39〕的歸隱之意，
然因吳兆騫生還之計並未有成，只有仍在京供職。十月，顧樞卒於家
鄉，顧貞觀「滯留京師越七年，抱痛南還」〔註40〕，爲父治喪，其間
爲顧樞編定《西疇日抄》、《西疇易稿》等書，同時繼先祖顧與沐及顧
樞之後，爲顧憲成手訂《顧端文公年譜》。兩年後顧貞觀將《西疇日
抄》兩卷付梓，謂其與顧憲成撰《小心齋札記》互爲表裡，並在原著

〔註35〕　〔清〕顧貞觀撰、張秉戌箋注：《彈指詞》，頁158。
〔註36〕　〔清〕顧貞觀撰：〈扈從詩・馬鞭山〉，《顧梁汾先生詩詞集》，頁115。
〔註37〕　〔清〕顧貞觀撰：《彈指詞・鳳凰臺上憶吹簫》小注，頁518。
〔註38〕　〔清〕顧貞觀撰、張秉戌箋注：《彈指詞》，頁518。
〔註39〕　〔清〕顧貞觀撰、張秉戌箋注：《彈指詞》，頁133。
〔註40〕　〔清〕顧與沐記略、顧樞初編、顧貞觀訂補：《顧端文公年譜》，頁
　　　　602。

各條下加入評語。

康熙九年（1670），魏裔介因會試選才之事遭御史李之芳彈劾，最終以老病乞休，退出政壇〔註41〕，使原本就已孤立無援的顧貞觀更是雪上加霜，無一人可爲依靠，至此顧貞觀深刻感受官場的黑暗與角力傾軋，自己這般幾無後援之人並無法久立於朝，終將成爲政治鬥爭的敗者，甚或危及性命，只有抽身官場方是保身之道，只得知難而退，終於康熙十年（1671）向朝廷告歸，結束其一生僅十年的仕宦生涯。

顧貞觀在京十年，功名未就，「爲漢槎作生還之計」的承諾亦仍陷於膠著情況，便在現實壓迫下告歸，其幽怨之心可想而知，在〈風流子・辛亥春月告歸，得請，途次寄閣百詩，自此不復夢入春明矣〉一闋中即云：

> 十年才一覺，東華夢、依舊五雲高。憶雉尾春移，催吟芍藥，螭頭晚直，待賜櫻桃。天顏近、帳前分玉弨，鞍側委珠袍。罷獵歸來，遠山當鏡，承恩捧出，疊雪揮毫。　　宋家牆東畔，窺閒麗、柱自暮暮朝朝。身逐宮溝片葉，已怯波濤。況愛閒多病，鄉心易逐，阻風中酒，浪跡難招。判共美人香草，零落江皋。〔註42〕

此詞爲贈閣若璩之作，此時顧貞觀已因魏裔介被罷而受牽連辭官，雖未立即離京，然在詞題中表明「不復夢入春明」，即下定決心，從此再與官場無涉，又思及過往十年的官場生涯，更有如一場空夢般，當年等待皇帝御賜櫻桃宴，承蒙皇恩的夢想已經落空，然雖常思回鄉卻

〔註41〕《清史稿・列傳第四十九》記此事云：（康熙）九年，（魏裔介）典會試。是年內院承旨會吏、禮二部選新進士六十人，……御史李之芳劾裔介所擬上卷二十四人，先使人通信，招權納賄；並謂與班布林善相比，引用私人。……部議以之芳劾奏有因，裔介應削秩罰俸，上寬之，命供職如故。十年，以老病乞休，詔許解官回籍。見清史稿校註審查委員會編：《清史稿》（臺北：國史館印行，1989 年），頁 8535。

〔註42〕〔清〕顧貞觀撰、張秉戌箋注：《彈指詞》，頁 217。

又對識途多舛感到遺憾，此種反覆矛盾的心態在作品中展露無遺，顯示其對官場失意的沮喪和不滿。他又在〈如夢令〉中道：

> 寶鴨乍辭衾鳳。喚起膽瓶花凍。懊惱十年情，不抵五更霜重。如夢。如夢。落月香車誰送。
>
> 又
>
> 顛倒鏡鸞釵鳳。纖手玉台呵凍。惜別盡俄延，也只一聲珍重。如夢。如夢。傳語曉寒休送。〔註43〕

顧貞觀以男女戀情繫身世之感，對於在京為官的往事回憶卻只有「懊惱」二字，當年的理想更如一場空夢般，如今已夢醒人散。

顧貞觀去職離京後，並未立即回鄉，而是在河北、河南與山西一帶遊歷，在〈久客〉詩中其云：

> 久客歸仍懶，離亭坐不辭。正愁當落日，欲去更移時。帆影隨堤曲，潮聲入海遲。扣舷烏鵲起，一借惜無枝。〔註44〕

此番遊歷其實別有目的，被迫離開官場，顧貞觀只能另覓出路，且吳兆騫仍在關外，必須「借枝」於有力之人以實現歸吳兆騫之計，此作體現「無枝」的感慨及沿途所見景況，又如〈清平樂〉一闋詞序云：「薄暮上懷柔城，望紅螺山一帶，舊邊牆也。」亦是顧貞觀客居而作：

> 煙光上了。天淡孤鴻小。一派角聲聽漸杳。吹冷西風殘照。平安火映譙樓。旌旗半卷城頭。寫入屏山幾曲，鄉心歷亂邊愁。〔註45〕

懷柔城位於今北京市北郊，顧貞觀來到此地遠眺家鄉，「鄉心歷亂邊愁」，自己彷彿孤鴻，思及在朝中受人排擠，又缺乏有力之後盾，只得被迫告歸的窘境，不禁愁思滿懷。又如〈醉春風·臨洺客舍〉一闋：

> 禁漏蓮花碎。玉堂清淚水。而今荒店聽雞鳴，醉、醉、醉。月淡藜床，煙低土銼，一番憔悴。　　向壁餘燈穗。照人

〔註43〕〔清〕顧貞觀撰、張秉戍箋注：《彈指詞》，頁305～306。

〔註44〕〔清〕顧貞觀撰：〈扈從詩·馬鞍山〉，《顧梁汾先生詩詞集》，頁29。

〔註45〕〔清〕顧貞觀撰、張秉戍箋注：《彈指詞》，頁222。

孤影背。不如夢也不逢歡，睡、睡、睡。爭忍寒更，教他
濕盡，冷紅殘翠。〔註46〕

官場失意、作客他鄉而有「一番憔悴」之感，百無聊賴、寂寥孤獨是
顧貞觀此時的寫照，在此作品中展現無遺。

　　由入京到去職時期，顧貞觀的作品都較為憂鬱沉抑，不若在江南
時飄逸，在京為官的仕途十年正是顧貞觀二十八歲至三十五歲，生命
中最精華的青年時期，卻耗費在枯燥的文書之中，且顧貞觀此時告
歸，亦是看清現實後不得已之舉，無論是經世濟民的報國理想或是為
作歸計的知己承諾都未能達成，其怨憤沉鬱之心可想而知。

　　康熙十一年（1672）顧貞觀回到無錫，當時知縣吳興祚（1632
～1698）招宴於雲起樓，此樓建於惠山寺中，可俯瞰無錫全貌，顧貞
觀有〈小重山〉：「吳伯成明府招宴雲起樓，屬用前韻，即席贈胡璞崖
簡討。」記此事：

視草頻催鎖院空。九天珠玉冷，任隨風。夢回人在御香中。
依然是，藜火夜深紅。　　相望隔江峰。秣陵秋正好，一
鞭籠。舊遊邀笛倩誰同。君行矣，留醉語青楓。〔註47〕

此作除記吳興祚招宴事，亦為胡璞崖贈別，胡任職於翰林院，顧貞觀
亦曾在翰林院中，如今思及自己「九天珠玉冷」，備受朝廷冷落，又
云「夢回人在御香中」，即使已回到無錫，仍彷彿在宮中，更表現出
顧貞觀仍沒有放棄追求功名的心願與不被朝廷所用的不平之氣。此作
尚有後續〈踏莎美人〉有序云：「再集吳伯成聽梧軒，偕方邵村、秦
對岩諸君賦」亦曰：

齋閣香泉，岩扉火樹。秋來總是相思處。扶輪承蓋許重招。
為遣西飛一雁促歸橈。　　酒嘆煙霄，筆揮風雨。金華殿
上聞高語。羨君才思湧江潮。憔悴如余應愧舊題橋。〔註48〕

此作雖無贈別，但其中的身世之慨較前篇更甚，顧貞觀本是江南公

〔註46〕〔清〕顧貞觀撰、張秉戌箋注：《彈指詞》，頁220。
〔註47〕〔清〕顧貞觀撰、張秉戌箋注：《彈指詞》，頁251。
〔註48〕〔清〕顧貞觀撰、張秉戌箋注：《彈指詞》，頁256。

子，前往京城求取功名卻無疾而終後歸鄉，又見友人受到「重招」得
以報效朝廷，內心難免落寞，故雖一面稱讚友人「酒噀煙霄，筆揮風
雨」的出眾才華，一面對自己的失意有所抒發，感慨之意更加突出。

康熙十三年（1674）間，顧貞觀在家鄉蘇州、南京一帶賞景、遊
歷、會友。康熙十四年（1675），三子開陸生，於是回到家中，旋即
復入京，在〈滿江紅・留別諸昆從〉一闋中，顧貞觀透露自己仍未絕
望：

> 燕子重來，遠認得、烏衣舊里。渾不改，風流江左，清華
> 門第。社酒晚歸娛父老，花燈夜賞饒佳麗。看涇流、如帶
> 束膠峰，長如礪。　　頻作客，鄉心繫。十載夢，青綀被。
> 又蘭階池草，差強人意。笑我仍分藜閣火，輸他便縱瓊林
> 轡。向五雲、多處盼金泥，添新喜。〔註49〕

此作是贈別之作，上片側重贈別之目的，下片「十載夢，青綀被。又
蘭階池草，差強人意。」說自己十載爲官如夢，無聊清寂，但「仍分
藜閣火」，刻苦讀書，勤奮向學，最後「向五雲、多處盼金泥，添新
喜」更直言自己對前途仍抱有期望，此次入京便是要完成前次未竟之
事。

顧貞觀在去職後的四年在各方遊歷是爲「借枝」。康熙十五年
（1676），經徐元文（1634～1691）、嚴繩孫等人引介下，進入當朝權
相納蘭明珠府中，爲長子納蘭性德授讀，此時顧貞觀年已不惑，納蘭
性德僅方過弱冠，二人雖相差十八歲，但在詞學的見解上甚爲相似，
遂一見如故，成爲知交，張純修云「（容若）生平有死生之友曰顧梁
汾。」〔註50〕《清稗類鈔・師友類》中亦云：

> 成容若與顧梁汾交契：成容若風雅好友，座客常滿，與無
> 錫顧梁汾舍人貞觀尤契，旬日不見則不歡。梁汾詣容若，

〔註49〕〔清〕顧貞觀撰、張秉戌箋注：《彈指詞》，頁 486。
〔註50〕〔清〕張純修撰：〈飲水詩詞集序〉，收於〔清〕納蘭性德撰、趙秀
　　　亭、馮統一箋校：《飲水詞箋校》（北京：中華書局，2009 年 11 月），
　　　頁 505。

恆登樓去梯，不令去，一談輒數日夕。〔註51〕

　　納蘭性德身爲滿族貴冑，生於鐘鳴鼎食之家，應該與皇家貴族相交，但其卻不同常人，不願與達官貴人來往，而重義輕利，喜結交文人詞友，與顧貞觀尤其相合，辰夕唱和，康熙十五年冬，顧貞觀作〈金縷曲〉兩首寄吳兆騫，詞後注云：

> 二詞容若見之，爲泣下數行，曰：「河梁生別之詩，山陽死友之傳，得此而三。此事三千六百日中，弟當以身任之，不俟兄再囑也。」余曰：「人壽幾何，請以五載爲期。」懇之太傅，亦蒙見許。而漢槎以辛酉入關矣。附書志感，兼志痛云。〔註52〕

〈金縷曲〉不僅是顧貞觀寄給吳兆騫之書，亦可說是吳的「贖命」之詞，正因此作，才得以感動納蘭明珠父子爲吳作生還之計，使吳得以在康熙二十年（1681）放還。各類文獻中有關此事的記載相當繁多，如沈蕙風《眉廬叢話》：

> 松陵吳漢槎兆騫，以事戍宵古塔，其友錫山顧梁汾貞觀極力營救，嘗賦〈金縷曲〉二闋寄之，詞意惋至。納蘭容若成德者，相國明珠公子，亦善漢槎，見顧詞，殊感動。顧因力求容若，爲言於相國。而漢槎遂於五年內得賜還。既入關，過容若所，見齋壁大書顧梁汾爲吳漢槎屈膝處，不禁大慟。此跪之攸關風義者矣。〔註53〕

顧貞觀與納蘭性德之交誼眾所周知，後人對此事之考證亦頗詳細，如夏承燾先生〈顧貞觀寄吳漢槎金縷曲事徵事〉即詳細考證此事來龍去脈，且目前對顧貞觀的研究也大多爲此事而發，此不再贅述。

　　康熙十六年（1677），顧貞觀與納蘭性德共同選採「本朝三十年」〔註54〕之詞，共收詞人一百八十四位，詞作六百餘篇，合刻爲《今詞

〔註51〕徐珂編：《清稗類鈔・師友類》，頁 3606。
〔註52〕〔清〕顧貞觀撰、張秉戍箋注：《彈指詞》，頁 409。
〔註53〕沈蕙風：《眉廬叢話》（臺北：文海出版社，1979 年），頁 11。
〔註54〕毛際可：〈今詞初集跋語〉，張宏生主編《清詞珍本叢刊》（南京：鳳凰出版社，2007 年）第 22 冊，頁 616。

初集》兩卷，目的在於透過詞選集的方式，試圖糾正當時綺麗浮艷的
詞風、體現他們對於「直抒性靈」的追求，強調獨樹一格的特色，且
有與當時已逐漸醞釀而成，聲勢日大的陽羨、浙西等詞派互相對壘的
準備。關於《今詞初集》的刊刻經過、選詞動機，以及顧貞觀在此書
的編選中反映的詞學理論等，將在第四章詳細探討，此亦不贅述。

　　康熙十六年（1677）年底，納蘭性德有〈虞美人・爲梁汾賦〉
云「憑君料理花間課，莫負當初我。」〔註55〕囑託顧貞觀爲自己刊
刻《飲水詞》。顧貞觀於是拒絕朝廷詔舉之博學鴻儒科，並於康熙十
七年（1678）初自京南歸。二月，遠在關外的吳兆騫託人帶彈指詞
到朝鮮，諸洛〈彈指詞序〉中云：

　　　同時有攜先生新詞至朝鮮者，館人竊誦焉，翼日，儒服者
　　　八人來過，同聲乞詞，盡以畀之。後日必一至，備致款曲
　　　禮儀，堅懇將來片語單詞，必爲郵寄。陽羨陳衛玉記其事，
　　　是知先生之詞，固已傳佈海外。〔註56〕

顧貞觀的作品在異國廣大流傳，詞名愈盛，海外文人競相求詞。與此
同時，顧貞觀於三月至蘇州會吳綺（1619～1694）共同策劃、刊刻《飲
水詞》，二人並皆爲之作序。

　　五月，完成納蘭性德所託後，顧貞觀入閩依時任福建按察使的吳
興祚，此時閩中仍有戰亂，顧貞觀在此淹留許久，直至康熙十八年
（1679）冬仍未能離閩，與納蘭性德相識未久，但如忘年故舊，卻久
別不得重逢，只有填詞寄之，有〈點絳唇〉兩首：

　　　青鏡流年，客中一倍關心早。加餐音到。入夜燈花笑。
　　　街鼓隆隆，已是春來了。春知道，鎖窗寒悄。有個人輕妙。
　　〔註57〕
　　又
　　　幾日橋南，金錢遍買相思卦。海棠祠下。乞個尋歡假。

〔註55〕〔清〕納蘭性德撰、趙秀亭、馮統一箋校：《飲水詞箋校》，頁272。
〔註56〕〔清〕顧貞觀撰、張秉戌箋注：《彈指詞》，頁546。
〔註57〕〔清〕顧貞觀撰、張秉戌箋注：《彈指詞》，頁359。

> 莫倚風流，忘了當初話。歸來罷。寄聲司馬。收拾琴心者。
> 〔註58〕

此為聯章之作，以立春為題寫兩地相思之惆悵，第一首寫自己之意，第二首則書對方之情，真情感人，足見顧貞觀與納蘭性德交誼之深厚。

康熙二十年（1681）春夏之交，顧貞觀自閩入京，此次入京除探望納蘭性德外，最重要即是流落關外二十餘年終於得以放還、即將回京的吳兆騫相見，然天不從人願，顧貞觀之母於此時過世，只得回鄉丁憂，在舟中匆匆寫就〈與吳漢槎書〉：

> 漢槎仁兄足下：滿擬秋冬之際，得握手黃金臺畔，傾倒二十年闊悰，而不孝罪重孽深，頓罹大故，骨摧心裂，倉卒南奔。吾兄抵燕之日聞此，定為揮涕也。晤期非杪冬即早春，半百生還，幸而踐趵。此舉相公喬梓，實大費苦心，而健老長兄，真切相為，尤不減於骨肉。容兄每與電兄相對擊節，吾兄歸當備悉之。容兄急欲晤對，一到祈即入城，前世宿緣，寧止傾蓋如舊也。〔註59〕

在書中顧貞觀表達對吳兆騫的思念之情，並告知其入京後往納蘭性德處求取生路。九月吳兆騫終於奉詔回京，入京後暫館明珠府，並為納蘭性德之弟揆敘授讀，稍後南歸省母。

康熙二十二年（1683），吳兆騫、顧貞觀先後入京，鄒升恆云：

> 漢槎自東歸，言塞外多暴骨，先生惻然商諸留都當事，亟行掩瘞，復募多金延關東僧心月者，率徒徧歷興京老城，撒兒滸鐵嶺諸戰場，收瘞遺骸無算，其孜孜樂善如此。〔註60〕

顧貞觀聽聞吳兆騫言塞外苦寒，多有暴骨，遂集資相助，不僅收納屍骸，更延請僧人渡之，足見其受儒學思想影響下的良善之心，雖對未曾謀面之人亦能發悲憫之意。

〔註58〕〔清〕顧貞觀撰、張秉戌箋注：《彈指詞》，頁361。
〔註59〕〔清〕吳兆騫撰、麻守中點校：《秋笳集》，頁375。
〔註60〕〔清〕鄒升恆撰：〈梁汾公傳〉，《顧梁汾先生詩詞集》，頁6。

顧貞觀自康熙二年（1663）二十七歲入京起，便在京城與江南之間往來長達二十餘年，雖於早年曾入仕宦之途，但僅爲小職又受人排擠，鬱鬱不樂，於康熙十年（1671）卸職爲民，雖於康熙十八年（1679）朝廷詔舉博學鴻辭科修《明史》之時有力薦顧貞觀者，他仍力辭不受，可見其絕意仕途，再不爲官之心，在他的作品中憶及在京歲月大半都是「嗟我當年倦行路，京國頻遊悵無趣」〔註61〕等惆悵之語。但他此段在京歲月中雖未達成經世濟民之願，卻也非一無所獲，他結交一生摯友納蘭性德，並以一首「贖命詞」如願救得流放關外二十餘年的吳兆騫回京，且頻繁往來江南與京城之間，並與兩地文人交遊唱和，亦使他名聲大開，因此這段時間可說是顧貞觀最抑鬱也最輝煌的時期。

第四節　好友亡故，離京漫遊並隱居終老

康熙二十三年（1684）夏，顧貞觀再次回鄉，並於惠山麓端文公祠旁「搆精廬數楹，顏曰積書巖，疊石疏泉，雜種梅竹」〔註62〕作爲晚歲棲息之所。八月，秦松齡任順天鄉試主考，卻因有舞弊遭革職南歸，遂與顧貞觀、嚴繩孫、杜詔、秦保寅等結「碧山吟社」相互唱和，並將作品編爲《碧山詩》，惜已亡佚，今不復見，僅部分作品散見各家作品中。

同年秋，顧貞觀仿製竹茶爐置積書巖旁，並賦〈重制竹爐告成志喜〉，諸多名士皆題詩道賀，此時納蘭性德正扈駕東巡，於無錫與顧貞觀會面，見茶爐精緻古雅，甚喜，便與顧貞觀將各家所賦詩詞匯爲一卷，名爲《竹爐新詠》，並由納蘭性德賦〈題竹爐新詠卷〉一詩置於卷首。十月，吳兆騫忽以腹疾卒於京城，顧貞觀於南京聽聞噩耗，北上與納蘭性德共同爲吳營葬。

〔註61〕　〔清〕顧貞觀撰：《顧梁汾先生詩詞集》，〈寄題博問亭王孫東皐魚父圖〉，頁82。
〔註62〕　〔清〕鄔升恆撰：〈梁汾公傳〉，《顧梁汾先生詩詞集》，頁4。

　　康熙二十四年（1685）五月，顧貞觀與納蘭性德、梁佩蘭、姜宸英等相聚於納蘭府中，七日後納蘭性德以舊疾亡故，年僅三十一歲。

　　吳兆騫與納蘭性德於一年之間在京城相繼病故，顧貞觀悲痛不已，便離京南下，途中與朱彝尊、毛際可等人相會於浙江後，於康熙二十六年（1687）自浙江歸里，潛心讀書，其間爲侯文燦《十名家詞集》作序，並補訂、刊刻《無錫縣志》。

　　康熙二十九年（1690）顧貞觀北上入京，本想「一展容若墓，即擬出都」，然《今詞初集》再次刊刻，加以京城中友人相約聚首，遂直至康熙三十一年（1692）復回鄉。

　　康熙三十五年（1696），年已花甲的顧貞觀應張純修之邀，至安徽盧州協助修訂《盧江縣志》，兩人「每與餘酒闌燈炧，追數往事，輒相顧太息，或泣下不可止。」〔註63〕縣志完成後，顧貞觀婉拒酬謝，僅請求張純修刊刻顧憲成之《顧端文公遺書》。

　　康熙三十八年（1699）顧貞立卒於湖北，顧貞觀前往奔喪，並同魏裔介之子魏勳交遊，魏勳並爲顧貞觀之《積書嚴宋詩選》作序。此後數年，顧貞觀在安徽、湖北，以及廣州等地「杖策遠遊，所至探奇攬勝，貫酒高歌，於當事雖不絕往還，然無絲毫干請歸裝，惟詩詞滿篋而已。」〔註64〕康熙四十五年（1706），顧開陸舉進士，授爲河南永寧知縣，年已古稀的顧貞觀在致書勉勵後，更特意來到永寧助之，開陸也不辱父命，官聲四起。

　　康熙四十七年（1708），顧貞觀自永寧歸無錫後，年歲既高，然精神奕奕，對於塵世萬物亦已不如青年時留意，鄒升恆云此時顧貞觀「神采彌旺，而世味已諳，作詩亦不多，斗室焚香，時諷先儒精語，或旁及梵書，視少日才名如空華幻影，一切不留色相中矣。」〔註65〕

〔註63〕〔清〕張純修撰：〈飲水詩詞集序〉，收於〔清〕納蘭性德撰、趙秀亭、馮統一箋校：《飲水詞箋校》，頁506。

〔註64〕〔清〕鄒升恆撰：〈梁汾公傳〉，《顧梁汾先生詩詞集》，頁5。

〔註65〕〔清〕鄒升恆撰：〈梁汾公傳〉，《顧梁汾先生詩詞集》，頁5。

康熙五十三年（1714）秋，顧貞觀謝世前數日，門人杜詔假歸，顧貞觀自選詩一卷授與杜詔，不滿四十篇，其一生作詩雖多，但自認可傳者甚少，可見得要求之嚴格。數日後，顧貞觀「以微疾考終，倏然去來，無諸痛苦」〔註66〕以七十八歲高齡善終，結束其抑鬱多舛卻也豐富的一生。

顧貞觀雖自身仕途不得意，然不吝於提攜後進，如杜詔、鄒升恆等皆曾受業於他，鄒升恆云：

> 先生獎成後進特多，如德清徐司空靜圃（按：徐元正，徐倬之子）、粵東梁庶常藥亭（按：梁佩蘭），俱由先生汲引而出。同邑則杜澐川、王傅嚴輩皆受先生陶鑄，名譽蔚然。升恒素學詩於先生之門，未第時，日追隨杖履，指授親切，提獎過深，今叨居史局，故於先生嗣君之屬恒作傳也，不敢以不文辭謹撮其大略著於篇。〔註67〕

顧貞觀門人多為當代名士或其後代子孫，其中亦不乏曾考取功名者，然皆對他感佩再三，其所受敬重由此可知。晚年顧貞觀曾於東林講學，以「改過安貧」為開示之言，正可說是他一生的寫照，其雖家道中落，對功名利祿亦曾有追求，但最終卻仍能坦然釋懷，正符合「改過安貧」之語。對於自身之才學亦頗有自信，曾云：「吾詞獨不落宋人圈襀，自信必傳。」〔註68〕然同時亦能謙遜自牧，與他人相互唱和，切磋磨厲。正因有此自信之態與謙沖之性，顧貞觀之作品方能傳之久遠。

第五節　著作版本，著作雖多而傳者甚少

顧貞觀之詩詞文及詞選本等作品，依據鄒升恆記載有：

> 所著巳未刻稿有《古文選略》、《全唐詩選》、《宋詩刪》、《明

〔註66〕　〔清〕鄒升恆撰：〈梁汾公傳〉，《顧梁汾先生詩詞集》，頁5。
〔註67〕　〔清〕鄒升恆撰：〈梁汾公傳〉，《顧梁汾先生詩詞集》，頁6～7。
〔註68〕　〔清〕鄒升恆撰：〈梁汾公傳〉，《顧梁汾先生詩詞集》，頁6。

詩記》、《唐五代詞刪》、《宋詞刪》、《今詞初集》、《徵緯堂詩》、《花對雜言》、《扈從詩》、《清平遺調》、《蠡塘詩》、《復竹鑪詩》、《彈指詞》、《涇皋淵源錄》、《無錫縣志補訂》及文集若干卷。〔註69〕

鄒升恆爲顧貞觀門人，顧貞觀逝世前曾親將手稿交付鄒升恆，故此記應是最完整者，然隨時代變遷，多所佚失，楊壽枬（1868～1948）在《顧梁汾先生詩詞集·題後》中則云：

> 顧梁汾先生所著書，見於傳志者曰《楚頌亭詩》、《徵緯堂詩》、《積書巖集》、《蠡塘集》、《扈從詩》、《清平遺調》、《彈指詞》、《花對雜言》、《涇皋淵源錄》都九種，世所傳者惟《蠡塘詩》一卷、《彈指詞》二卷。此外諸書，寫定藏山，歲久散佚。〔註70〕

以楊壽枬所言與鄒升恆相較，可見顧貞觀之作品流傳至楊壽枬之時，完整者僅存《蠡塘詩》一卷、《彈指詞》二卷，其餘楊氏皆未見得。

又有夏孫侗（1857～1941）序云：

> 梁汾遺書，近數十年來所見刊本，僅《蠡塘集》、《彈指詞》二卷，餘少流傳。沈文愨選別裁集，所採不出《蠡塘集》之外，可見當時全集已不易購。著述之顯晦，信有幸有不幸也。前歲於廠甸書攤購得梁汾詩四冊，除《蠡塘集》刊本之外，復有《楚頌亭集》、《扈從集》、《清平遺調》，皆抄本，俗書潦草，紙墨未渝，不知出諸誰氏。〔註71〕

此序爲夏孫侗作於癸酉（1933）年，此時流傳較廣之顧貞觀作品亦僅《蠡塘集》、《彈指詞》二卷，夏氏購得《楚頌亭集》、《扈從集》、《清平遺調》諸書，然皆爲潦草漫漶之抄本，夏氏並自言「殘年衰朽，心怠手闌」〔註72〕恐所得之書他日重復散失，於是與楊味雲（1868～1948）重建惠山貫華閣，搜輯佚聞，編爲叢錄，方使顧貞觀之作品得

〔註69〕〔清〕顧貞觀撰：《顧梁汾先生詩詞集》，頁5。
〔註70〕〔清〕顧貞觀撰：《顧梁汾先生詩詞集》，頁127。
〔註71〕〔清〕顧貞觀撰：《顧梁汾先生詩詞集》，頁1。
〔註72〕〔清〕顧貞觀撰：《顧梁汾先生詩詞集》，頁1。

以流傳。

今日可見之作品以下分別論之：

一、《積書巖宋詩選》

藏於國家圖書館，爲舊抄本，二十五卷，齊魯出版社 2001 年據舊抄本影印出版，正文卷首題「積書巖宋詩選　錫山顧貞觀梁汾選」，書中選錄晏殊、歐陽修等詞作達百餘首，爲宋詩之選本，然此書是否爲鄒升恆所見《宋詩刪》則尚未定論。

二、《今詞初集》

《今詞初集》爲顧貞觀與納蘭性德同選之詞選本，選錄清初一百八十四位詞家作品，今筆者可見者有清光緒三十二年（1906）寫本，正文卷端題「西神　顧貞觀梁汾　長白　成德容若仝選」，卷前有康熙十六年（1677）魯超題辭〔註73〕，卷後有毛際可跋，並有張鎏跋後，今藏於國家圖書館。上海古籍出版社 2002 年出版《續修四庫全書》則有據清康熙刻本影印本。2007 年江蘇鳳凰出版社《清詞珍本叢刊》則據之影印出版。

另有國家圖書館藏民國十五年上海大東書局石印本，題爲《絕妙近詞》二卷者，內容同《今詞初集》。

三、《彈指詞》

根據張秉戌所言，如今可見之《彈指詞》有：1、雍正二年（1724）刊本。2、乾隆十八年（1753）重刻本。3、光緒四年（1878）枕經葄重刻本。此三者皆爲二卷本。另有秦賡彤重刻三卷本，補遺一卷，皆枕經葄重刻版。〔註74〕此三種版本筆者未得見之，故存而不論。

筆者可見《彈指詞》版本如下：

〔註73〕張秉戌《彈指詞箋注》後附〈顧貞觀年表〉云康熙三十年「《今詞初集》再次刊刻，增有魯超序。」然魯超題辭爲康熙十六年撰，未知張氏此說何據。

〔註74〕〔清〕顧貞觀撰：《彈指詞》，頁 32。

出版年	出版社	叢書名	備　　註
1936 年	上海中華書局	《四部備要》	二卷，排印本，共收詞243 首，並附乾隆十八年（1753）諸洛序，今藏國家圖書館，1966 年臺北中華書局據此本影印，與曹貞吉《珂雪詞》、納蘭性德《納蘭詞》合訂爲一冊，1983 年臺北中華書局再次以此爲底本校勘重印。
1937 年	開明書店	陳乃乾《清名家詞》	一卷本，今藏國家圖書館
1968 年	臺灣商務印書館	《國學基本叢書》	與張炎《山中白雲詞》、趙孟頫《松雪齋詞》、陳維崧《烏絲詞》、彭孫遹《延露詞》、《珂雪詞》、《納蘭詞》等合訂
2002 年	上海古籍出版社	《續修四庫全書》	據上海圖書館藏乾隆四十九年（1784）積書巖刻本影印

　　今日通行之《彈指詞》單行本則爲北京出版社於 2000 年出版，由張秉戌以枕經葄重刻本爲底本，參以《四部備要》本及《清名家詞》校勘而成者，收詞共 245 首，爲迄今收詞最多，且全數箋注者。

四、《顧梁汾先生詩詞集》

　　此書爲顧貞觀詩詞合集，藏於傅斯年圖書館，爲 1934 年排印本，台北廣文書局於民國五十九年十月據此本影印出版，共九卷，另有附刊，目次如下表：

卷	題　　名	內　　容
第一卷	楚頌亭詩上	古今體詩 149 首
第二卷	楚頌亭詩下	古今體詩 140 首

第三卷	扈從詩	七絕詩 41 首
第四卷	清平遺調	七絕詩 19 首
第五卷	繡塘集	五古詩 27 首
第六卷	彈指詞上	長短句 65 首
第七卷	彈指詞中	長短句 72 首
第八卷	彈指詞下	長短句 64 首
第九卷	彈指詞補遺	長短句 34 首
附刊	舊本卷末附存諸家長短句	長短句 11 首

全書共計詩作 376 首，詞作 235 首。另書前有夏孫侗序、鄒升恆〈梁汾公傳〉、《縣志文苑列傳・顧貞觀傳》、《文獻徵存錄・顧貞觀傳》、《梁溪詩鈔小傳》等書序及生平文獻資料。卷四後有楊壽枬題後，卷五前有王士禎序及楊兆槐跋。卷五後有顧貞觀八世從孫顧綬珊跋、杜詔序、諸洛序、秦賡彤重刻《彈指詞》序。卷八後有孫顧綬跋。卷九前有裘廷梁《彈指詞》補遺序。附刊則為顧貞觀兄景文、弟衡文等人詞作，並附孫保圻跋。

此書為顧貞觀作品最為完備者，其餘詩詞選本及單行本所錄大抵不出此書之中，然本書中卷六至卷九所錄詞作，仍有與《彈指詞》單行本出入之處，將於下文細述之。

五、《徵緯堂詩》

北京出版社於 2000 年出版《四庫未收書輯刊》，第七輯第二十八冊中有顧貞觀《徵緯堂詩》二卷，為前所未見者，〔註75〕此書內容、作品排序等亦大多不出廣文書局《顧梁汾先生詩詞集》之外，但仍有排序不同及作品些微出入，筆者以《顧梁汾先生詩詞集》為底本，茲將二書比較製表如下：

〔註75〕吳幼貞《顧貞觀《彈指詞》研究》中著作版本一節即未提及此書，然此書出版於 2001 年，吳幼貞文亦撰於 2001 年，或因出版時間差異，未及補入。

《詩詞集》頁碼	作品題名	比較結果
21	〈宿昔〉四首	《徵緯堂詩》無
63	〈姑蘇〉、〈題王彤思憶舊集〉	《徵緯堂詩》於此二首間插入清平遺調19首，內容及排序全同《詩詞集》卷四
91	〈戊寅重陽後十日……〉	《徵緯堂詩》詩有「天門山追和太白絕句　并序」等11字
98	〈秋曉登滄浪亭呈宋中丞〉、〈盧州張太守見陽……〉	與《徵緯堂詩》排序不同，《詩詞集》未見於頁98，見於頁142、143
98	〈深喜儲汜雲謝皆人過宿……〉	《徵緯堂詩》題中無「深」字
133～142	〈秋宵月下有懷〉～〈寒甚不得遊……〉等27首	與《徵緯堂詩》位置不同，《詩詞集》全置於卷五，先後順序同

　　由此表可知《徵緯堂詩》所錄作品不出《顧梁汾先生詩詞集》之外，甚有《詩詞集》錄而《徵緯堂詩》未錄者，兩者僅有排序位置等差異。

第三章　顧貞觀與當代詞壇

　　顧貞觀生於明末，長於清初，正值更迭紛亂之際，其父顧樞於明亡時即領顧貞觀歸隱山林，顧貞觀成年後方於江南一帶結交文人詞友，因加入愼交社，與明代遺民亦有交遊。至順康年間，北方局勢雖已大致底定，然南方仍存在許多拳拳故國，雖表面歸順卻暗反清廷的明代遺民，並在江南地方持續與清廷進行抗爭，清廷爲全面控制江南，除以懷柔政策如開科取士等方式加以攏絡外，亦同時通過科場案、通海案、奏銷案、哭廟案、明史案等大案打擊反清勢力。其中順治十四年（1657）科場案與順治十八年（1661）奏銷案更是牽連最廣、歷時亦長的大案，吳兆騫以科場案流徙塞北，顧貞觀以奏銷案束裝入京，當時名士如吳偉業、徐乾學、徐元文、韓菼、汪琬等皆不能免，故本章首先探討此二案與顧貞觀之關連，其次論述顧貞觀在江南及京師之交遊情形。

第一節　政治背景

一、科場案

　　科場案乃清初重要科舉連續舞弊大案，蔓延全國，牽連甚廣，其中又可分爲順天鄉試案、江南鄉試案、河南鄉試案等三案，孟森

在《心史叢刊》中云：

> 專制國之用人，銓選與科舉等耳，古用鄉舉里選之法，最近
> 文明，後漸成器械之事。凡汲引人材，從古無有以刀鋸斧鉞
> 隨其後者，銓政縱極清平，能免賄賂，不能免人情，科舉亦
> 然。士子之行卷，公卿之游揚，恆爲躐取科第之先導，不足
> 諱也。……至本朝，乃興科場大案，草菅人命，甚至弟兄叔
> 姪，連坐而同科，罪有甚於大逆。無非重加其周民之力，束
> 縛而馳驟之，蓋始於順治丁酉之鄉闈矣。〔註1〕

科舉作爲中國取士最主要之管道，學子莫不兢兢業業，然因與政治仕
途相關，故仍「能免賄賂，不能免人情」，不時有「行卷、游揚」之
事，然未爲忌諱。至有清一代，爲打擊仍在江南結社之士人，清廷大
興科舉案，「甚至弟兄叔姪，連坐而同科，罪有甚於大逆」，丁酉年科
場案即可視爲清廷一連串大案之開端。

　　科場案最初發生於順治十四年（1657）十月，順天闈考官李振鄴、
張我樸公然收受舉人陸其賢賄銀三千兩，考試結束後眾口紛紛，物議
沸騰，文士集體前往文廟哭廟，給事中任克溥參奏後得順治帝旨云：

> 貪贓壞法，屢有嚴諭禁飭。科場爲取士大典，關係最重。
> 況輦轂重地，繫各省觀瞻，豈可恣意貪墨行私！所審受賄、
> 用賄、過付種種情實，目無三尺，若不重加懲處，何以警
> 戒來茲？李振鄴、張我樸、蔡元曦、陸貽吉、項紹芳，舉
> 人田耜、鄔作霖，俱著立斬，家產籍沒，父母、兄弟、妻
> 子俱流徙尚陽堡。〔註2〕

李振鄴等七人，當即被押往菜市口刑場處斬，吏部和刑部隨即向各省
發出急件，敕令將順天案各犯家中老幼全數逮捕關押，家資財產查抄
入官，前後共得一百零八人，全數押往盛京尚陽堡。

　　順天闈案後，江南闈亦爆發舞弊情事，給事中陰應節參奏云：

〔註1〕孟森撰：《心史叢刊》（北京：中華書局，2006年4月），頁34。
〔註2〕〔清〕王先謙撰：《東華錄》，收於《續修四庫全書》（上海：上海古
　　　籍出版社，1998年），第369冊，頁426下右～下左。

> 江南主考方猶等弊竇多端，物議沸騰，其彰著者，如取中
> 之方章鉞，係少詹事方拱乾第五子，懸成、亨咸、膏茂之
> 弟，與方猶聯宗有素，乘機滋弊，冒濫賢書，請皇上立賜
> 提究嚴訊。〔註3〕

順治帝隨即下旨嚴查所有陰氏奏本內所參情事及弊竇，並將人犯解至
刑部。方猶以下二十名考官被摘去頂戴，同方章鉞一併打入大牢進行
審訊。最終將方猶、錢開宗並同考官一併革職，著即正法，妻兒家產
籍沒入官，同考官即處絞刑，妻子家產籍沒入官，舉人方章鉞等責四
十大板，家產籍沒入官，父母兄弟妻兒全數流徙寧古塔。爲緩和朝野
輿論，順治帝又下令錄取舉人中的作弊者取消其資格；其餘中舉者皆
須於京城參加複試，並親自出題、主持，考官亦在開考前臨時任命，
以杜絕弊端顯示公正。

吳兆騫此時正在江南闈中遭仇家誣陷，奉旨入京參加複試。然
複試時試場中武士林立，持刀立於兩旁，雖仍有如張玉書等從容應
試者，但吳兆騫戰慄不能握筆，終未能成卷，雖審無情弊，仍遭除
名，籍沒家產，流徙寧古塔，並於順治十六年（1659）閏三月自京
師出塞，至康熙二十年（1681）放還止，流寓寧古塔長達二十餘年。
其流寓期間除顧貞觀與之往來通信不絕外，徐乾學（1631～1694）、
徐釚（1636～1708）、吳偉業（1609～1672）等名士皆有詩文記之，
丁酉科場案以吳兆騫而名於世，然實是顧貞觀二詞與吳偉業一詩爲
吳增重，且吳兆騫得自寧古塔南歸，亦緣顧貞觀之詞與徐乾學、納
蘭性德之周旋。

順天、江南二闈後，河南、山東、山西三闈接連爆發舞弊事件，
主考黃鈜及「西泠十子」之一的丁澎皆受牽連，流徙尚陽堡。

近人孟森考證丁酉科場案，認爲「南闈之荼毒則又倍徙於北闈」

〔註3〕〔清〕王先謙撰：《東華錄》，收於《續修四庫全書》，第369冊，頁
427上左。

〔註4〕在北闈中僅戮二房考，至南闈則特旨改重，主考立即處斬，十八房考皆處絞刑，孟森亦認為科場案乃是「士大夫之生命之眷屬，徒供專制帝王之遊戲，以借為徙木立信之具」〔註5〕更痛陳「僥倖不為刀下之游魂者，乃詡詡然自命為科第之榮，有天子門生之號。嗚呼！科舉之敗壞人道乃如是哉！」〔註6〕科場案作為帝王打擊江南士子之武器，雖使數年內科舉舞弊案近乎絕跡，江南文人也因此受到沉重打擊。

二、奏銷案

　　清廷統治初期，政局仍不甚穩定，外有明鄭等遺民勢力持續抵抗，內有官紳士子不服統治，加以連年征戰，軍餉告匱，財政嚴重不足，江南歷代皆是賦稅重地，其中又以蘇州府、松江府課稅最重，此地欠糧之事亦時有所聞。

　　順治十六年（1659），清廷訂定條例懲罰江南紳士拖欠、抗糧者，起初罰則僅限於無錫、嘉定一代拖欠順治十七年（1660）所欠錢糧者，然至順治十八年（1661）正月，順治帝晏駕，年僅八歲的康熙帝登基，同月二十九日，輔臣諭戶部、吏部云：

> 錢糧係軍國急需，經管大小各官，須加意督催，按期完解，乃為稱職。近覽章奏，見直隸各省錢糧，拖欠甚多，完解甚少。或係前官積逋，貽累後官；或係官役侵挪，藉口民欠……今後經管錢糧各官，不論大小，凡有拖欠參罰，俱一體停其升轉，必待錢糧完解無欠，方許題請開復升轉。爾等即會同各部寺酌立年限，勒令完解。如限內拖欠錢糧不完，或應革職，或應降級處分，確議具奏。〔註7〕

此令及當時所謂「新令」，清廷以「軍國急需」為由，要求各地方政

〔註4〕孟森撰：《心史叢刊》，頁60。
〔註5〕孟森撰：《心史叢刊》，頁60。
〔註6〕孟森撰：《心史叢刊》，頁60。
〔註7〕〔清〕徐珂撰：《清稗類鈔·獄訟類》（北京：中華書局，1984年12月），第3冊，頁995。

府加強催督，凡拖欠者皆必須「停其升轉」，若無法於期限內繳納完畢，更將革職或降級。此令使各地方政府即於同年二月開始編造奏銷冊。同年三月，清廷再一次發布奏銷案文書：

> 錢糧關係重大，刻不容緩。每年或有水旱災傷及土地拋荒等項，該撫按提報，臣部復令看明，即行提黜。至於現在成熟應納正賦，俱係兵餉，亟需自應照數完解。今直隸各省逋欠錢糧，非盡系小民拖欠，多由地方頑劣紳衿，自恃豪強，抗拒長官，兼之霸占民地，不納租稅，並有內外大小各官及進士、舉人、貢生之兄弟、宗族、親戚，懸掛紳士牌匾，倚藉勢力，抗糧不納。〔註8〕

奏文中稱奏銷案與「水旱災傷及土地拋荒」有關，且明列奏銷之對象為各地士紳，並將之稱為「抗糧不納」之頑劣者，同年四月，江蘇巡撫朱國治即以「兵餉缺乏，至今已極」〔註9〕為由，將蘇州府、松江府、常州府、鎮江府及溧陽縣之欠糧進士、舉人、生員乃至地方紳士，依照姓名及欠糧數目造冊參奏，此後判定是否欠糧，即以朱國治參報為界。

　　按清廷之論則奏銷案之範圍為全國各省，然其中實以江南最受重挫，伍丹戈稱之為「順治十七年各省奏銷案」或「庚子（順治十七年）奏銷案」。〔註10〕孟森則稱為「辛丑（順治十八年）江南奏銷案」〔註11〕。《撫吳疏草》則稱「順治十七年分江南抗糧一案」、「江南抗糧不納一案」、「江寧撫屬抗糧一案」，由於清世對此案諱而不言，《東華錄》亦不載，則「奏銷案」應為後世隱晦之稱，「抗」

〔註8〕　趙踐：〈清初奏銷案發微─從清廷內閣中樞一個文件說起〉引中國第一歷史檔案館藏之順治朝戶部史書，《清史研究》，1999年，第1期，頁109。

〔註9〕　〔清〕韓世琦：《撫吳疏草》，收於《四庫未收書輯刊・第八輯》（北京：北京出版社，2000年），卷10，〈十七年三次續完疏〉，頁46。

〔註10〕伍丹戈：〈論清初奏銷案的歷史意義〉，《中國經濟問題》，1981年第1期，頁58。

〔註11〕孟森：《心史叢刊》，頁3。

字則較可如實反映當時清廷打擊江南紳衿之情況，因此付慶芬認為《撫吳疏草》之名即是當時清政府對此案之正式稱謂。〔註12〕

　　早在順治十六年（1659）冬，清廷即以明鄭逆案牽連為通海案任情荼毒，奏銷案發生時金聖嘆因同情無法繳交欠糧者而抗糧哭廟，朱國治以「搖動人心」判其死罪；而奏銷案以賦稅之事起，然整理賦稅本屬官吏職權，朱國治卻主動造冊清查，種種現象反映當時清廷以奏銷為藉口，清剿反清勢力之目的，因此孟森認為朱國治「以故明海上之師，積怒於南方人心未盡帖服，假大獄以示威，又牽連逆案以成獄」〔註13〕，實為不假。

　　奏銷案牽連甚廣，前後被黜者多達一萬三千五百餘人，當時江南名士吳偉業、徐乾學、徐元文、徐鍔、彭孫遹、葉方藹、韓菼、董含、董俞、王昊、邵長衡、顧予咸、汪琬、曹爾堪、計東、宋實穎、宋德宜、秦松齡、鄒祇謨、黃永、董元愷、任繩隗、翁叔元、徐喈鳳等無一倖免，秦松齡因此案被革斥；韓菼、翁叔元幾乎被迫自盡；葉方藹已中探花，卻因欠一文錢亦被黜，遂有「探花不值一文錢」之謠。科場案與奏銷案等大案接連而來，幾使江南學校為之一空。顧貞觀亦牽連奏銷案中，故於此年「以江南奏銷案掛誤束裝入京」，一面為自己尋找後路，一面為以科場案流徙寧古塔的吳兆騫尋求一線生機。

第二節　江南詞友

　　顧貞觀生於無錫，少年時即在家鄉一帶與文士唱和，結交許多江南地方之文人詞友，入慎交社後更與社員多有唱和往來，後雖於順治十八年（1661）入京，仍與江南文人、慎交社舊識多有交遊，吳兆騫與納蘭性德亡故後，顧貞觀離京南下，從此除憑弔納蘭性德

〔註12〕付慶芬：〈清初「江南奏銷案」補證〉，《江蘇社會科學》，2004 年第
　　　　1 期，頁 133。
〔註13〕孟森：《心史叢刊》，頁 3。

外絕跡於京城，多在南方遊歷。

　　顧貞觀在慎交社中結識許多好友，除吳兆騫外，如當時人稱「吳門三宋」的宋實穎、宋德宜、宋德宏、「玉峰三徐」的徐乾學、徐元文、徐秉義，以及陳維崧、秦松齡、嚴繩孫等皆於此時與顧貞觀相識，其南方之交遊往來，亦多不出慎交社舊友，故本節即以慎交社爲中心，並將顧貞觀好友分爲五類，論述顧貞觀於江南地方之交遊情形。

一、提攜之交

　　顧貞觀早年皆在無錫，並於慎交社中結識眾多文士，其中部分年齡較顧貞觀稍長者，在往後皆對顧貞觀有所提攜，可視爲亦師亦友者。

（一）黃家舒、吳偉業

　　黃家舒（1600～1669），字漢臣，無錫人。明季諸生，天啓、崇禎間，與錢陸燦、唐德亮等號「聽社十七子」。明亡後隱居家中，謝絕交游。有雜劇《城南寺》及《焉文堂集》、《南忠紀錄》等。

　　吳偉業（1609～1671），字駿公，號梅村，江蘇太倉人。崇禎四年（1631）進士，授翰林院編修，歷遷東宮侍讀，南京國子監司業。順治二年（1645），清軍南下，吳偉業攜家眷逃往礬清湖親戚家，隱居不出。順治九年（1652）經兩江總督馬國柱推薦，奉詔至燕京，入朝廷。次年授秘書院侍講，被迫出仕。順治十三年（1656），官國子監祭酒，次年，因母喪丁憂歸鄉。康熙十年（1671）病卒。有《梅村家藏稿》、《梅村詩餘》，傳奇《秣陵春》，雜劇《通天台》、《臨春閣》等。

　　黃家舒、吳偉業二人當時已是江南名士，爲顧貞觀最早從遊者，順治八年（1651）顧貞觀即在蘇州一帶與黃、吳二人往來，提倡詩詞古文不遺餘力，顧貞觀時年方十五歲，黃、吳二人賞識其才華，與之往來，其後顧貞觀加入慎交社即透過吳偉業之引薦，加入慎交社後，顧貞觀交遊越見廣闊。

（二）曹溶

曹溶（1613～1685），字秋岳，一字潔躬，亦作鑒躬，號倦圃、
鉏萊翁，浙江秀水人。崇禎十年（1637）進士，官御史。清順治元
年（1644）清兵入北京後仕清，康熙三年（1664）歸里。康熙十三
年（1674）三藩之亂，曹溶隨征福建。後丁憂不復出。康熙十七年
（1678）詔舉博學鴻詞，以疾辭。康熙十九年（1680），徐元文又薦
曹溶佐修《明史》，亦不赴，後卒於家。著有《靜惕堂詩詞集》。

曹溶是顧貞觀長輩，顧貞觀在詞學上受其影響頗深，曾直言「於
詞尤服膺倦圃」﹝註14﹞更以曹溶之言告納蘭性德。顧貞觀更在〈梅影〉
一詞序云：「金校書臨別爲余寫照，曹秋岳先生屬賦長調記之。是夜
積雪堆簷，擁爐沉醉，詞成後都不知爲何語。先生名之曰〈梅影〉，
因圖中有照水一枝也。」﹝註15﹞可見得顧貞觀與曹溶亦師亦友之情。

二、林下三老

顧貞觀晚年與嚴繩孫、秦松齡隱居無錫，號稱「林下三老」，三
人亦結識於慎交社中，相識甚早，往來密切，爲顧貞觀一生中交遊時
間最長者。

（一）嚴繩孫

嚴繩孫（1623～1702），字蓀友，又字多蓀，號秋水，又號藕漁，
晚號藕蕩漁人，江蘇無錫人。康熙十八年（1679）應博學鴻詞科，擢
二等，授翰林院檢討掌修國史，修《明史》，先後任日講起居注官、
山西鄉試正考官、右中允兼翰林院編修、承德郎等職。康熙二十四年
（1685）辭官回鄉，築草堂隱居，以詩書終老，康熙四十一年（1702）
病逝，年七十九，有《秋水詞》二卷。

﹝註14﹞ 顧貞觀：〈與栩園論詞書〉，見納蘭性德撰、馮統一、趙秀亭箋校：《飲
水詞箋校》，（北京：中華書局，2009 年 11 月），頁 509。

﹝註15﹞ 〔清〕顧貞觀撰：《彈指詞》（北京：北京出版社，2000 年 1 月），頁
391。

（二）秦松齡

　　秦松齡（1637～1714），字漢石、次椒，號對巖、留仙，晚號蒼峴山人，江蘇無錫人。順治十二年（1655）舉進士。因擅書法改翰林院庶起士，授國史館檢討，後受奏銷案牽連削籍。康熙十八年（1679）復薦試博學鴻詞科一等，授檢討。後充順天鄉試正考官，康熙二十三年（1684）又因磨勘落職。晚年回鄉隱居，康熙五十三年（1714）病逝，年七十八，有《微雲詞》一卷。

　　嚴繩孫和秦松齡皆顧貞觀同鄉，順治十一年（1654）相識於慎交社，隔年兩人又與秦保寅、劉雷恒、顧景文等十人創立雲門社，時人稱之為「雲門十子」。康熙十一年（1672）顧貞觀與秦松齡、方邵村共聚吳興祚聽梧軒，顧貞觀有〈踏莎美人〉一詞賦之。康熙十五年（1676）顧貞觀與納蘭性德相識即透過嚴繩孫、徐元文引薦。康熙二十一年（1682）顧貞觀又與嚴繩孫、陳維崧、姜宸英、朱彝尊等同飲於花間草堂，隔年嚴繩孫即被迫告歸，顧貞觀有〈望海潮・和嚴蓀友照黛〉一詞贈之，照黛閣即兩人曾同遊之地，顧貞觀舊事重提，並用以表達同情與慰藉之意。康熙二十三年（1684）秦松齡為順天鄉試主考，因舞弊案遭彈劾去職回鄉，於惠山重結「碧山吟社」〔註16〕，與顧貞觀、嚴繩孫、杜詔、秦保寅等唱和。

　　在慎交社成員中，與顧貞觀交情最久最密者即嚴、秦二人，三人晚年隱居於家鄉，並稱「三老」，秦蕡彤重刻《彈指詞》序即云：「先公論對嚴公官京師時，恆與同邑嚴藕漁、顧梁汾兩先生集納蘭成容若所，以詩詞相酬唱。」〔註17〕可見顧、嚴、秦三人常於納蘭性德家中相會賦詩，友誼深厚，為後世子孫樂道。

〔註16〕據《惠山古今考》所記，碧山吟社在惠山二泉右側，有十老堂、撚
　　　　髭亭等，為明成化十八年（1482）由秦旭、陸勉、高直、陳履、黃
　　　　祿、楊理、李庶、陳公懋、施廉，潘緒十人所結，眾人在此賦詩吟
　　　　詠，為一時文人雅集之地，後經幾度興廢，至今仍存。
〔註17〕〔清〕顧貞觀撰：《顧梁汾先生詩詞集》（臺北：廣文書局，1960 年
　　　　10 月），頁 151。

三、酬唱之友

顧貞觀青年時期往來京城與江南之間，早年江南友人亦多半在中土各地或作幕僚，或謀仕途，顧貞觀與眾人亦時有見面或書信往來，其中最重要者即為吳兆騫，另有十數名往來較頻繁者。

（一）吳兆騫

吳兆騫（1631～1684），字漢槎，江蘇吳江人。順治六年（1649）吳兆騫與尤侗、汪琬、宋實穎、宋德宜等組成慎交社，謝國楨曾詳加考證其源流：

> 到了順治乙酉、丙戌以後，江南初定，清廷南北二闈，已經開科取士，來牢籠一般讀書的人。所以幾社的名士，張九徵、宋徵輿、宋實穎、宋德宜、宋德宏、鄒祗謨、董以寧等都出來應試。那時由宋實穎既庭、杜登春君邁，還有徐乾學、徐元文等，在蘇州發起滄浪會，聯合吳郡和松江的兩郡人物，提倡風雅。但不久兩郡的士子，漸漸的起了意見。於是在順治六年己丑的冬天，滄浪亭一局，就變成慎交、同聲兩社。原來松江和吳郡的社事，明末日爭月變以前，是以松江，明亡以後，滄浪會中人物，雖然全是徐闇公、楊維斗的高足，但社中的勢力，已轉變到吳郡。不久吳中又分成兩派，就是慎交和同聲；而松江又立原社，慢慢的就與吳中分馳了。沈彤震澤志云：「慎交社創於郡中宋季庭實穎，而吾邑之在社者，則吳弘仁兄弟為之冠。因此慎交社，後人多以為吳兆騫所主辦。〔註18〕

慎交社是蘇州發起滄浪會分化後其中一個支社，順治十一年（1654）顧貞觀透過吳偉業引薦加入慎交社，初識當時已名滿江南的才子吳兆騫，此時吳兆騫年二十四，顧貞觀年十八，兩人意趣相合，遂成為摯友。

順治十四年（1657）吳兆騫中江南鄉試為舉人，卻在科場案中被

〔註18〕謝國楨撰：《明清之際黨社運動考》（北京：中華書局，1982 年 11 月），頁 158。

誣舞弊，雖查無弊情，卻因未能成卷亦受牽連，流放寧古塔，於順治十六年（1658）出塞。吳兆騫流放期間，與顧貞觀往來通信不絕，其信件文書可見於吳兆騫《秋笳集》中。〔註19〕康熙十五年（1676），顧貞觀書〈金縷曲・以詞代書〉二首寄與吳兆騫，成爲吳兆騫得以「贖命」的契機，納蘭性德在〈祭吳漢槎文〉中云：「〈金縷〉一章，聲與泣隨，我誓返子，實由此詞。」〔註20〕納蘭性德遂與顧貞觀相約以五年爲期，終於康熙二十年（1681）贖得吳兆騫放還，此事傳爲詞壇之佳話，爲後人多所傳誦，附會故事者亦所在多有，如袁枚《隨園詩話》即記此事云：

> 一説：華峰之救吳季子也，太傅方宴客，手巨觥謂曰：「若飲滿，爲救漢槎。」華峰素不飲，至是一吸而盡。太傅笑曰：「余直戲耳。即不飲，余豈不救漢槎耶？雖然，何其壯也！」嗚呼！公子能文，良朋愛友，太傅憐才，眞一時佳話。〔註21〕

顧貞觀爲救吳兆騫，縱平日「素不飲」，在明珠談笑間卻爲救故人願意「一吸而盡」，此事雖大抵杜撰，仍可見其友誼之眞摯，亦可見此事於當時流傳之遠，傳誦之廣，孟森亦認爲科場案「世所最藉藉者爲吳兆騫。吳兆騫之最繫人口者爲顧貞觀〈金縷曲〉兩闋與成容若之周旋期間。」〔註22〕顧貞觀以〈金縷曲〉爲吳兆騫增重，後世了解顧貞觀亦多由此始。經顧貞觀、納蘭性德、徐乾學等人力助，吳兆騫終於康熙二十年（1681）放還，並於隔年與顧貞觀相見於花間草堂，闊別二十餘年的老友終得在有生之年相會。

康熙二十三年（1684）十月，吳兆騫忽以腹疾亡故於京城，年五

〔註19〕 吳兆騫與顧貞觀書信往來共四封，皆可見於麻守中點校：《秋笳集》（上海：上海古籍出版社，1993 年 10 月）卷 8，頁 264～267。

〔註20〕 〔清〕納蘭性德撰、黃曙輝、印曉峰點校：《通志堂集》（上海：華東師範大學出版社），卷 14，頁 286。

〔註21〕 〔清〕袁枚撰：《隨園詩話》（北京：人民文學出版社，1998 年 2 月），卷 3，頁 80。

〔註22〕 孟森撰：《心史叢刊》，頁 72。

十三，顧貞觀於南京聽聞噩耗，隨即北上爲吳兆騫營葬，最後由納蘭性德出資爲其料理後事，送靈柩回吳江，讓吳兆騫得以歸葬家鄉。

（二）姜宸英

姜宸英（1628～1699），字西溟，號湛園，又號葦間，浙江慈溪人，與朱彝尊、嚴繩孫並稱「江南三布衣」。本明末諸生，康熙十九年（1680）以布衣薦入明史館任纂修官，又從徐乾學修《大清一統志》，因得罪大學士明珠受冷遇，康熙三十六年（1697）年七十，始成進士。越兩年爲順天鄉試副考官，然因主考官舞弊，遭連累下獄，自殺於獄中。著有《湛園集》、《葦間集》。

姜宸英與顧貞觀、朱彝尊、梁佩蘭、嚴繩孫等當時名士皆與納蘭性德交好，經常相聚於納蘭性德府中歡會唱和，如姜宸英〈題將君長短句〉中即記有康熙二十一年（1682）曾同飲花間草堂唱和之事：

> 記壬戌燈夕，與陽羨陳其年、梁溪嚴蓀友、顧華峰、嘉禾朱錫鬯、松陵吳漢槎數君同飲花間草堂。中席，主人指紗燈圖繪古蹟，請各賦〈臨江仙〉一闋。〔註23〕

（三）朱彝尊

朱彝尊（1629～1709），字錫鬯，號竹垞，浙江嘉興人。康熙十八年（1679年）舉科博學鴻詞，以布衣授翰林院檢討，入值南書房，曾參加纂修《明史》。後爲江南省試主考，因疾未及畢事而罷歸。其詩與王士禎齊名，時稱「南朱北王」。著述甚豐，有《經義考》、《曝書亭集》等。編有《詞綜》、《明詩綜》等。

朱彝尊與顧貞觀同爲自明入清之士子，背景相似，遂成爲好友，康熙二十五年（1686）與顧貞觀攜竹爐及《竹爐新詠》至浙江海波寺與朱彝尊相會，並與孫致彌、周篔（1623～1687）等往還，賦詩唱酬，有竹爐聯句。

〔註23〕〔清〕姜宸英：《湛園未定稿》，收於《四庫全書存目叢書》（臺南：永康市，莊嚴出版，1997年），集部，第 261 冊，卷 5，頁 709。

（四）陳維崧

陳維崧（1625～1682），字其年，號迦陵，江蘇宜興人。早有文名，與吳偉業、冒襄、龔鼎孳、姜宸英、彭孫遹等人皆有往來。又與吳兆騫、彭師度同被吳偉業譽為「江左三鳳」。明亡後科舉不第，康熙十八年（1679），舉博學鴻詞科，授翰林院檢討。康熙二十一年（1682）卒，年五十八。有《湖海樓全集》、《陳迦陵文集》、《迦陵詞》等行世。

陳維崧與顧貞觀、朱彝尊並稱「詞家三絕」，顧貞觀之詞學理論有部分與陳維崧持論相同，兩人互有贈別之作，如陳維崧〈法曲獻仙音・寄嚴覽民、錢寶汾、顧華峰三舍人〉云「三子者，一時妙選」〔註24〕可顯現陳維崧對顧十分賞識。陳維崧又有〈滿江紅・梁溪顧梁汾舍人過訪賦此以贈兼題其小像〉一闋贈之；顧貞觀亦有〈百字令・荊溪雨泊，用史梅溪韻留別陳其年、史蝶庵諸同學〉即是贈別陳維崧、史惟元之作，詞中云「僕本多愁消不起，罨畫溪山風月。蝦籠箏船，蛟橋酒幔，麗景縱消歇。津亭回首，嫩條誰與同折。」〔註25〕表現出離情依依的愁緒，可見其交情之篤。

（五）毛際可

毛際可（1633～1708），字會侯，號鶴舫，晚號松皐老人，浙江遂安人。順治十五年（1658）舉進士，任河南彰德府推官。康熙十七年（1678）舉博學鴻詞科不第，後以事罷官，返里讀書著述。康熙四十七年（1708）病逝家鄉，年七十六。毛際可長古文，與毛奇齡、毛先舒皆浙江人，因有「浙中三毛，文中三豪」之號。著有《松皐文集》、《安序堂文鈔》、《拾餘詩稿》、《黔遊日記》、《會侯文鈔》、《浣雪詞鈔》（一名《映竹軒詞》），《松皐詩選》等。現存詞180餘首。

毛際可曾為顧貞觀與納蘭性德共同編纂的《今詞初集》作跋，肯

〔註24〕〔清〕陳維崧：《陳迦陵詩詞文全集》（臺北：臺灣商務印書館，1965年，《四部叢刊・集部》），卷11，頁419上。

〔註25〕〔清〕顧貞觀撰：《彈指詞》，頁399。

定二人「鏟削浮艷，抒寫性靈」〔註26〕的詞學主張，顧貞觀又有〈滿江紅・和毛會侯汴梁懷古〉一詞，詞中注云「余行時囑毛會侯重建信陵君祠，擬他年再過夷門。特賦一詞拜酹，未敢草草。」〔註27〕足見二人對歷史興亡之感頗深。康熙二十五年（1686）毛際可又在浙江與顧貞觀相會，互相唱和。〔註28〕

（六）吳綺

吳綺（1619～1694），字園次，一字豐南，號綺園，又號聽翁。江都（江蘇揚州）人。順治十一年（1654）貢生，官至湖州知府，因「多風力，尚風節，饒風雅」，人稱「三風太守」，失官後再未出仕。有《林蕙堂集》。吳綺詞以豔情最著，筆調秀媚。

吳綺在康熙十七年（1678）會顧貞觀於蘇州，兩人此次會合，是受納蘭性德之託刊刻《飲水詞》，兩人皆有序記之。兩人多次相會飲宴，如〈菩薩蠻・和吳園次〉及〈浣溪沙・記園次語〉等，皆爲席上唱酬之作。康熙三十一年（1692）二人又相會於無錫忍草庵，有詩〈秋日山居，偕余山人淡心，吳湖州園次飯桂花下，午餘步過忍草，茗談至暮，兩君言別，余留庵中，賦此〉，可見二人皆有詩情畫意、清茗香花的風雅樂趣。

（七）丁澎

丁澎（1622～1686），字飛濤，號藥園，浙江仁和（杭州）人，與同鄉陸圻、毛先舒等十人合稱「西泠十子」。順治十二年（1655）進士，官刑部廣東司主事。順治十四年（1657）因科場案被劾，謫戍奉天靖安，順治十九年（1662 年）獲歸。晚年回鄉參與修輯浙江地

〔註26〕 毛際可：〈今詞初集跋語〉（臺北：鳳凰出版社，2007 年，張宏生主編《清詞珍本叢刊》，第二十二冊）頁 616。
〔註27〕 〔清〕顧貞觀撰：《彈指詞》，頁 228。
〔註28〕 據毛際可：《安序堂文鈔・花間草堂記》，收於《四庫全書存目叢書》（臺南：莊嚴文化，1997 年）中云「余別梁汾且七年，近寓西泠，適梁汾客游過，手繪小圖出之爲玩，而囑余記其梗概者如此。」，可推知二人在康熙十七年或十八年曾相見。

方誌。康熙二十五年（1686 年）病卒家鄉，年六十四。有《扶荔堂集》、《信美軒詩集》、《藥園集》等。

丁澎為科場案受害者之一，明末士子對入仕清廷始終存在矛盾複雜的心理，顧貞觀如此，丁澎亦如此，原想功成名就卻遭此大劫，顧貞觀有詞〈浪淘沙·客陽邱，暮聞弦索，同丁藥園賦〉云：

> 判謝卻韶華。細雨梨花。女郎山下夢還家。六畝屏欹三徑
> 掩，不似天涯。　　庭樹欲棲鴉。漸暝窗紗，四弦何處撥
> 琵琶。拍遍伊涼驚入破，颯颯風沙。〔註29〕

此時顧貞觀亦客居他鄉，本是為求取功名，卻與願望相違，夢中彷彿已回到家鄉，驚醒又聽得陣陣琵琶聲，更加觸發其思鄉情懷。顧貞觀以此作贈丁澎，正有感其所感之意。

（八）汪懋麟

汪懋麟（1640〜1688），字季角，號蛟門，江蘇江都人。康熙六年（1667）進士，授內閣中書。因徐乾學之薦以刑部主事入史館充纂修官，後罷歸，閉門謝客，潛心著述，後卒於鄉，年四十九。有《百尺梧桐閣集》行世。

徐釚《本事詩》云：「蛟門病中納姬長安抵舍，一時群公都賦〈賀新郎〉詞，一名〈金縷曲〉。」〔註30〕可知是眾人和作，汪懋麟為顧貞觀同僚，此作即群公所賦其中之一，鋪陳寫來，語多戲謔。

（九）劉雷恒

劉雷恒（1623〜不詳），字震修，號易台，無錫人。康熙十九年（1680）貢生，官常州府訓導，後擢六安知州。以文行著稱。

顧貞觀在〈杏花天·為劉震修題照〉中云：

> 廿年江左知名士，羨門第、才華如此。論交吾亦空餘子，
> 端為吾兄屈指。風流那覺韶光駛。一笑撚、人間青紫。英

〔註29〕〔清〕顧貞觀撰：《彈指詞》，頁 131。
〔註30〕〔清〕徐釚撰：《本事詩》，收於《續修四庫全書》，第 1699 冊，頁 362 上左。

雄兒女神仙事，種種於君芥耳。〔註31〕

顧貞觀讚劉爲「廿年江左知名士」，門第才華皆出眾人之上，且不以
與布衣交遊爲恥，又云其視功名利祿、求仙問道皆爲無物，人品高
尚如此，不同凡俗。顧貞觀又曾與眾多友人於劉氏書齋中賦〈永懷
古蹟〉五首，可見其以詩會友風雅之情。

（十）紀映鍾、萬樹

紀映鍾（1609～1681），字伯紫，一字蘗子，號憨叟，晚號鍾山
逸老，江蘇上元（今南京）人。明末諸生，與龔鼎孳友善，晚年客居
龔氏寓所長達十年，善詩古文詞，工書，有《眞冷堂集》。

萬樹（1630～1688），字紅友，一字花農，號山翁、山農，常州
府宜興人。康熙十八年（1679）入兩廣總督吳興祚幕府作幕僚，康熙
二十七年（1688）終以懷才不遇，憂鬱積勞成疾，拜辭吳興祚回鄉，
病逝廣西，年五十八。有戲曲 20 餘種，僅存三種，合刻爲《擁雙豔
三種曲》；另有《璿璣碎錦》、《香膽詞》傳世。

康熙十三年（1674）顧貞觀在南京與返寧的紀映鍾會面，有〈金
縷曲・紀蘗子徵君話舊有感〉，藉紀映鍾之言抒發其感慨。稍後又與
萬樹於無錫相會，有〈續斷令・萬紅友出所製藥名藏頭詞示余，輒戲
爲之〉一詞，詞文中藏有十餘種中藥名，雖看似文字遊戲之作，實藉
此抒發身世之感。

（十一）陸舜

陸舜（不詳～1692），字元升，號吳州，江蘇泰州人。康熙三年
（1664）舉進士，授刑部主事，升郎中，康熙十二年（1673）官浙江
提學道。康熙十七年（1678），舉博學鴻詞科，以病辭，家居二十年，
後卒於鄉。有《雙虹堂詩文集》、《吳州文集》等。

陸舜生平與顧貞觀有相似之處，皆早年爲官，晚年家居不出，陸
舜於仕途上稍較顧貞觀順遂，顧貞觀有〈百字令・甌東苦雨，和陸吳

〔註31〕〔清〕顧貞觀撰：《彈指詞》，頁 501。

州夫子韻〉，抒發其羈旅他鄉，天涯失路之苦。

（十二）嚴臨

嚴臨，字覽民，號醒齋，秀水（今浙江嘉興）人。康熙三年
（1664）考授中書舍人，卒於官。著有《醒齋集》。

顧貞觀有〈殢人嬌・答同年嚴覽民問余近況〉云：

> 帳掩梅花，一炷水沉煙小。宛轉薄衾香不了。堆窗亂葉，
> 聽西風橫掃。才病起，禁得夜深清覺。　　喔喔荒雞，啞
> 啞宿鳥。明日事、又縈懷抱。輸他痛飲，把餘寒生拗。判
> 醉也、能抵獨眠多少。〔註32〕

朋友相問，填詞答之，因顧嚴二人同年考選中書，故稱「同年」，詞
中以女性角度抒發自己悲涼無依之感，且以「才病起，禁得夜深清覺」
答其所問，詞末又擬以痛飲忘卻傷感，心緒惆悵之情惟有知己能明。

（十三）梁佩蘭

梁佩蘭（1629～1705）字芝五，號藥亭、柴翁、二楞居士，晚號
鬱洲，廣東南海人。年近六十方中進士，授翰林院庶起士。未一年即
歸鄉，結社南湖，卒於家鄉。工詩，其作品意境開闊，為各大詩派一
致推崇，與屈大均、陳恭尹並稱「嶺南三大家」。有《六瑩堂前後集》
等。

梁佩蘭曾託顧貞觀賦紫竹夫人詞，顧即作〈金縷曲・梁藥亭解元
屬賦紫竹夫人，因有所訂〉一首贈之，紫竹夫人為以竹青編織而成之
消暑工具，此作在詞序已說明填詞因由，即詠紫竹夫人且據時人說法
提出訂正，所誤為何今已不詳，然此作可視為顧貞觀與梁佩蘭二人雅
趣之作。

（十四）陳矗恒

陳矗恒，字曾起，江蘇武進人。康熙三十九年（1700）進士，
授荔浦令，後調長寧，建清溪橋，捐置渡口義田，民懷其德。又授

〔註32〕〔清〕顧貞觀撰：《彈指詞》，頁170。

刑部主事，改翰林院檢討，未幾卒。著有《栩園詞棄稿》、《朴齋文集》、《邊州聞見錄》、《嶺海歸程記》等。

康熙四十三年（1704）顧貞觀受陳聶恒之託撰文，置於《栩園詞棄稿》卷首，題為〈顧梁汾先生書〉，後收馮統一、趙秀亭箋校之《飲水詞箋注》後，顧貞觀在此文中交代自身詞學淵源、詞學理論等觀點，為研究其詞論之重要文獻。

（十五）李漁

李漁（1611～1680），初名仙侶，後改名漁，字謫凡，號笠翁，浙江金華人。入清後仕途不得意，後居南京芥子園，廣交文人雅士，康熙十九年（1680）卒，年六十九。有《玉搔頭》、《無聲戲》、《閒情偶寄》等。

康熙十六年（1677），顧貞觀在浙江湖州為李漁《論古》寫評，並吃蟹，李漁有七言古詩〈丁巳小春偕顧梁汾典籍、吳雲文文學集吳念庵齋頭啖蟹甚暢，即席同賦。韻限蟹頭魚尾〉記之。

（十六）蔣景祁

蔣景祁（1649～1695），字次京，改字京少，一作荊少，江蘇宜興人，蔣永修次子。後以歲貢生官至府同知。康熙間曾舉博學鴻詞，未遇。蔣景祁與陳維崧同里，際遇亦相似；皆長年遊食，一生落魄。蔣氏自稱「陽羨後學」，詞風追步陳維崧。有《梧月詞》、《罨畫溪詞》，輯詞選《瑤華集》。

蔣景祁有詞二首贈顧貞觀，不僅表相交之誼，更對彼此在填詞風格上有所期許，如在〈滿江紅・贈顧梁汾舍人〉一闋中云：「算綺語，都為假。是真色，原無價。」〔註33〕可知蔣景祁以「真色」許之。又〈滿江紅・同梁汾、雪客登千佛寺閣，仍用前調〉一闋，則記蔣景祁與顧貞觀、周在浚共三人同遊千佛寺閣之事。

〔註33〕〔清〕蔣景祁：〈滿江紅・贈顧梁汾舍人〉，收於南京大學中國語言文學系全清詞編纂研究室編：《全清詞・順康卷》，第15冊，頁8764。

四、門生弟子

顧貞觀雖自身仕途不得意，然不吝於提攜後進，如杜詔、鄒升恆等皆曾受業於他，鄒升恆云：

> 先生獎成後進特多，……同邑則杜雲川、王傅巖輩皆受先生陶鑄，名譽蔚然。升恒素學詩於先生之門，未第時，日追隨杖履，指授親切，提獎過深，今叨居史局，故於先生嗣君之屬恒作傳也，不敢以不文辭謹撮其大略著於篇。〔註34〕

鄒升恆雖云顧貞觀「獎成後進特多」，然多是提拔獎勵之助，其中晚年門生弟子惟杜詔與鄒升恒二人。

（一）杜詔

杜詔（1666～1736），字紫綸，江蘇無錫人。康熙四十四年（1705）聖祖南巡，杜詔獻迎鑾詞十二章，召試稱旨，受命供職內廷。後受皇命纂修《歷代詩餘》及《詞譜》等書。康熙五十年（1711）成舉人。明年，欽賜進士，改任翰林院庶起士，後告歸。性好山水，嘗恣游諸名勝，皆作詩以記，晚年與僧道交遊，雍正十三年（1735）薦舉博學鴻儒科，辭不受，越明年以病卒。有《浣花詞》、《鳳髓詞》、《蓉湖漁笛譜》、《雲川閣集》等作傳世。

杜詔天才秀朗，尤善塡詞，少年時期便顧貞觀、華坡結詩社，後拜顧貞觀為師，顧對其頗為賞識，康熙四十五年（1706）杜詔應帝命北上，顧貞觀即有〈送杜紫綸應召北上〉云：

> 令節千秋日正中，綠波先棹去匆匆。瀛洲見說如天近，剛趁蒲帆一葉風。到日薇花滿玉除，即離塵土上清虛。集賢殿啓群賢集，縹碧分題四庫書。〔註35〕

詩中祝賀杜詔即將入朝陛見，能有為官濟民，飛黃騰達之機會，也透露對杜詔的肯定與期望，可見其亦師亦友之情。

康熙五十三年（1714）秋，顧貞觀謝世前數日，自選詩一卷授與

〔註34〕 〔清〕顧貞觀撰：《顧梁汾先生詩詞集》，頁6～7。
〔註35〕 〔清〕顧貞觀撰：《顧梁汾先生詩詞集》，頁102。

杜詔，不滿四十篇，數日後，顧貞觀以微疾而終，無諸痛苦，杜詔將
其詩付梓，爲座師留詩名於世。

（二）鄒升恒

鄒升恒（1675～1742），原名登恒，殿試改爲升恒。字泰和，號
愼齋。江蘇無錫人。康熙五十七年（1718）進士。選庶起士，館試第
一，授編修，歷侍講學士。著有《借柳軒詩》。

鄒升恆爲顧貞觀晚年陪伴身旁之弟子，康熙四十七年（1708），顧
貞觀自永寧歸無錫後，年歲雖高，然神采奕奕，鄒升恆曾云此時顧貞
觀「神采彌旺，而世味已諳，作詩亦不多，斗室焚香，時諷先儒精語，
或旁及梵書，視少日才名如空華幻影，一切不留色相中矣。」〔註36〕

五、女性詞友

顧貞觀喜與友人談論詩詞歌賦，乃至繪畫等風雅之事，無所不
包，在其友人中亦可見能詩會畫之才女，顧貞觀亦與之酬唱交遊，多
爲題卷、題畫之作。

（一）龔靜照

龔靜照，字冰輪，號鵑紅，江蘇無錫人。父龔廷祥爲明崇禎十六
年（1643）進士，南明中書舍人，明亡投水而死。適同縣陳氏，婚姻
不得意，鬱鬱終生，自號永愁人。工詩善畫，尤精於花卉。有《永愁
人集》、《鵑紅集》、《梅花百詠》。

龔靜照父殉國而亡，自己又所嫁非人，作品中多淒涼慨嘆之語，
顧貞觀與之同鄉，有〈滿江紅・書鵑紅集後〉一詞贈之，詞云：

愛酒能詩，記舊日，疏狂風調。曾相識，星前擲果，紫衣
年少。匹馬衫輕愁獨往，雙鸞鏡掩虛同笑。又誰銜，錦字
帝城飛，三青鳥。　　憑寄語，歸期杳。剛又背，無情惱。
奈玉容難駐，緇塵易老。露葉如啼楊柳陌，霜華欲背芙蓉

〔註36〕　〔清〕顧貞觀撰：《顧梁汾先生詩詞集》，頁5。

沼。悵丹青，都是夢中看，今番覺。〔註37〕

詞中先以女性口吻述丈夫獨自前往他鄉，閨中百無聊賴的寂寞之情，也對龔靜照深表同情惋惜與敬佩稱讚之意，後嘆「露葉如啼楊柳陌，霜華欲背芙蓉沼」這等美妙如畫之景，原都是「夢中看」，藉此情抒發自身感慨。

（二）吳綃

吳綃，字素公，又字片霞，號冰仙，常州（今蘇州）人。通判吳水蒼之女，適常熟進士許瑤。工書畫詩詞，詩詞清麗婉約，與沈宛君齊名。有《嘯雪庵詩餘》傳世。貞觀有〈減蘭‧題吳冰仙畫〉一詞，讚賞吳綃繪畫技巧高妙，作品傳神逼眞，爲不可多得之才女。

第三節　京華詞友

一、生平至交：納蘭性德

納蘭性德（1655～1685），原名成德，爲避太子保成諱改名爲性德，字容若，號飲水、楞伽山人，出生於北京，滿洲正黃旗人。康熙十二年（1673）會試中試，因患寒疾未參加殿試。康熙十五年（1676）補殿試中二甲第七名，賜進士出身。授三等侍衛，後晉一等。多次扈從出巡，並奉旨考察沙俄侵邊情況。康熙二十四年（1685）因病辭世，年僅三十一歲，葬於京西皀甲屯（今北京海淀區上庄）納蘭家祖墳。

康熙十五年（1676），顧貞觀透過徐元文引薦以塾師身分進入明珠相府，與納蘭性德相識，是年顧貞觀年已不惑，納蘭性德年僅二十二，兩人雖相差十八歲，然一見如故，交契甚篤，顧貞觀告以營救吳兆騫事，並出贈吳兆騫〈金縷曲〉示之，納蘭性德大爲感動，遂贈顧貞觀〈金縷曲〉一首，傾訴自己想法：

德也狂生耳。偶然間、緇塵京國，烏衣門第。有酒惟澆趙

〔註37〕〔清〕顧貞觀撰：《彈指詞》，頁 174。

州土，誰會成生此意。不信道，遂成知己。青眼高歌俱未老，向尊前、拭盡英雄淚，君不見，月如水。　　共君此夜須沉醉，且由他、蛾眉謠諑，古今同忌。身世悠悠何足問，冷笑置之而已。尋思起，從頭翻悔，一日心期千劫在，後身緣，恐結他生裡。然諾重，君須記。〔註38〕

　　納蘭性德認為自己高貴的家世只是命運偶然的安排，不足為道，且自己也如顧貞觀一般是個狂生，朋友相交亦不應有門第之見，故有「偶然間，淄塵京國，烏衣門第」之語，又云「誰會成生此意，不信道，遂成知己」感嘆無人明瞭自己的心意，如今得遇顧貞觀，願結為知己，喜悅之情溢於言表。下片以「共君此夜須沉醉，且由他、蛾眉謠諑，古今同忌。身世悠悠何足問，冷笑置之而已。」勸慰顧貞觀不要把流言放在心上，歲月悠悠，人生之事本不可預測，挫折難免，若耿耿於懷，終非長久之計。而後再次強調自己對待朋友的真心，一日定交，雖歷千劫亦不反悔，卻又急轉直下，云此生緣分甚短，恐待來生方能再續前緣，最後以「然諾重，君須記」結尾，一面寫兩人定交之約；一面寫納蘭性德承諾協助營救吳兆騫之約，淒切深沉，酣暢淋漓，真誠感人。在納蘭性德協助下，吳兆騫果然得以在康熙二十年（1681）獲赦入關，此事在當時即傳為詞壇佳話，吳兆騫弟吳兆宜云：「生平素昧，激發初由一言，意氣相孚期已堪千古。」〔註39〕可見納蘭性德待友之真誠。

　　顧貞觀與納蘭性德相與甚厚，《清稗類鈔》云：「容若風雅好友，座客常滿，與無錫顧梁汾舍人貞觀尤契，旬日不見則不歡。梁汾詣容若，恒登樓去梯，不令去，不談則日夕。」〔註40〕可見二人相談甚歡。兩人不僅是談講的好友，納蘭性德更曾執小兒之手告顧貞觀云：「此

〔註38〕〔清〕納蘭性德撰、趙秀亭、馮統一箋校：《飲水詞箋校》，頁135。
〔註39〕〔清〕吳兆宜撰：〈進士納蘭君哀詞〉，收於〔清〕納蘭性德撰、黃曙輝、印曉峰點校：《通志堂集》，卷19，頁371。
〔註40〕〔清〕徐珂撰：《清稗類鈔・師友類》，第8冊，頁3606。

長兄之猶子。」〔註41〕可見納蘭性德更把顧貞觀視爲家人一般親厚。

　　在顧貞觀作品中也可見兩人相處情形，如〈大江東去〉一闋有後記云：「容若已矣，余何忍複拈長短句乎？是日狂醉，憶桑榆墅有三層小樓，容若與余昔年乘月去梯，中夜對談處也。因寓此調，落句及之。」〔註42〕此時納蘭性德已逝，顧貞觀思及兩人玩月去梯的往事，感傷難平，甚云好友已去，自己亦不忍再作長短句，二人交厚之情可見一斑，如今好友已逝，不復有知音見賞，空留嘆息，亦爲顧貞觀一生之憾事。

二、薦舉之交

　　顧貞觀於康熙元年（1662）前往京城，開啓十年仕宦生涯，期間有賴數位知音提攜，皆與顧貞觀亦師亦友，爲顧貞觀仕途中重要的舉薦之人。

（一）龔鼎孳

　　龔鼎孳（1615～1673），字孝升，號芝麓。安徽合肥人。明崇禎七年（1634）進士，明亡後因先後降李自成、多爾袞，失節喪操，明人、清人皆不齒，但又因能保護文人學士，惜才愛才，對寒士傾力相助而享有盛名。且由於富才氣，多聞博學，詩文並工，在文人中聲望甚高，時人將之與錢謙益、吳偉業並稱「江左三大家」。有《定山堂集》。

　　康熙二年（1663），顧貞觀來到京城，因途中遇劫，盤纏全無，故寄寓佛寺，未來茫然的顧貞觀在寺壁上題詩發慨，恰龔鼎孳至此，見詩甚喜，爲之延譽，使顧貞觀在京城中聲名日起。因此龔鼎孳可說是顧貞觀第一位知音人，顧視之爲長輩，在龔壽辰時，顧曾塡〈金縷曲・仲冬望後二日，壽龔芝翁年伯〉賀之，詞中雖未能免於奉迎語，

〔註41〕〔清〕顧貞觀撰：〈納蘭容若祭文〉，收於〔清〕納蘭性德撰、黃曙輝、印曉峰點校：《通志堂集》，卷19，頁384。
〔註42〕〔清〕顧貞觀撰：《彈指詞》，頁445。

對龔鼎孳才華與政績大加稱頌，然此時龔鼎孳爲朝中重臣，且以直言敢諫聞名，且獎掖後進不遺餘力，顧貞觀受其提攜，多有頌揚，亦不過分。此外，顧貞觀〈聲聲令‧松陵吳漢槎夫人出關，令妹昭質以孤媚遠送。芝麓龔公盛稱爲縞綦義烈，因賦此詞並寄漢槎〉一闋中，言及龔鼎孳以「義烈」盛讚吳兆騫之妻、妹，可見龔對於吳兆騫事亦頗熟知、關心。

（二）魏裔介

魏裔介（1616～1686），字石生，號貞庵，又號昆林，直隸柏鄉（今河北）人，順治三年（1646）進士，官至太子太保、保和殿大學士，時年僅四十歲，鬚髮皆黑，人稱烏頭宰相。康熙十年（1671）以老病乞休，解官回籍，後又進太子太傅。康熙二十五年（1686）卒，諡文毅。有《兼濟堂集》傳世。魏裔介有子魏勳，字亮采，號蒼霞。康熙年間以父蔭補刑部員外郎，有《玉樹軒詩草》。

魏裔介是顧貞觀第二位知音，康熙三年（1664），顧貞觀透過魏裔介得以面見康熙帝，雖結果不如想像，但魏對顧有提拔賞識之恩，康熙九年（1670）魏遭彈劾請假歸里時，顧有〈金縷曲〉贈之，詞中先言彷彿魏仍在朝中，卻已無心爲官，後云「國士無雙親下拜，問感恩、知己誰深淺。先世澤，藉公展。」〔註43〕感謝魏對自己的知遇之恩，且由於魏曾重刻《端文公札記》，可說顧氏先祖之名因魏裔介方得傳續，故云「先世澤，藉公展。」表現其感佩懷念之意。

（三）徐乾學

徐乾學（1631～1694），字原一、幼慧，號健庵、玉峰先生，江蘇崑山人，顧炎武外甥。順治七年（1650）與吳偉業、朱彝尊等在嘉興組織十郡大社。康熙九年（1670）舉進士，授翰林院編修，官至刑部尚書。與胞弟徐元文、徐秉義稱玉峰三徐。徐乾學先爲納蘭性德座師，後又與索額圖、熊賜履共同打擊納蘭明珠，最終被劾歸里，後卒

〔註43〕〔清〕顧貞觀撰：《彈指詞》，頁272。

於鄉。著有《澹園集》、《碧山集》等，編有《大清一統志》、《通志堂經解》等。

顧貞觀營救吳兆騫，得力於徐乾學甚多，由於徐乾學乃當時名士，號招引領，方得眾人慷慨解囊，籌集救回吳兆騫之贖金，二人亦多有往來。

三、酬唱之友

顧貞觀曾在京十年，罷官後至納蘭性德亡故前亦常在京，與京城友人往來，其中交遊較為頻繁者有數人。

（一）張純修

張純修（1647～1706），字子敏，號見陽，又號敬齋，祖籍河北豐潤，出生於奉天遼陽，隸滿洲正白旗。後舉進士，授江華縣令，官至廬州知府。張純修與納蘭性德特友善，結為異姓兄弟，康熙三十年（1691）張純修為已去世的納蘭性德輯刻《飲水詞》並作序云：

> 梁汾從京師南來，每與餘酒闌燈灺，追數往事，輒相顧太息，或泣下不可止。憶容若素矜慎，不輕為文章，極留意經學，而所為經解、諸序，從未出以相示。此卷得之梁汾手授，其詩之超逸，詞之雋婉，世共知之。〔註44〕

顧貞觀南下手授《飲水詞》，兩人共同為納蘭性德完成立言之業，其間思及往事更「相顧太息，或泣下不可止」，足見其情誼深厚至此，實為可貴。

康熙三十五年（1696）顧貞觀受張純修之邀前往安徽纂修《廬江縣志》，修書事畢，顧貞觀推卻酬贈，請求張純修為之刊刻《顧端文公遺書》，此後顧、張二人亦有詩詞往來，顧貞觀有〈題張廬州見陽畫〉、〈題張見陽臨米元暉五洲煙雨〉二詩，皆為張純修題畫者，可見二人往來交遊多詩畫雅趣。

〔註44〕〔清〕張純修撰：〈飲水詩詞集序〉，收於〔清〕納蘭性德撰、趙秀亭、馮統一箋校：《飲水詞箋校》，頁506。

（二）曹寅、顧彩

曹寅（1658～1712），字子清、楝亭，號荔軒、雪樵，滿洲人，原籍奉天遼陽（今遼寧）。早年為康熙帝侍衛，康熙二十九年（1690）任蘇州織造，三年後移任江寧織造，後與李煦隔年輪管兩淮鹽務，康熙帝後四次南巡皆幸曹寅家，曹家亦達鼎盛，後卒於揚州，年五十四。曹寅喜交名士，通詩詞音律，主編《全唐詩》，有《楝亭詩抄》、《詩抄別集》、《詞抄》、《詞抄別集》、《文抄》等傳世。

顧彩，字天石，號補齋，又號夢鶴居士，江蘇無錫人。生卒年不詳，約清聖祖康熙中前後在世。顧彩工曲，與孔尚任友善，尚任作《小忽雷》傳奇，皆由顧彩填詞。康熙三十二年（1693），顧彩客居北京，會友唱曲，名動天下。有傳奇《南桃花扇》、《後琵琶記》及《曲錄》傳世。

康熙二十四年（1685），曹寅自南京歸北京，顧貞觀、納蘭性德、顧彩等皆為曹寅題楝亭，貞觀題〈滿江紅〉，讚曹寅文采斐然，能詩善畫，曹氏一門亦英傑輩出。康熙三十六年（1697），顧貞觀、顧彩、曹寅三人再度相聚於楝亭，為曹寅題〈楝亭夜話圖〉，詩中云「展圖忽憶蕊香幢，夢裡紅香吹暗麝。剪燭論心會有期，入林把臂還相迓。」〔註45〕蕊香齋即納蘭性德書齋名，十餘年前眾人曾同聚於此題詩飲酒，如今納蘭性德逝世久矣，人事變化無常，只期待往後仍有相會之期。

（三）吳興祚

吳興祚（1632～1697），字伯成，號留邨，山陰（今紹興）州山人，後入漢軍正紅旗。順治七年（1650）以貢生知江西萍鄉縣，康熙十四年（1675）經漕運總督帥顏保薦，超擢福建按察使。康熙十七年（1678）晉福建按察使，康熙二十一年（1682）官至兩廣總督，為官四十餘年，清廉正直，遠近戴之，卒於康熙三十六年（1697），年六

〔註45〕〔清〕顧貞觀撰：《顧梁汾先生詩詞集》，頁84。

十五。工詩文，擅音律。有《宋元詩聲律選》、《史遷句解》、《粵東輿圖》等。

康熙十一年（1654）吳興祚重修無錫龍光塔告竣，顧貞觀有〈金縷曲·寄吳伯成喜龍光塔工告竣〉賀之，以其「案積如山卷。盡從容，手書耳受，移時散遣。暇即攜觴兼召客，玉版銀鉤光泫。頻倒屣，莫辭重繭。」〔註46〕盛讚其理政之速，好客之情。隨後顧貞觀回到無錫，吳招宴於雲起樓，顧貞觀又有〈小重山〉詞記之。康熙十七年（1678），吳興祚晉福建按察使，顧貞觀入閩任其幕僚，後吳官兩廣總督時，顧亦常客居於總督府中，爲往來相當密切之友人。

（四）陸奎

陸奎，原名世枋，字義山，又字次友，號雅坪，浙江平湖人。康熙六年（1667）進士，官至內閣學士、禮部侍郎，有《雅坪文稿》。

陸奎爲顧貞觀早期同僚，兩人於康熙六年（1667）共同扈駕東巡，顧貞觀〈六朝歌頭〉提及此事。陸顧二人又曾同遊於粵，時陸納兩妾，顧作〈沁園春〉隱勸陸不可爲新人忘舊人。此外，顧貞觀與陸奎、陳允衡、楊大鯤、楊大鶴等人曾同登江西夕佳樓，顧貞觀有〈水龍吟〉記之。

（五）閻若璩

閻若璩（1638～1704），山西太原人，僑居江蘇淮安府山陽縣。康熙二十九年（1690）受徐乾學聘纂《大清一統誌》，徐過世後修書諸學者雲散，閻若璩回到淮安府。康熙四十三年（1704）皇四子胤禛召見，閻不遠千里前往京師，同年卒於京師館舍，年六十六，入祀鄉賢祠。一生勤奮著書，並潛心《古文尚書》三十餘年，有《尚書古文疏證》、《困學記聞注》等。

閻若璩一生仕途不順，空有才華卻無人賞識，處境與顧貞觀有相似之處，康熙三十五年（1696）顧貞觀辭去中書舍人之職，離京

〔註46〕〔清〕顧貞觀撰：《彈指詞》，頁279。

回鄉前有〈風流子〉一闋贈閻若璩，表達自己對仕途不再心念。

（六）周在浚、徐倬

周在浚，字雪客，又字龍客，號梨莊，河南祥符人，周亮工子。承其家學，淹通史傳。又工詩，有《梨莊遺谷集》、《秋水集》等，並傳於世。

徐倬（1624～1713），字方虎，號蘋村，浙江德清新塘人。康熙十二年（1673）舉進士，改翰林院庶起士。又入史館，授編修，因病還鄉，歸養十年，復入京任國子監司業，又擢禮部侍郎銜。年九十而卒。徐倬兼工詩古文辭，著述豐富，合刊爲《蘋村類稿》。

康熙十年（1671），顧貞觀辭官後暫留京師，同年秋，周在浚於京師主持「秋水軒唱和」，邀顧貞觀、徐倬等出席，顧應邀前往，席間亦有酬唱之作。

（七）田雯

田雯（1635～1704），字紫綸，一字子綸，亦字綸霞，號漪亭，自號山薑子，晚號蒙齋。山東德州人。康熙三年（1664）進士。授中書舍人，官至江蘇巡撫、貴州巡撫，在貴州增建縣學，整修書院，使當地文風日盛。康熙四十年（1701）以病辭官歸里，後卒於家，年六十九。詩與王士禛、施閏章齊名。有《山薑詩選》、《古歡堂集》、《黔書》、《長河志籍考》等。順治十八年（1661）春末，顧貞觀啓程入京，途經山東，與田雯相晤於大明湖，有〈金人捧露盤〉詞贈之，序中稱讚田雯風度翩翩，兩人雖同年生，田雯已中進士，自己卻仍功名無成，故藉此作一面對田雯表達祝願、欣羨與恭賀，一面也有自慚形穢之感。

第四章　詞學思想

　　顧貞觀並無有系統的詞論之專書，其論詞主要在與友人書信往來、序跋、詞作以及詞選本等論及。其詞論也以尊體爲第一要務，而創作中心則是主張「抒寫性靈」，講究詞作能否抒發出內心眞實情感，且不步前人之舊路而獨創一格，以達到自然渾成之境界，並同時要能遵守詞律。顧貞觀詞論可分爲：一、主張極情與性靈；二、天賦與格律兼備；三、兼容百家及獨創；四、力倡尊體之觀念等四點，依次論述之。

第一節　主張極情與性靈

　　明代在思想上提倡程朱理學，文學上又有前後七子「文必秦漢，詩必盛唐」的擬古風潮，使文壇掀起復古之風。至晚明擬古逐漸流於抄襲前人，再無自身創發，因此徐渭、李贄、湯顯祖等人反對一味模擬抄襲，主張抒寫眞實情感，性靈說便開始蓬勃發展，逐漸擴及各種文學體裁，明人在理論中反對理學對人性的桎梏，詞體的觀念亦出於對南宋以來雅正觀的反動，讚賞《花間集》、《草堂詩餘》等較爲淺俗香弱的作品，如王世貞云：

> 蓋六朝諸君臣，頌酒賡色，務裁艷語，默啓詞端，實爲濫
> 觴之始。故詞須宛轉緜麗，淺至儇俏，挾春月煙花於閨幨

内奏之，一語之艷，令人魂絕，一字之工，令人色飛，乃
為貴耳。至於慷慨磊落，縱橫豪爽，抑亦其次，不作可耳。
作則寧為大雅罪人，勿儒冠而胡服也。〔註1〕

王世貞認為詞的本色是「宛轉綺麗，淺至儇俏」，應「挾春月煙
花於閨幨內奏之」，以語艷、字工令人魂絕色飛，然若「慷慨磊落，
縱橫豪爽」之作則非詞家本色，不可作之。王世貞大膽的對艷詞表示
讚賞的態度，甚至不惜「為大雅罪人」也不願披儒者之偽裝。

隨後以袁宏道為代表的公安派亦以反對模擬、主張獨抒性靈為
理論中心，在詩歌與散文的創作上，提倡書寫真情，表達眼前真實
所見，欲一洗明代抄襲的陳腐之氣，其云：

大抵物真則貴，貴則我面不能同君面，而況古人之面貌乎？
唐自有詩也，不必選體也；……趙宋亦然，陳、歐、蘇、
黃諸人，有一字襲唐者乎？又有一字相襲者乎？〔註2〕

袁宏道認為文學作品貴在真實，若能抒發真實情感則能與古人面貌不
同，自古以來無一人以相襲留名者，皆以能發抒情感而使作品得以傳
世。袁宏道更進一步闡釋「物真則貴」是因難得在其中之「趣」：

世人所難得者唯趣。……今之人慕趣之名，求趣之似，於
是有辨說書畫、涉獵古董以為清，寄意玄虛、脫跡塵紛以
為遠，又其下則有如蘇州之燒香煮茶者。此等皆趣之皮毛，
何關神情？夫趣得之自然者深，得之學問者淺。當其為童
子也，不知有趣，然無往而非趣也。……孟子所謂不失赤
子，老子所謂能嬰兒，蓋指此也。〔註3〕

發自於赤子之心的「趣」強調「得之自然」，袁宏道反對透過「辨說
書畫、涉獵古董」乃至「寄意玄虛、脫跡塵紛」等人為造作的趣。

〔註1〕〔明〕王世貞：《藝苑卮言》，收於唐圭璋編：《詞話叢編》，第1冊，
頁385。
〔註2〕〔明〕袁宏道：〈與丘長孺〉，錢伯城箋校：《袁宏道集箋校》（上海：
上海古籍出版社，2008年），頁284。
〔註3〕〔明〕袁宏道：〈敘陳正甫會心集〉，錢伯城箋校：《袁宏道集箋校》，
頁463。

　　時至清初，詞壇受《花間集》、《草堂詩餘》的影響，濫情太過，瀰漫專務綺艷之風，乃至詞作淫靡衰弱，俚俗卑下，顧貞觀的極情與性靈之論，即是針對此風氣而來，其理論亦以得之自然的趣爲基礎，同時受到曹溶的影響，曹溶評李漁〈祭福建靖難巡海道陳大來先生文〉曰：「妙在字字逼眞，不掩其長，亦不諱其短，是兩漢以前文字。」〔註4〕，可見曹溶以「逼眞」爲佳作，顧貞觀批評此文時亦曰：「斯文有聲有淚，幾於削骨代穎，大來以此不朽，翁之報知己良厚。」〔註5〕所謂「有聲有淚」即眞情至極，似可聽其聲見其淚者，與曹溶「字字逼眞」相類，足見曹溶對顧貞觀影響之大。顧貞觀在〈與杻園論詞書〉一文中更自述學詞歷程云：

　　余受知香嚴（龔鼎孳），而於詞尤服膺倦圃（曹溶）。容若嘗從容問余兩先生意指云何，余爲述倦圃之言曰：「詞境易窮。學步古人，以數見不鮮爲恨；變而謀新，又慮有傷大雅。子能免此二者，歐、秦、辛、陸何多讓焉。」容若蓋自是益進。〔註6〕

　　曹溶的詞學理論即是以古人爲法，但要能避免太過學步古人，在取法古人之長的同時，亦能從中變化出獨特的新體新格，並且必須堅持詞之本色，又要符合大雅的標準。這些理論正是顧貞觀所追求，在此段話中顧貞觀直引曹溶之言以告納蘭性德，不僅可以視爲顧貞觀受到曹溶影響的最好佐證，也可以發現顧貞觀以相同理論期盼納蘭性德，在納蘭〈塡詞〉詩中可知其亦受此一理論影響：

　　往往歡娛工，不如憂患作。冬郎一生極憔悴，判與三閭共醒醉。美人香草可憐春，鳳蠟紅巾無限淚。芒鞋心事杜陵知，只今惟賞杜陵詩。〔註7〕

〔註4〕〔清〕李漁撰：《李漁全集》，第1冊，頁64。
〔註5〕〔清〕李漁撰：《李漁全集》，第1冊，頁64。
〔註6〕顧貞觀：〈與杻園論詞書〉，收於納蘭性德撰、馮統一、趙秀亭箋校：《飲水詞箋校》，頁509～510。
〔註7〕〔清〕納蘭性德撰：〈塡詞〉詩，《通志堂集》，卷3，頁46。

納蘭性德愛妻早亡，無心功名，詞中常有感嘆人世無常之語，其云「往往歡娛工，不如憂患作」正在體現詞作抒發眞實情感的價值，正因「一生極憔悴」的感慨之情，透過詞的創作發抒可以使自己上接屈原，即主張詞中應該寄託自己的憂苦之情，正與歷代眾家窮而後工的思想相近。納蘭性德也將極情之說運用於詩論中，其〈淥水亭雜識〉云：

> 詩乃心聲，性情中事也。發乎情，止乎禮義，故謂之性。亦
> 須有才，乃能揮拓；有學，乃不虛薄杜撰。才學之用於詩，
> 如是而已。昌黎逞才，子瞻逞學，便與性情隔絕。〔註8〕

納蘭性德主張詩要能抒寫性情，且情要出於本心，最終便能達到抒寫眞情。納蘭強調創作應與生活結合，與眞實情感呼應，即「詩乃心聲，性情中事」，而眞實情感便來自生活，故作詩必須立足於生活，抒寫自己眞實的喜怒哀樂。納蘭在強調眞情的同時，還主張要「發乎情，止於禮義」，即是情感要有節制而不可氾濫，不能流於淺薄靡俗，如此則作品中所抒發之眞情方能深刻，且詩人必須同時具備才與學，才能使詩作博大不拘泥，卻又不能過於倚重才與學，逞才使學會使作品與性情隔絕，便不符合書寫性靈的原則。

顧貞觀與納蘭性德契若金蘭，彼此在詩詞理論上也互相影響，因此顧貞觀對此看法也非常認同，在爲納蘭性德所作〈飲水詞序〉中即云：

> 非文人不能多情，非才子不能善怨。〈騷〉、〈雅〉之作，怨
> 而能善，惟其情之所鍾爲獨多也。容若天資超逸，悠然塵
> 外。所爲樂府小令，婉麗清淒，使讀者哀樂不知所主，如
> 聽中宵梵唄，先淒惋而後喜悦。〔註9〕

唯有文人才子能夠「多情」與「善怨」，〈騷〉、〈雅〉等作品皆以多情善怨能傳之不朽，納蘭性德的作品亦以多情能使讀者「哀樂不知所

〔註8〕 〔清〕納蘭性德撰：〈淥水亭雜識〉，《通志堂集》，卷18，頁336。
〔註9〕 〔清〕納蘭性德撰，馮統一、趙秀亭箋校：《飲水詞箋校》，頁502。

主」，因此善於抒情，並將心中之愁緒發揮於作品之中，是顧貞觀與納蘭性德共認的詞學理論，謝章鋌評論二人作品時亦云：「納蘭容若深於情者也。固不必刻畫《花間》，俎豆《蘭畹》，輒令人悵惘欲涕。情致與《彈指》最近，故兩人遂成莫逆。」〔註10〕皆以情致稱許之。

顧貞觀以極情、性靈為論，除在文中提出理論主張外，也將之運用於品評他人作品之中，如評李漁〈喬復生、王再來二姬合傳〉云：

> 望而知為情之所鍾。玩此種文，著眼須在喜處、碎處。喜極、痛極，令人羨、令人妒、令人為作者解慰不得，怨尤更不得。〔註11〕

喬復生、王再來是李漁鍾愛之歌伎，兩人逝世後李漁為之作傳，傳中憶及相處情景，顧貞觀認為由李漁此文可知二人為李漁情之所鍾者，李漁談及與二人相處「喜處、碎處」，皆根源於生活，自然而出，故能令人「喜極、痛極」。

顧貞觀評杜詔《浣花詞》云：「《浣花》風流醖藉，詞如其人，麗而則，清而峭，晏、周之流亞也。」〔註12〕以「麗而則，清而峭」作為標準，既要醖藉，又須妍麗，且有則有度，具備真情與風骨才是詞中佳作；又評孫蔗庵《折柳詞》云：「《折柳》諸作，極清婉妍秀之致，較《浣紅居詞》，體格又一變矣。」〔註13〕也以「極清婉妍秀之致」稱許之，仍不脫離清麗婉約之標準。

在提出理論和品評他人之外，顧貞觀也在詞選集中試圖宣揚性靈之論，毛際可（1633～1708）在〈今詞初集跋〉中云：

> 近世詞學之盛，頡頑古人，然其卑者，擬合《花間》、《草堂》數卷之書，便以騷壇自命，每歎江河日下。今梁汾、

〔註10〕〔清〕謝章鋌：《賭棋山莊詞話》，卷7，收於唐圭璋：《詞話叢編》，第4冊，頁3415。

〔註11〕〔清〕李漁撰：《李漁全集》，第1冊，頁95。

〔註12〕〔清〕馮金伯：《詞苑萃編》，卷8，唐圭璋：《詞話叢編》，第2冊，頁1948。

〔註13〕〔清〕馮金伯：《詞苑萃編》，卷8，唐圭璋：《詞話叢編》，第2冊，頁1935。

　　容若兩君權衡是選，主於鏟削浮艷，抒寫性靈，采四方名
　　作，積成卷軸，遂爲本朝三十年塡詞之準的。〔註14〕

《今詞初集》的選編目的是要剗除當時詞壇專務綺艷的習氣，然顧貞
觀深知有破則須立，在破除綺艷詞風後，應以性靈代之，方能一新詞
壇，由毛際可云「遂爲本朝三十年塡詞之準的」可知此論確實影響當
世詞壇。

　　顧貞觀在自身作品上也力求實現極情和性靈，在後人對其作品
的評論中，以寄吳兆騫〈金縷曲〉二首品評最多，如陳廷焯《白雨
齋詞話》云：

　　二詞純以性情結撰而成，悲之深，慰之至。叮嚀告戒，無
　　一字不從肺腑流出。可以泣鬼神矣。〔註15〕

陳廷焯以「無一字不從肺腑流出」讚之，謝章鋌《賭棋山莊詞話》亦
云：

　　其寄漢槎寧古塔〈賀新涼〉云云，濃摯交情，艱難身世，
　　蒼茫離思，愈轉愈深，一字一淚。吾想漢槎當日，得此詞
　　於冰天雪窖間，不知何以爲情。後來效此體者極多，然平
　　鋪直敍，率覺嚼蠟，猶無深情眞氣爲之幹，而漫云以詞代
　　書也。〔註16〕

吳兆騫與顧貞觀交情深厚，吳氏遠徙他鄉，死生知己不得相見，顧氏
字字寫來「蒼茫離思，愈轉愈深」乃至「一字一淚」，其中眞摯誠懇
之情非外人能理解，後人仿效者雖多，然未有此等深情，如餓時嚼蠟，
全無滋味，關鍵正在有無眞情。

　　《彈指詞》全以眞情撰成，除〈金縷曲〉外尙有許多極情之作，
張德瀛《詞徵》評顧貞觀〈闥客謠〉云：「一字一淚，能使征人逐客，

〔註14〕毛際可：〈今詞初集跋語〉，頁616。
〔註15〕〔清〕陳廷焯：《白雨齋詞話》，卷3，收於唐圭璋《詞話叢編》第4
　　　　冊，頁3832～3833。
〔註16〕〔清〕謝章鋌：《賭棋山莊詞話》，卷7，收於唐圭璋《詞話叢編》第
　　　　4冊，頁3414～3415。

讀之泫然。」〔註17〕陳廷焯亦以「一字一淚」形容顧貞觀作品，足見
其詞作極情之至，能使讀者感其所感，愴然淚下。杜詔〈彈指詞序〉
中云：

> 《彈指》與竹垞、迦陵埒名。迦陵之詞，橫放傑出，大都出
> 自蘇、辛，辛非詞家本色。竹垞神明乎姜、史，刻削雋永，
> 本朝作者雖多，莫有過焉者。雖然，緣情綺靡，詩體尚然，
> 何況乎詞。彼學姜、史者輒屛棄秦、柳諸家，一掃綺靡之習，
> 品則超矣，或者不足於情，若《彈指》則極情之致，出入南
> 北兩宋，而奄有眾長，詞之集大成者也。〔註18〕

杜詔對顧貞觀、陳維崧、朱彝尊三人作出比較，世稱此三人爲「詞
家三絕」，然杜詔認爲陳維崧近於蘇、辛，並非詞家本色，朱彝尊則
似姜、史，雖刻削雋永卻有過於綺靡之嫌，若一掃綺靡則又不足於
情致，兩人雖各有不足但已是當世詞壇大手，眾家莫有過之。而顧
貞觀之作乃「極情之致」，可以「出入南北兩宋」，儼然是眞正的「詞
之集大成者」，雖是爲人作序，不可避免有溢美之詞，然也可以反映
顧貞觀詞作的優點與特色。

　　顧貞觀身在眾家流派並峙的清初詞壇中，能不隨流俗，開創屬
於自己的極情與性靈之論，且意圖與眾流派一較高下，雖此派隨納
蘭性德逝世而風流雲散，然其決心與努力也爲之在詞壇中留下不同
聲音，《清詞史》中即云：

> 曹貞吉、納蘭性德、顧貞觀三家在康熙詞人中均以自抒情
> 懷、不主一格的獨具面貌，是陽羨、浙西二派以外的清初
> 大家。雖然他們並未正式樹幟詞壇，別創流派，但其實已
> 明顯地呈露獨抒性靈的特點。當將他們置於整個清代前期
> 詞的流變過程中考察，不難看出這個抒情色彩異常濃烈的
> 詞人群是在擴展著自己的影響，特別是不受浙派詞風的牢

〔註17〕〔清〕張德瀛：《詞徵》，唐圭璋《詞話叢編》第 5 冊，頁 4178。
〔註18〕杜詔：〈彈指詞序〉，顧貞觀著、張秉戌箋注：《彈指詞》（北京：北
　　　京出版社，2000 年 1 月），頁 545。

籠而沿著各自的軌跡從事創作實踐的。〔註19〕

嚴迪昌以宏觀角度評論曹貞吉、納蘭性德、顧貞觀等理論特色，以及努力爲自己樹幟的決心與過程，客觀公正的體現出三人的詞論特色。

第二節　自然與格律兼備

　　顧貞觀認爲塡詞須渾成自然，又能符合格律，此二說看似背道而馳，然實則有一定進程，互爲表裡，不相矛盾。顧貞觀的「自然」較偏向天賦秉性之自然，認爲天賦乃塡詞之必須，其次則在天賦具備後要求塡詞時要不著痕跡，無斧鑿之痕後，又要求能符合格律，所有要求皆能兼備，方是佳作。本節即就顧貞觀詞論中要求自然與格律兼備的進程加以闡明。

　　關於「自然」之境的達成，歷來認爲途徑有二，如況周頤即云：

> 塡詞之難，造句要自然，又要未經前人說過。自唐五代已還，名作如林，那有天然好語，留待我輩驅遣必欲得之，其道有二。曰性靈流露，曰書卷醞釀。性靈關天分，書卷關學力。……苟無學力，日見其衰退而已。〔註20〕

　　況周頤認爲要達到造語自然途徑有二，其一爲性靈，其二爲學力，學力可透過後天累積培養，努力不懈終有所成之日，性靈則來自天份。

　　顧貞觀所謂「自然」究竟所指爲何，在其論述中未嘗直接明言，然由蔣景祁曾轉述顧貞觀看法中可知，顧貞觀主張的「自然」之境較偏向天分表現：

> 昔人論長調染指較難，然今作者率多工長句，蓋知難而趨才，可以展學，可以副類。能爲之而如溫、韋諸公，短音促節，天眞爛漫，遂擬於天仙化人，可望而不可即，顧舍

〔註19〕嚴迪昌：《清詞史》（南京：鳳凰出版社，2007年），頁326。

〔註20〕〔清〕況周頤：《蕙風詞話》，收於唐圭璋《詞話叢編》，第5冊，頁4410。

人梁汾、成進士容若極持斯論，吾無以易之。〔註21〕

依蔣景祁所言，顧貞觀與納蘭性德認爲當時作者多工長調鋪敘、用典此類作品可以透過學力累積爲之，然兩人對這種堆砌詞藻、精緻雕琢、刻畫用典的工巧之作並不甚欣賞，而是欣賞「短音促節，天眞爛漫」、「可望而不可即」的自然之作。兩人強調「天仙化人」的重要，更可以明證顧貞觀所謂的自然渾成、無斧鑿痕實爲關乎天分之論。

在「天仙化人」具備後，顧貞觀又進一步要求詞文必須自然渾成，此所謂自然即是文字上無斧鑿痕跡之詞境，諸洛〈彈指詞序〉提及顧貞觀曾以謝靈運名句說明詞境：

> （顧梁汾）嘗見謝康樂「池塘生春草」中句，曰：「吾於詞曾至此境。」〔註22〕

謝靈運此作流傳甚廣，膾炙人口，歷來對此作之評論皆稱道其自然絕妙，如宋代葉夢得云：

> 「池塘生春草，園柳變鳴禽。」世多不解此語爲工，蓋欲以奇求之耳。此語之工，正在無所用意，猝然與景相遇，藉以成章，不假繩削，故非常情所能到。詩家妙處，當須以此爲根本，而思苦言難者，往往不悟。〔註23〕

葉夢得認爲謝靈運此作妙在「無所用意，猝然與景相遇，藉以成章，不假繩削」，渾然天成，毫無斧鑿刻畫之痕跡。明代胡應麟亦評曰：「靈運諸佳句，多出深思苦索……此卻率然信口，故自謂奇。」〔註24〕

顧貞觀以謝靈運此作比擬自身作品，可知其講究簡單、樸實，不刻意雕琢字句，刻畫用語，純以自然之情與外物相接，不能強加雕飾

〔註21〕　〔清〕蔣景祁：《瑤華集》，收於《續修四庫全書》，第1730冊，頁8下。

〔註22〕　〔清〕諸洛：〈彈指詞序〉，顧貞觀著、張秉戌箋注：《彈指詞》，頁1。

〔註23〕　〔宋〕葉夢得：《石林詩話》（北京：人民文學出版，2011年12月），頁137。

〔註24〕　〔明〕胡應麟：《詩藪》（上海：上海古籍出版社，1979年11月），頁149。

，故在評李漁〈兩浙撫軍陳司貞先生壽序〉一文時云：「文如笠翁，能以造化之巧，當遇合之奇，此其淺者。」〔註25〕評李漁〈春光好〉時云：「忽作宋儒語，天然絕妙！」〔註26〕都強調造化、遇合之奇巧與絕妙，正如謝靈運之例，也是可遇而不可求，謝靈運尚自稱「此語有神助，非我語也。」〔註27〕此種天然渾成乃秉性而生，除偶有神來之筆外，即使終日苦思、嘔心瀝血仍不可得。

顧貞觀也以此論批評他人作品，如評李漁〈阿倩沈因伯四十初度，時伴予客苕川，是日初至〉詩云：「無一字作紙墨痕，何況斧鑿！」〔註28〕又評李漁〈雞鳴賦〉云：「無一語掇拾六朝，似東坡詠雪詩體。」〔註29〕皆以全無斧鑿痕稱許李漁，逞才工字易露刻劃之痕，便不能作自然之妙語。正因講究自然，故顧貞觀不喜六朝傷於工巧之作品及南宋詞之雕琢。

顧貞觀主張的「自然」之境，基礎正在於須憑藉天賦秉性而成，其本身即富才華，且周遭好友如納蘭性德、吳兆騫等皆天資聰慧，故有此一論亦合情理，然此秉性終爲天成者，不能透過學習得之，亦無具體步驟或途徑可循，但天賦異稟者終在少數，多數凡人皆須透過鍛鍊字句而趨向自然天成，因此顧氏強調的天賦自然，毫無步驟進途可循，遂成爲其詞論不易被一般人接受，乃至流傳不廣的弱點所在。

顧貞觀在講求透過「天仙化人」的天賦，進而達到自然無斧鑿痕的詞境後，更進一步要求填詞必須符合格律。詞律是詞在形式上與其他文學體裁不同的特色，顧貞觀除講究自然天成之外，也主張填詞必須合於詞律，在其〈古今詞選序〉中云：

夫詞調有長短，音有宮商，節有遲促，有陰陽，此詞家尺度

〔註25〕〔清〕李漁撰：《李漁全集》，第 1 冊，頁 51。
〔註26〕〔清〕李漁撰：《李漁全集》，第 1 冊，頁 401。
〔註27〕〔梁〕鍾嶸著、周振甫譯：《詩品譯注》（北京：中華書局，2009 年），頁 68。
〔註28〕〔清〕李漁撰：《李漁全集》，第 2 冊，頁 34。
〔註29〕〔清〕李漁撰：《李漁全集》，第 1 冊，頁 14。

不可紊也。　　今雄奇磊落、激昂慷慨者，任其才之所至，
氣之所行，而長短、宮商、遲促、陰陽諸律，置焉不問，則
是狐其裘而羔其袖也。詞之道，又不因適蕩然乎？〔註30〕

顧貞觀強調詞律的音調、節拍、陰陽都是詞家不可紊亂的法度，也
提出豪放一派以「雄奇磊落、激昂慷慨」為詞風者的毛病，皆「任
其才之所至，氣之所行」所致，一味逞氣使才，全不問詞律法度，
反使詞道蕩然無存，並非填詞之法。

　　顧貞觀與納蘭性德講求音律和諧，亦皆具備音樂能力，能自度
曲，謝章鋌《賭棋山莊詞話》云：

容若頗多自度曲，……〈青衫濕遍〉一百二十二字，一曰
〈青衫濕〉，〈湘靈鼓瑟〉一百三十二字，一曰〈剪字捂桐〉
是也。若〈踏莎美人〉六十二字、〈翦湘雲〉八十八字，則
梁汾所度，取而填者。〔註31〕

兩人皆能自創曲調，納蘭性德創〈青衫濕遍〉以憑弔亡妻，顧貞觀也
有〈踏莎美人〉、〈翦湘雲〉等自度曲傳世，除此之外，在姜宸英〈題
將君長短句〉：

記壬戌燈夕，與陽羨陳其年、梁溪嚴蓀友、顧華峰、嘉禾朱
錫鬯、松陵吳漢槎數君同飲花間草堂。中席，主人指紗燈圖
繪古蹟，請各賦〈臨江仙〉一闋。余與漢槎賦才半，主人摘
某字於聲未諧，其句調未合。余謂漢槎曰：「此事終非吾勝
場，盍姑聽客之所為乎？」漢槎亦笑，起而擱筆。〔註32〕

〔註30〕顧貞觀：〈古今詞選序〉，收於沈時棟編：《古今詞選》，〈顧序〉頁 2
　　　　～3。
〔註31〕〔清〕謝章鋌：《賭棋山莊詞話》卷 7，收於唐圭璋：《詞話叢編》，
　　　　第 4 冊，頁 3418。
〔註32〕〔清〕姜宸英：《湛園未定稿》，收於《四庫全書存目叢書》（臺南：
　　　　莊嚴出版社，1997 年），集部，第 261 冊，卷 5，頁 709。壬戌即康
　　　　熙二十一年（1682），燈夕指正月十五上元之夜，歷來認為花間草堂
　　　　為納蘭性德書房，位在京師，然當時顧貞觀、吳兆騫、陳維崧、朱
　　　　彝尊等俱在南方，不可能於正月十五趕至京師，故此事必不真。李
　　　　娜則在《清初詞人顧貞觀研究》中則認為花間草堂實為顧貞觀在江
　　　　蘇無錫惠山所建者，則此事當正確無誤，若據此說則納蘭性德並未

關於此事時間、地點、人物的正確與否，歷來有質疑者，然從此事可以確知顧貞觀、納蘭性德對「於聲未諧」、「句調未合」之作皆是不認同的，且能加以提出指正，足見其對聲律重視與精通。在實踐上，兩人在填詞時亦工於律法，杜文瀾《憩園詞話》云：

> 國朝詞人最工律法者，群推納蘭容若、顧梁汾、周稚圭三家。〔註33〕

周稚圭即周之琦（1782～1862），嘉慶十三年（1808）進士，有《金梁夢月詞》、《懷夢詞》、《鴻雪詞》、《退庵詞》等，譚獻稱其「截斷眾流，金針度與，雖未及皋文、保緒之陳義甚高，要亦倚聲家疏鑿手」〔註34〕三人填詞皆重視詞律，眾人推為當時「最工律法者」，納蘭性德亦自幼「即愛《花間》致語，以其言情入微，且音調鏗鏘，自然協律。」〔註35〕即除真情外，音調的和諧和是否符合格律的規範，也是顧貞觀與納蘭性德審視詞作的重要條件。徐珂《近詞叢話》亦評顧貞觀詞作「考聲選調，吐華振響，浸浸乎薄蘇、辛而駕周、秦。」〔註36〕也以能「考聲選調」讚之，足見其詞協律，鏗鏘有聲，是為人所稱道之特色。

顧貞觀與納蘭性德填詞都講究自然天成，不假雕飾，與其性靈說中「發抒真實情感」的主張可相輔相成，此觀點得到當時許多人支持，如嚴繩孫、秦松齡、吳綺、毛際可、杜詔、魯超、侯晰、顧彩等詞家，

參加此次聚會，然今存顧、朱、陳、納蘭、嚴五人作品中皆有〈臨江仙・寒柳〉一闋，明顯為酬唱聯章之作，詞牌與季節亦皆合姜宸英所記，但吳兆騫則無此作，縱觀各憑據，則姜宸英所記此事，若非參與人物有誤即時間有誤，然此事之真偽，至今仍互有持論，尚未能定。

〔註33〕杜文瀾《憩園詞話》，卷二，收於唐圭璋：《詞話叢編》，第 3 冊，頁 2865

〔註34〕〔清〕譚獻：《篋中詞》，收於《續修四庫全書》，第 1732 冊，頁 662 右下。

〔註35〕〔清〕納蘭性德：〈與梁藥亭書〉，《通志堂集》，卷 13，頁 267。

〔註36〕〔清〕徐珂：《近詞叢話》，收於唐圭璋編：《詞話叢編》，第 5 冊，頁 4222。

皆附和追隨，以抒情、自然爲作品基調與共通點，逐漸形成以性靈爲理論中心的詞派，葛恒剛在〈《今詞初集》與飲水詞派〉中曰：

> 飲水詞派作爲清初一個重要的詞學流派，與陽羨詞派、浙西詞派鼎足詞壇，是清初詞壇不可忽視的一極。特別是它的崛起，與雲間詞派、陽羨詞派、浙西詞派的所構成的詞壇背景緊密相關，在清初詞史上，具有重要的地位和價值。
> 〔註37〕

葛氏認爲以顧貞觀、納蘭性德爲首的「飲水詞派」確爲當時重要詞派之一。眾人時常聚會於納蘭家中，且隨顧、納蘭二人聲名愈顯，此派亦逐漸形成風勢。然納蘭性德猝然而逝，遂使此派尚未成爲主流之一便已雲散，李娜云：「如果不是納蘭性德英年早逝，清初詞壇上就會出現一個性靈詞派。」〔註38〕其所云「性靈詞派」的產生確實存在可能性，然詞派之產生不僅有賴作家作品的產出，仍需輔以時代需求，詞壇風氣等背景因素，因此認定性靈詞派可因納蘭性德而立，證據仍稍嫌不足。

第三節　兼容百家及獨創

　　朱彝尊的浙西一派主張塡詞時應謹守兩宋之法，無論小令或長調皆應各有所本，朱彝尊〈魚計莊詞序〉云：

> 曩予與同里李十九武曾論詞於京師之南泉僧舍，謂小令宜師北宋，慢詞宜師南宋，武曾深然予言。〔註39〕

朱彝尊主張小令師承北宋，長調慢詞則師法南宋，有固定師法與進程，時人亦多學步之。然顧貞觀卻對朱彝尊論點明顯不同意，尤有甚

〔註37〕葛恒剛：〈《今詞初集》與飲水詞派〉，《古籍整理研究學刊》（2011年5月，第3期），頁102。

〔註38〕李娜：《清初詞人顧貞觀研究》，蘇州大學碩士學位論文，2002年，頁26。

〔註39〕〔清〕朱彝尊著：《曝書亭集・魚計莊詞序》，《清代詩文集彙編》（影印康熙53年涵芬樓刻本，上海：上海古籍出版社，2011年），第116冊，卷40，頁332。

者，朱彝尊曾在〈水村琴趣序〉直云：

> 余嘗持論謂小令當法汴京以前，慢詞則取諸南渡，錫山顧
> 典籍不以爲然也。〔註40〕

朱彝尊自身亦自知顧貞觀對此論「不以爲然」，可見其對朱氏理論之反對，但當時浙西派風勢頗盛，已逐漸成爲詞壇執牛耳者，勢力漸強，然顧貞觀卻能堅持自身理論，故嚴迪昌稱「在浙西派正揚幟熾盛之際，如此直截了當表示『不以爲然』的甚不多見。」〔註41〕因爲顧貞觀以性靈、自然爲塡詞理論中心，故浙派師法北宋小令或南宋慢詞，皆不能成爲評判詞作高下優劣的標準，應以作品本身作爲審美的基準，因此顧貞觀堅持應「不執己，不徇人，不強分時代」〔註42〕之論，主要是針對浙西派而發。

但顧貞觀仍相當欣賞北宋之詞，認爲只有令詞才能展現詞家之眞情逸趣，因此顧貞觀對南唐二主及北宋晏殊父子之詞皆頗有好評：

> 余則以南唐二主當蘇、李，以晏氏父子當三曹，而虛少陵
> 一席，竊比於鍾記室、獨孤常州之云。〔註43〕

南唐二主與晏殊父子皆擅塡婉麗小令，顧貞觀將之比喻爲蘇、李、三曹，認爲其在詞壇有承先啓後的重要地位與價值。又將杜甫比作鍾嶸、獨孤常州，鍾嶸提倡風力，主張音韻和諧；獨孤常州亦被稱「遒勁雄渾，少陵之嚆矢也。」〔註44〕皆以風格雄渾、音韻和諧勝出。

在兩宋之間，顧貞觀也提出比較：

〔註40〕〔清〕朱彝尊著：《曝書亭集・魚計莊詞序》，第 116 冊，卷 40，頁 332。

〔註41〕嚴迪昌：《清詞史》，頁 315。

〔註42〕顧貞觀：〈十名家詞序〉，今收於況周頤《蕙風詞話續編・卷一》，收於唐圭璋編：《詞話叢編》，第 5 冊，頁 4543。

〔註43〕顧貞觀：〈十名家詞序〉，今收於況周頤《蕙風詞話續編・卷一》，收於唐圭璋編：《詞話叢編》，第 5 冊，頁 4543。

〔註44〕〔清〕翁方綱：《石洲詩話》，收於《續修四庫全書》，第 1704 冊，卷 1，頁 145 左上。

南宋詞最工，然遜於北。夢窗、白石聞言俯首。〔註45〕

顧貞觀認爲南宋詞工於字句，謀篇鍊字皆謹慎推敲，且音韻和諧，凝練工整，確實精彩絕美，無與倫比，然韻味卻不及北宋小令，因北宋小令純任情感發抒，少用思力，而長調慢詞須鋪陳，必以才學揮灑加工，則與顧氏講究秉性、自然渾成、不假雕琢之論相違背。與其同調者皆較工小令，如嚴繩孫曾有厲鶚（1692～1752）評其「獨有藕漁工小令，不教賀老占江南。」〔註46〕納蘭性德亦「比喜小詞，每好爲之。」〔註47〕

浙西一派又強調「句琢字鍊，歸於醇雅」〔註48〕透過不斷磨練用字遣詞，將詞體格調趨於雅正，以矯正明末以來靡艷鄙俗的詞風，因此浙西一派標榜南宋清空之詞，然過於重視文字鍛鍊，字斟句酌，反使個人的情志不能體現於詞中，空有文字雕鏤確無眞實情志，對以性靈爲主張的顧貞觀而言自是難以接受。

顧貞觀反對浙西一派「慢詞取諸南渡」之說，除本於「不強分時代」的基本觀點外，卓清芬亦曾分析其原因：

一是不滿浙派取徑過狹，偏重格調；一是詞重自然渾成的整體表現，不取精心刻鏤的人爲工巧。〔註49〕

顧氏講究兼容並蓄，因而反對浙西派偏重格調，各有師法之詞論；又主張抒寫性靈，因而反對精心刻鏤的工巧雕琢之作，高建中在〈浙派主潮外的康乾詞論〉中亦云：

梁汾「不以爲然」主要何指？是認爲取法標準不妥，還是針對這種「持論」觀念本身？竹垞的文章中沒有說。揆之主情詞旨，梁汾所以搖頭，恐怕主要原因還是後者。他讚賞的乃

〔註45〕〔清〕李漁撰：《李漁全集》，第 2 冊，頁 510。
〔註46〕厲鶚：《樊榭山房集》（上海：上海古籍出版，1992 年），卷 7，頁 514。
〔註47〕嚴繩孫：〈納蘭容若祭文〉，《通志堂集》卷 19，頁 365。
〔註48〕〔清〕汪森：〈詞綜序〉，頁 1。
〔註49〕卓清芬：〈顧貞觀詞論探析〉，《中國文學研究》，第 10 期（1996 年 6 月），頁 102。

是「不執己，不徇人，不強分時代」的通脫態度。〔註50〕
顯見顧貞觀對於朱彝尊的持論並不同意，高氏分析其「不執己，不徇人，不強分時代」正建立在其抒寫性靈的理論與兼容並蓄的觀點之上，因此並非反對朱彝尊的取法標準，而是更進一步反對浙西派特別標舉南宋詞的「持論」，並提出只要能自然發抒真情者，皆可稱為佳作之主張。

　　顧貞觀以抒寫性靈、兼容並蓄為主張，評論他人詞作也以此觀點為依據，因此對正變說也有自己的看法，首先提出正變說者為明末王世貞，其云：

> 李氏、晏氏父子、耆卿、子野、美成、少游、易安至矣，詞之正宗也。溫韋艷而促，黃九精而險，長公麗而壯，幼安辨而奇，又其次也，詞之變體也。〔註51〕

王世貞以南唐二主、晏氏父子、張先、柳永、李清照等婉約派為詞之正宗，以蘇軾、辛棄疾等豪放詞為「又其次」之變體，明確標明詞的正變與高下。

　　但顧貞觀對正變說有不同看法：

> 懸崖倒壁，嶇崟嶮巇者，皆山也，而不可謂之非山之變也；橫流逆折，洶湧澎湃者，皆水也，而不可謂之非水之變也。觀山者不窮乎懸崖倒壁，則無以盡山之觀；觀水者不窮乎橫流逆折，則無以盡水之觀。唯於詞也亦然，溫柔而秀潤，冶豔而清華，詞之正也；雄奇而磊落，激昂而慷慨，詞之變也。然工詞家徒取乎溫柔秀潤，冶豔清華，而於雄奇磊落，激昂慷慨者即皆棄之，何以盡詞觀哉！……吳江焦音沈君深有感焉，曰：「吾將折其中。」於是匯唐宋以來迄本朝若干人，列其詞而核之，合正變二體之長，而汰其放縱

〔註50〕高建中：〈浙派主潮外的康乾詞論〉，《詞學》第 11 輯，華東師範大學出版社，頁 22。
〔註51〕〔明〕王世貞：《藝苑卮言》，收於唐圭璋編：《詞話叢編》，第 1 冊，頁 385。

不入律者。〔註52〕

顧貞觀先以山水自然景色爲例，認爲「懸崖倒壁，嶇釜嶮巇」亦皆爲山、「橫流逆折，洶湧澎湃」亦皆爲水，且若不能窮觀眾景，則不可謂窮觀天下之山水。塡詞與品詞亦同於此理，無論是「溫柔而秀潤，冶豔而清華」或「雄奇而磊落，激昂而慷慨」，雖仍有正變之分，然若不同時觀之，並賞眾家優點，亦不可以謂之窮盡詞觀，因此應「折其中」爲佳，提出評詞應「合正變二體之長，而汰其放縱不入律者」的觀點，皆與其講究詞律與兼容並蓄之論可相呼應。

顧貞觀雖反對浙西派慢詞取法南宋之說，然不對其全盤否定，《彈指詞》中有多首和史達祖韻之作，如〈雙雙燕・本意用史梅溪韻〉、〈萬年歡・人日用史梅溪韻〉、〈玲瓏四犯・用史梅溪韻代送〉、〈蘭陵王・江行用史梅溪韻〉等，在塡詞上也不排斥長調，眞正實踐「不執己，不徇人，不強分時代」之論，凡是合其審美觀者皆能師法，進而造出屬於自己的獨創面目，不僅符合自身兼容並蓄之論，亦在抒寫性靈、自然渾成上有所實踐，因此杜詔評《彈指詞》云「極情之至，出入南北兩宋，而奄有眾長。」〔註53〕尤其作品看來可知非溢美之詞。

第四節　提倡尊體之觀念

詞學經歷元明衰微時期，在清代復興，清初詞家在詞體觀念上仍承襲明代，嚴守詩詞的分界，如曹溶云：

> 詩尚沉雄，忌纖靡；詞喜輕婉，忌浮膩，昔人言之詳矣。
> 不知輕婉之變，其流而下也，勢若江湖然，浸浸乎幾不可挽矣。〔註54〕

〔註52〕顧貞觀：〈古今詞選序〉，收於沈時棟編：《古今詞選》，顧序頁 3～4。
〔註53〕杜詔：〈彈指序〉，顧貞觀著、張秉戌箋注：《彈指詞》，頁 545。
〔註54〕〔清〕聶先、曾王孫編：《百名家詞鈔・萬青閣詩餘》，《續修四庫全書》（上海：上海古籍出版社，2002 年 3 月），第 1721 冊，頁 407 下右。

「輕婉」即是強調詞體本色，曹溶認爲作詞要柔婉，不可流於輕浮滑膩。從曹溶此語中可以看出清人在詩詞分界上仍存「詩莊詞媚」的觀念，但已經更重視詞體本身的特性。

宋代以來視詞體爲「小道」、「小技」的觀念一脈而下，明代亦持此論，清初仍繼承之，視詞體爲不登大雅之堂之末技，以爲有損人品，如陳維崧曾聽人評論云「此公人品頗足傳，恨其生平曾作詞曲爾。」〔註55〕可見清初鄙視詞體的觀念仍根深蒂固。正因如此，清代詞家更將推尊詞體視爲要務，便積極以各種方式反對將詞視爲「詩餘」，藉此提高詞的地位，如俞彥便從文體角度論述詩餘並無貶低詞體的意味，其云：「詞何以名詩餘，詩亡然後詞作，故曰餘也，非詩亡，所以歌詠詩者亡也。」〔註56〕尤侗（1618～1704）也在〈延露詞序〉中爲詞體提出源流：

> 「小樓昨夜」，〈哀江頭〉之餘也；「水殿風來」，〈清平調〉之餘也；「紅藕香殘」，〈古離別〉之餘也；「將軍白髮」，〈從軍行〉之餘也；「今宵酒醒」，〈子夜〉、〈懊儂〉之餘也。「大江東去」，鼓角橫吹之餘也。詩以餘亡，亦以餘存，非詩餘之能爲存亡，則詩餘之人存亡也。〔註57〕

尤侗認爲詞皆由古調而來，古調也依賴詞而得以流傳，並舉出與詩作相近的詞作，將兩者加以連結，雖仍不出「詩餘」概念，但認爲詩與詞蘊含的情感和思致一脈相承，因此詩餘不能以「殘餘、剩餘」的角度輕視之，而應該將之視爲詩的延續，藉此來提升詞的地位，並強調詞擁有其獨立存在的價值，不仰賴詩，這種「詩亡詞續」的觀念和俞彥頗爲相近，也爲詞體在文學演變上提高地位。汪森更進一步認爲詞

〔註55〕陳維崧：《陳迦陵文集》（臺北：臺灣商務印書館，1965年，《四部叢刊・集部》），頁221。

〔註56〕〔清〕俞彥：〈爰園詞話〉，收於唐圭璋編：《詞話叢編》（北京：中華書局，2005年10月），第1冊，頁399。

〔註57〕尤侗：〈延露詞序〉，收於張宏生主編：《清詞珍本叢刊》，第6冊，頁595。

與詩皆同源而出：

> 自有詩而長短句即寓焉，〈南風〉之〈操〉、〈五子之歌〉是
> 矣。周之〈頌〉三十一篇，長短句居十八；漢〈郊祀歌〉
> 十九篇，長短句居其五；至〈短簫鐃歌〉十八篇，篇皆長
> 短句，謂非詞之源乎？……古詩之於樂府，近體之於詞，
> 分鑣並騁，非有先後。謂詩降爲詞，以詞爲詩之餘，殆非
> 通論矣。……鄱陽姜夔出，句琢字煉，歸於醇雅。於是史
> 達祖、高觀國羽翼之，張輯、吳文英師之於前，趙以夫、
> 蔣捷、周密、陳允衡、王沂孫、張炎、張翥效之於後。譬
> 之於樂，舞〈箭〉至於九變，而詞之能事畢矣。世之論詞
> 者，惟《草堂》是規，白石、梅溪諸家，或未窺其集，輒
> 高自矜詡。〔註58〕

汪森認爲古詩中亦有長短句式，進一步辯論詩詞本爲同源，只是源同
而流分，並非有先後，因此不認同將詞降爲詩餘的說法。汪氏並列出
詞的流變，認爲自姜夔出，句琢字煉，歸於醇雅，史達祖、吳文英一
派相傳，但時至當代，人們只追求《草堂》之風，使前輩詞風未能流
傳。汪氏此論乃由形式著手，意在提高詞的地位，將之與詩視爲同出
一源，並駕齊驅者，然詞之所以爲長短句，也須思及詞體本身具備音
樂與歌唱的特性，音樂失落後僅留下句式長短不一之詞文，單由形式
加以探討，未免有偏頗之處。

納蘭性德也曾提出相近的尊體觀念，在其〈填詞〉詩中云：

> 詩亡詞乃盛，比興此焉托。……古人且失風人旨，何怪俗
> 眼輕填詞。詞源遠過詩律近，擬古樂府特加潤。不見句讀
> 參差三百篇，已自換頭兼轉韻。〔註59〕

納蘭性德以興廢更替的角度著手，建立各自獨立又相互聯結的文體

〔註58〕 汪森：〈詞綜序〉，收於朱彝尊：《詞綜》（臺北：中華書局，1965 年，
《四部備要》據聚珍倣宋版影印本），卷首，頁1。

〔註59〕 〔清〕納蘭性德：〈填詞〉詩，收於納蘭性德撰、黃曙輝、印曉峰點
校：《通志堂集》（上海：華東師範大學出版社，2008 年 10 月），卷
3，頁46。

地位。如《詩經》變而爲〈離騷〉,〈離騷〉變而爲賦,賦變而爲樂府,樂府又衍爲詞曲,變化無窮。因此詞乃詩亡之後繼起的新興文體,是文學發展中必然的一環,雖然「詩亡詞乃盛」的觀點仍有待商榷,但納蘭性德建立一套全然不同於「詞者詩之餘」的見解則無庸置疑。詞既爲詩之繼承者而非餘續,則詞理應上接《詩經》,世人輕視詞體,乃不能明其源流之故。且詞既接《詩經》而來,則必須同以比、興、風人爲宗旨,將詞體的功能由娛賓譴興擴大爲諷時言志。

正因眾家對「詩餘」一名的誤解,使詞體在歷代皆遭受貶抑,清代詞家除對「詞餘」之名提出新解,也不乏直接否定此稱呼者,如李漁在〈名詞選勝序〉中云:

> 蓋以詞名詩餘,似必詩有餘力,而後爲之;夫既詩矣,焉得復有餘力哉?不意傳之於今,嘯歌之外,靡事可爲,才彥精靈,悉無所寄,即使未有填詞一道,猶將創而爲之,若屈原之於騷,相如之於賦,東籬、實甫諸人之於雜劇,皆前此未有而自我作之,矧成法俱在,作者寥寥,有不起而修廢舉墜,揚徽振響,以鼓一代之休明者哉!〔註60〕

李漁由根本上反對「詩餘」之稱,認爲詩與詞乃地位同等的兩種文體,既然已全力爲詩,何有餘力爲詞?故並非詩有餘力而作詞,而是爲發抒情感的需要,即使未有填詞一道,也將創而爲之,就像屈原創作騷體,相如成賦,王實甫等人創雜劇一般,皆前人未有而自然產生。顧貞觀評論此段文字曰:「世人借此一字,文其淺率,今道破矣!」直言世人貶視詞體皆由「餘」一字來,不僅使詞體價值受到質疑,也使不才之作家及淺陋之作品有藉口可加以掩飾,貶低詞體的藝術價值和文學地位。

顧貞觀也是對尊詞體極爲重視的詞家,魯超於《今詞初集‧題

〔註60〕〔清〕李漁撰:《李漁全集》(杭州:浙江古籍,1992年)第1冊,頁35。

辭》中曾轉述顧貞觀之語：

> 吾友梁汾嘗云：詩之體至唐而始備，然不得以五七言律絕
> 為古詩之餘也。樂府之變，得宋詞而始盡，然不得以長短
> 句之小令、中調、長調為古樂府之餘也，詞且不附庸於樂
> 府，而謂肯寄閨於詩耶？容若曠世逸才，與梁汾持論極合，
> 採集近時名流篇什，為《蘭畹》、《金荃》樹幟，期與詩家
> 壇坫並峙古今。〔註61〕

顧貞觀認為詩的體裁在六朝才達完備，詞則是由樂府發展而來，且漢
魏六朝樂府的成熟早於詩，然而詞「且不附庸於樂府」，又何況「寄閨
於詩」，即聲明樂府演化為詞之後，詞實際已經脫離樂府，成為獨立存
在的一種體裁，既不附庸樂府，更不是詩的餘緒，顧貞觀與納蘭性德
皆持相同的尊體論，但也承認在當時詞的地位確實不如詩，因此選編
《今詞初集》也是尊詞體的一種手段，兩人共同「為《蘭畹》、《金荃》
樹幟」，其目的正是期望詞體能夠「與詩家壇坫並峙古今」。

明代詞學衰微，至清代眾詞家為振興詞學，紛紛提出尊體觀念，
終清一代詞家，莫不為提升詞體地位而努力，然仍有如王士禎一般，
入朝後絕口不談倚聲之道者，但顧貞觀不僅提出尊體觀，更在具體實
踐上努力，將詞作融入生活之中，以詞抒情、以詞述志、以詞代書、
以詞題畫、以詞祝壽、以詞送別、以詞交遊，且對自身作品頗有自信，
曾云「吾詞獨不落宋人圈襪，自信必傳。」〔註62〕認為自身作品能避
免落入宋人窠臼之中，獨出新意。顧貞觀的文學生涯正是以詞輝煌，
其名亦以詞傳之後世，足見其確實徹底實踐自己尊詞體的觀點。

在詞體創作上，顧貞觀的理論中心是「抒寫性靈」，講究詞作能
否抒發內心最真摯的情感，所作《彈指詞》全以真情撰成，尤以贈吳
兆騫〈金縷曲〉二首，無一字不以真情結成，無一語不從肺腑流出，

〔註61〕〔清〕魯超：〈今詞初集題辭〉，收於張宏生主編：《清詞珍本叢刊》，
　　　　第 22 冊，頁 614。
〔註62〕〔清〕鄔升恆撰：〈梁汾公傳〉，《顧梁汾先生詩詞集》（臺北：廣文
　　　　書局，1960 年 10 月），頁 6。

且全書收詞作兩百四十餘首作品，多是真情至性之佳構。同時以天仙化人為首要條件，其「自然」之說較偏向天賦秉性之自然，具備天賦後則須渾成自然，再次則講求能符合格律，取法眾家、獨創面貌，最終方能真正達到「抒寫性靈」之境界，各理論層層遞進，環環相扣，見解獨到，為清初詞壇別開生面。

此外，詞學經歷元明衰微時期，在清代復興，然宋代以來視詞體為「小道」、「小技」的觀念一脈而下，明代亦持此論，清初仍繼承之，視詞體為不登大雅之堂之末技，甚至以為有損人品。正因如此，清代詞家更視推尊詞體為要務，便積極以各種方式反對將詞視為「詩餘」，藉此提高詞的地位，顧貞觀亦視尊詞體為要務，其文學生涯亦正以詞輝煌，足見顧氏確實徹底實踐自己尊詞體的觀點。

第五章 《今詞初集》之編纂

　　有清一代詞學復盛，在《倚聲初集》出版後，眾家詞選集亦紛紛問世，詞人皆以詞選集作爲宣揚理論、傳人存詞、定派成流的重要手段之一。顧貞觀與納蘭性德反對當時詞家皆以《花間集》、《草堂詩餘》爲標竿之靡艷詞風，同時亦反對浙西一派認爲小令應法北宋、長調應取南宋的理論，主張塡詞應書寫眞實情感，並且兼容並蓄，不強分時代，爲宣揚此一理論，兩人亦於康熙十六年（1677）編纂《今詞初集》，欲透過此集發揚自身理論，因此在選詞面貌上《今詞初集》與《倚聲初集》有所不同，甚至與顧貞觀爲之作序的跨時代選本《古今詞選》亦有差異。本章即先詳述《今詞初集》的編纂動機、選詞情形；其次則將之與同時代之《倚聲初集》、《古今詞選》相較其差異。

第一節　編纂動機

　　《今詞初集》爲當代詞選本，由顧貞觀與納蘭性德共同選編，康熙十六年（1677）初刻，有魯超題辭、毛際可跋，此選集收錄「本朝三十年」[註1]之詞，共收詞人達一百八十四位，詞作六百餘首。

　　此書的編纂，主要肇因於納蘭性德與顧貞觀感嘆自宋明以來，詞

〔註 1〕毛際可：〈今詞初集跋語〉，（南京：鳳凰出版社，2007 年，張宏生主編《清詞珍本叢刊》，第 22 冊），頁 616。

學衰微不振，清初詞風又多艷麗，顧貞觀等人欲透過詞選矯正此風氣。清初最爲風行的詞選集爲《花間集》、《草堂詩餘》等，當時眾家塡詞大多因襲於《草堂詩餘》，如郭麐（1767～1831）在《靈芬館詞話》中即明確指出此趨勢：

> 《草堂詩餘》玉石雜糅，蕪陋特甚，近皆知厭棄之矣。然
> 竹垞之論未出以前，諸家頗沿其習。故其《詞綜》刻成，
> 喜而作詞曰：「從今不按，舊日《草堂》句。」〔註2〕

由於當時《草堂詩餘》盛行，時人皆爭相模仿，乃至造就清初詞壇以艷麗見稱的現象，加以雲間末流專擅花間小令，兩相交織下便形成浮艷鄙俚之詞風。

在一片《草堂》習氣中，仍不乏清流者，部分有識之詞家，欲改革積弊，振興詞風，便直指《花間集》、《草堂詩餘》之失，謝章鋌《賭棋山莊詞話續編》即云：

> 自《花間》、《草堂》之集盛行，而詞之弊已極，明三百年
> 直謂之無詞可也。我朝諸前輩起而振興之，眞面目始出。
> 顧或者恐後生復蹈故轍，於是標白石爲第一，以刻削峭潔
> 爲貴。〔註3〕

《花間》、《草堂》之風積弊已久，致使明代詞學衰微不振。時至清初，對於浮艷詞風不滿的反對之聲逐漸響起，詞選集成爲反動手法之一，此時詞選不乏爲反對浮艷詞風而生者，如陳維崧《今詞苑‧序》即云：

> 今之不屑爲詞者，固無論；其學爲詞者，又復極意《花間》，
> 學步《蘭畹》，矜香弱爲當家，以清眞爲本色；神瞽審聲，
> 斥爲鄭衛，甚或謔弄俚詞，閨襜冶習，音如濕鼓，色若死
> 灰。此則嘲詼隱度，恐爲詞曲之濫觴所慮，杜夔左馬眞，
> 將爲師涓所不道，輾轉流失，長此安窮？勝國詞流，即伯

〔註2〕郭麐：《靈芬館詞話》，收於唐圭璋編：《詞話叢編》（北京：中華書局，2005年10月），第2冊，頁1505。

〔註3〕謝章鋌：《賭棋山莊詞話續編》，收於唐圭璋編：《詞話叢編》，第4冊，頁3528。

溫、用修、元美、徵仲諸家，未離斯弊，餘可識矣。余與
里中兩吳子、潘子戚焉，用爲是選。〔註4〕

陳維崧認爲當世學詞者，皆「極意《花間》，學步《蘭畹》，矜香弱爲
當家，以清眞爲本色」，將此類鄙俚淺俗之作斥爲鄭衛靡靡之音，更
指出連「勝國詞流，即伯溫、用修、元美、徵仲諸家」等塡詞都「未
離斯弊」，可知當時風氣之低落。陳維崧欲徹底改革之，故此序可視
爲以陳維崧爲代表的陽羨一派之宣言，《今詞苑》的編纂則是爲貫徹
理論的具體實踐手法。

同時亦對綺艷詞風不滿的文士如嚴繩孫、秦松齡等，便以納蘭性
德、顧貞觀爲首，逐漸形成一個文學集團，在此集團中，納蘭性德以
喜好結交文人詞友，加之其才華門第，被認爲是繼龔鼎孳、王士禎之
後，將成爲領袖的最佳人選，顧貞觀在〈與栩園論詞書〉一文中便提
及清初詞壇的流變及眾領袖人物：

> 自國初輦轂諸公，尊前酒邊，借長短句以吐其胸中。始而
> 微有寄託，久則務爲諧暢。香嚴（龔鼎孳）、倦圃（曹溶），
> 領袖一時。唯時戴笠故交，提簦才子，井與燕游之席，各
> 傳酬和之篇。而吳越操觚家聞風竟起，選者作者，妍媸雜
> 陳。漁洋之數載廣陵，實爲斯道總持；二三同學，功亦難
> 泯。最後吾友容若，其門第才華，直越晏小山而上之，欲
> 盡招海內詞人，畢出其奇。遠方駸駸漸有應者，而天奪之
> 年，未幾輒風流雲散。〔註5〕

自開國以來，陸續有龔鼎孳、曹溶等引領詞壇，廣交文人詞友，振興
清初詞學，其後納蘭性德成爲備受期待的新一代領袖人選。納蘭性德
此時也逐漸聚集一些志同道合的好友，想在詞壇上有所作爲，只可惜
天不假年，於三十一歲便溘然長逝，於是此集團便「風流雲散」。關

〔註4〕陳維崧：《陳迦陵文集・卷二》（臺北：臺灣商務印書館，1965年，《四
　　　部叢刊・集部》），頁212。
〔註5〕顧貞觀：〈與栩園論詞書〉，收於納蘭性德撰、馮統一、趙秀亭箋校：
　　　《飲水詞箋校》（北京：中華書局，2005年），頁509。

於此集團始末及人物，在葛恒剛〈《今詞初集》與飲水詞派〉一文中將康熙十五年（1676）作爲此集團起點，並以顧貞觀、納蘭性德爲中心，將嚴繩孫、秦松齡、吳綺、毛際可、魯超等主要成員分爲三類，已勾勒大致面貌。〔註6〕

　　顧貞觀、納蘭性德是此集團的核心人物，兩人的詞學觀點多有相合處，皆反對《花間》、《草堂》之風，亦不認同模擬之格，顧貞觀云：

> 異時長短句，自《花間》、《草堂》而外，行世者蓋不多見。……今人之論詞，大概如昔人之論詩。主格者其歷下之摹古乎！主趣者其公安之寫意乎！邇者競起而宗晚宋四家，何異牧齋（錢謙益）之主香山、眉山、渭南、遺山？要其得失，久而自定。〔註7〕

此序作於康熙二十八年（1689），此時以朱彝尊爲首的「主格」者，即浙西一派在詞壇上漸顯頭角，以陳維崧爲代表的「主趣」之陽羨一派則逐漸失勢。顧貞觀以明末詩壇相比，以浙西爲前後七子，陽羨爲公安派，認爲時人論詞，皆主張以姜、史等晚宋風格爲準則，正如前後七子的擬古、錢謙益主宋元之詩一般，細究其實，都只是依附於他人羽翼之下，以人之言爲己之言，無法從中見到自己的創見或觀點，並不可取。

　　顧貞觀與納蘭性德合編《今詞初集》，其目的亦是欲對當時詞壇專務綺艷的風氣提出糾正，並藉此提供新的品評標準，由此也可以見得顧貞觀對於當時詞風頗有微詞。毛際可（1633～1708）在〈今詞初集跋〉中云：

> 近世詞學之盛，頡頏古人，然其卑者，掇合《花間》、《草堂》數卷之書，便以騷壇自命，每歎江河日下。今梁汾、

〔註6〕此部分參考葛恒剛〈《今詞初集》與飲水詞派〉，《古籍整理研究學刊》（2011年5月，第3期），頁96～102。

〔註7〕顧貞觀：〈十名家詞序〉，收於況周頤《蕙風詞話續編・卷1》，收於唐圭璋編：《詞話叢編》，第五冊，頁4543。

　　　容若兩君權衡是選，主於鏟削浮艷，抒寫性靈，采四方名

　　　作，積成卷軸，遂爲本朝三十年塡詞之準的。〔註8〕

由此可知《今詞初集》的編選，正是顧貞觀與納蘭性德感嘆清初塡詞

者大多是「掇合《花間》、《草堂》」，便「以騷壇自命」，兩人欲「鏟

削浮艷」，故以詞選集作爲手段。

　　《今詞初集》中魯超題辭云：「容若曠世逸才，與梁汾持論極

合，採集近時名流篇什，爲《蘭畹》、《金荃》樹幟，期與詩家壇坫

並峙古今。」〔註9〕此語不僅揭示納蘭性德與顧貞觀的詞學理論相

合，更直言其以編選《今詞初集》之法來「與詩家壇坫並峙古今」

的企圖。顧貞觀與納蘭性德欲透過詞選集的方式，一面糾正當時詞

壇專務綺艷的風氣，一面宣揚自己的詞學理論，《今詞初集》便應

運而生，此書不僅反映顧貞觀對於當時詞壇的趨勢認知，也勾勒出

此時期的詞壇風貌。

第二節　選詞情形

　　《今詞初集》首次刊刻於康熙十六年（1677），按詞家排列，分

爲上、下兩卷，上卷錄八十七人、下卷錄九十七人，共一百八十四人，

詞作六百一十七首，依書名觀之應有續集，惜編者無暇繼續選編，遂

止於初集，毛際可序中云此集收錄「本朝三十年」〔註10〕之詞，然集

中陳子龍、施紹莘等實應以明人視之，可見顧貞觀選詞不只以時代爲

界限，而注重詞史及流派間的源流、傳承與聯繫，本節即論述《今詞

初集》的選詞時代及情況。

　　《今詞初集》所選一百八十四位作家中，選錄僅一至兩首作品者

〔註 8〕毛際可：〈今詞初集跋語〉，收於張宏生主編《清詞珍本叢刊》（臺北：
　　　鳳凰出版社，2007 年），第 22 冊，頁 616。

〔註 9〕魯超：〈今詞初集題辭〉，收於張宏生主編《清詞珍本叢刊》，第 22
　　　冊，頁 614。

〔註 10〕毛際可：〈今詞初集跋語〉，頁 616。

達一百三十三人，超過全集之七成，由此可以察覺，顧貞觀與納蘭性德在選錄作品之時，只要是能夠符合其審美觀者，便不吝惜採錄之。

顧貞觀與納蘭性德依照其審美觀選詞之特色，亦反映於單一作家選錄作品數量中，《今詞初集》中選入作品達十首以上者十六人，占全集百分之九，其選錄作家及選錄數量如下表所示：

姓　　名	選篇數	生卒年
陳子龍	29	1608～1647
龔鼎孳	27	1615～1673
顧貞觀	24	1637～1714
吳　綺	23	1619～1694
朱彝尊	22	1629～1709
宋徵輿	21	1618～1667
丁　澎	19	1622～1685
李　雯	18	1608～1647
成德（納蘭性德）	17	1655～1685
嚴繩孫	17	1623～1702
曹　溶	16	1613～1685
吳偉業	13	1609～1683
王士禎	13	1634～1711
陳維崧	11	1625～1682
彭孫遹	10	1631～1700
顧氏（顧貞立）	10	1623～1699

依其選錄作品情況，可統整出顧貞觀選詞時數項原則：

一、編者存詞：顧貞觀、納蘭性德

顧貞觀自己的作品選入二十四首，數量上排行第三，其中最著名者即是贈與吳兆騫的〈金縷曲〉兩首，可以見得顧貞觀對此作之符合「抒寫性靈」極有自信，且除此作外，《今詞初集》選錄許多與

此作背景相關的作品，如納蘭性德的〈金縷曲‧贈顧梁汾題杵香小影〉（又題「贈梁汾」）中有「然諾重，君須記」〔註11〕一句，當指納蘭性德承諾協助營救吳兆騫事。又如毛際可〈金縷曲‧題顧梁汾佩劍投壺小影次成容若韻〉一首、閻瑒次〈金縷曲‧和成容若贈梁汾之作〉一首，這些詞作都是吳兆騫之事相關作品，顧貞觀將之選錄於集中，不僅反映納蘭性德與顧貞觀的生平經歷，更透過詞作的收錄體現詞的寫作必須與生活、性情結合的審美觀念。

　　納蘭性德作品選錄十七首，在全集中排行第九，陳維崧認為納蘭詞「哀感頑艷，得南唐二主之遺」〔註12〕，納蘭性德最工小令，故集中選錄也以小令為多，且由於此時納蘭性德尚未扈從出巡，與南方文人交遊酬唱者亦少，故所選詞作大多為愛情詞，另偶有寄贈詞作。

二、推重雲間：陳子龍、宋徵輿、李雯、王士禛、　彭孫遹

　　「雲間三子」陳子龍選作為全集最多，達二十九首，宋徵輿選錄二十一首，李雯選錄十八首。王士禛、彭孫遹等雖非雲間詞派中人，然亦可說是雲間詞派的餘響，此二人在《今詞初集》中選錄皆超過十首，可見顧貞觀與納蘭性德推尊以陳子龍為代表的雲間詞派，將之視為開啓清初詞壇的開山之祖。

　　廣陵與西陵二群體也被視為雲間支脈，西陵詞人丁澎入選作品達十九首，似是要為雲間一派保存羽翼，但細觀之則不僅如此。西陵一派的詞風特色是「流麗雋永，一往情深」〔註13〕，丁澎被選錄

〔註11〕納蘭性德撰、馮統一、趙秀亭箋校：《飲水詞箋校》，頁135。
〔註12〕馮金伯：《詞苑萃編》，卷8，收於唐圭璋編：《詞話叢編》，第2冊，頁1937。
〔註13〕〔清〕聶先、曾王孫編：《百名家詞鈔‧扶荔詞‧梁清標評》，收於《續修四庫全書》（上海：上海古籍出版社，2002年3月），頁244下右。

作品中有亦有符合此特色者，如〈虞美人〉（池中萍漾池邊柳）、〈行香子〉（才住香車）等，皆是旖旎之語。然集中選錄更多如〈蘆花雪〉（君不見）、〈番女八拍〉（黃榆風急）這般溫和蘊藉、情味深厚之作，可以見得顧貞觀與納蘭性德在採錄作品時不僅兼顧流派、風格，更以符合自己主張的眞情自然爲必要條件。

三、爲友存詞：龔鼎孳、曹溶、吳綺

　　龔鼎孳作品選錄二十七首，在全集中排行第二，僅次於陳子龍，多於編者顧貞觀，龔鼎孳雖在往後爲明、清兩代不齒，但在當時深受尊敬，原因在他能保護明遺民，如紀映鍾、陳維崧及顧貞觀都受到龔鼎孳照顧、提攜，年輩亦高，因而得到老少兩輩欣賞，具備極大號召力，進而能透過詞學活動成爲京城詞壇領導人，且擴及其他地方。顧貞觀在選錄龔鼎孳作品時，亦思及當時社會對該詞人的看法，思慮縝密。

　　曹溶作品在《今詞初集》中選錄十六首，曹溶也非當時主要流派中人，然顧貞觀詞學理論受曹溶影響頗深，兩人亦師亦友，交往甚密，曹溶論詞主張雅正，推崇自然，反對雕琢堆砌，認爲塡詞「雖極天分之殊優，加人工之雅縟，究非當行種草，本色眞乘也。」〔註14〕顧貞觀反對塡詞時堆砌字句，曹溶作品亦講究本色自然，故選錄曹溶詞作較多。

　　吳綺在集中選錄二十三首，吳綺也非主流詞派中人，雖與顧貞觀、納蘭性德皆交遊甚密，且爲納蘭性德將《飲水詞》付梓，選詞時不排除有交誼因素，但吳綺作品濃淡皆宜，壯闊之音與纏綿之語皆工，朱彝尊評之曰「和平雅麗」〔註15〕認爲其詞品貴重，典雅醇麗，合於顧貞觀審美觀念，選錄作品偏多亦在情理之中。

〔註14〕曹溶：〈古今詞話序〉，收於唐圭璋編：《詞話叢編》，第 1 冊，頁 729。
〔註15〕〔清〕馮金伯：《詞苑萃編》，卷 8，唐圭璋編：《詞話叢編》，第 2 冊，頁 1936。

四、詞派代表：朱彝尊、陳維崧

　　朱彝尊與顧貞觀、陳維崧同稱「詞家三絕」，在《今詞初集》中也選入其作品達二十二首，朱彝尊與顧貞觀雖在詞學主張上略有不同，然朱彝尊爲浙西詞派開山祖，浙西詞派又宗南宋，推崇姜夔、張炎之詞，主張以「醇雅」作爲審美之準的，後成爲清代前中期重要詞派之一，顧貞觀編選《今詞初集》目的之一，便是將當時各派風格盡皆納入，以資流傳，頗有存史之意，且其反對浮靡風氣，崇尚「醇雅」之詞論與顧貞觀也尙有相同之處，在存史與審美之觀點下，自影響朱彝尊選詞之數量。

　　「詞家三絕」中之陳維崧也選入十一首，雖以陳維崧作品總數而言選錄比例不多，但在大多數詞人皆只選錄一至二首的《今詞初集》中已數選詞較多者，陳維崧爲陽羨詞派之宗，陽羨一派在此時甚爲風靡，此派承繼蘇、辛之詞風，作品以豪宕雄渾見稱，且提出尊詞體之說，顛覆詞爲小道之觀念，亦對當時香弱詞風加以批駁，論點皆與顧貞觀相合，且清代前中期之詞壇大多壟罩於浙西、陽羨勢力之下，聲勢之大，顧貞觀欲將此趨勢反應在選詞數量中，不無道理可循。

五、獨具特色：吳偉業、嚴繩孫

　　除重要流派人物外，獨立於詞壇中不屬任何流派者，只要符合顧貞觀審美觀念，《今詞初集》亦不吝惜採錄，如吳偉業在《今詞初集》選錄詞作十三首，雖然張德瀛曾尊稱吳偉業爲「本朝詞家之領袖」〔註16〕，然而在當時並未自成一家，亦非當時詞派之主流，或是身爲引領風尙之人，顧貞觀與納蘭性德選吳偉業之詞，其深意在表彰其不隨流俗，在眾流派爭勢下能別立於各流派之外，獨成一格。

　　又如嚴繩孫，其與顧貞觀、納蘭性德爲至交好友，加之與顧貞觀爲同鄉，晚年與顧貞觀共同隱居於家鄉，《今詞初集》選其作品達十

〔註16〕張德瀛：《詞徵》，卷 6，收於唐圭璋編：《詞話叢編》，第 5 冊，頁 4176。

七首，與納蘭性德並列。其小令雖得前人欣賞，如厲鶚（1692～1752）在〈論詞絕句十二首〉中即曾提及嚴繩孫作品特色，云「閑情何礙寫雲藍，淡處翻濃我未諳。獨有藕漁（嚴繩孫號）工小令，不教賀老占江南。」〔註17〕然在當時亦未自成一派。且嚴繩孫論詞亦以「性情說」為主要論調，曾云：「文之有源者，無畔於經，無窒於理，本乎自得，抒中心所欲言，固不在襲古人以求同，離古人以自異也。」〔註18〕可見得其持論與顧貞觀大致相同，因此雖然在清初之時，尚有其他小令名家如陳子龍、董以寧等，皆是箇中好手，顧貞觀特別選入嚴繩孫，除好友同鄉之關係外，更是特意突出其別樹一幟的特色。

六、女性詞家：顧貞立、徐燦

此外，《今詞初集》亦選錄較大量女性詞人作品，最具代表性者為顧貞立（選錄十首）、徐燦（選錄九首）二人。

顧貞立（生卒年不詳，約 1675 前後仍在世），原名文婉，字碧汾，自號避秦人，江蘇無錫人，顧貞觀之姊。嫁同邑侯晉，工詩詞，恆與王朗唱和。有《棲香閣詞》二卷。

徐燦（約 1618～1698），字湘蘋，又字明深、明霞，號深明。江蘇人。工詩，尤長於詞，又精繪畫，有《拙政園詩餘》三卷，詩集《拙政園詩集》二卷。

顧貞觀在《今詞初集》選錄女性詞家作品，體現當時女性詞人重要性逐步提升的趨勢。

顧貞觀在清詞以浮艷為風尚的習氣下，主張必須「鏟削浮艷」，別立於當時詞壇門派之外，逐漸形成一個文學集團，嚴迪昌在《清詞史》中便云：

顧氏和納蘭是有別樹一幟於詞壇，與各派較雄長的準備

〔註17〕厲鶚：《樊榭山房集》，卷 7（上海：上海古籍出版社，1992 年），頁 514。

〔註18〕嚴繩孫：《秋水詞》，收於張宏生主編：《清詞珍本叢刊》，第 4 冊，頁 223。

的。他們的詞學主張，毛際可揭示爲「抒寫性靈」。由此可
以這樣說：顧貞觀與納蘭是清詞前期的性靈派代表作家。
〔註19〕

納蘭性德與顧貞觀也透過詞選集的方式，體現其對於「直抒性靈」的
審美追求，在編選《今詞初集》時以詞人爲綱，顧及清初詞學源流和
傳承，重視當代詞壇趨勢，也兼備眾家流派，對不屬於任何流派的別
立一家者亦不吝惜採錄，可謂考慮周到。

第三節　選集比較

　　清初自《倚聲初集》以來，隨詞體之復興，詞選本亦逐漸興盛，
眾詞家紛紛以詞選宣揚理論，顧貞觀與納蘭性德編纂《今詞初集》
亦是爲宣揚抒寫性靈之論，各選本或存人備史，或選詞立說，或選
當代，或選通代，皆各有選編者之匠心在其中，選詞亦各有特色。

　　在此時代的眾多選本中，張宏生認爲清初主要有三部意在反映
當代詞壇的選集，分別爲順治十七年（1660）鄒祇謨、王士禎編定
的《倚聲初集》、康熙十六年（1677）顧貞觀、納蘭性德選編的《今
詞初集》，及康熙二十五年（1686）蔣景祁的《瑤華集》〔註20〕。《倚
聲初集》對後進甚有參考價值，顧貞觀編纂《今詞初集》時也對其
有所繼承與糾正，故本節首先針對《倚聲初集》與《今詞初集》的
異同進行比較。

　　此外，康熙年間尚有許多通代詞選，其中成書最晚者爲沈時棟選
編之《古今詞選》，沈氏耗時三十年方成此書，選錄盛唐至清初詞家
作品，期間沈氏又會同眾多名家參與編選工作，顧貞觀即在其中，顧
氏並爲之作序，故本節亦對《古今詞選》與《今詞初集》的選詞情形
進行比較。

〔註19〕嚴迪昌：《清詞史》（南京：鳳凰出版社，2007年），頁320。
〔註20〕見張宏生：〈《今詞初集》與清初詞壇〉，《南開學報哲學社會科學版》，
　　　　2008年第1期（2008年），頁113。

一、《倚聲初集》

《倚聲初集》為鄒祇謨、王士禎編選之詞選集，全書共二十卷，以調編次，小令十卷錄詞 1116 首、中調四卷錄詞 364 首、長調六卷錄詞 434 首，全書共錄詞 1914 首。書前有鄒、王二人序，並附有前編四卷，節錄俞彥《爰園詞話》、賀裳《皺水軒詞荃》、毛先舒〈與沈去矜論填詞書〉、宋徵璧〈論宋詞〉等詞話、詞序、書、論共計 249 則。並有選錄詞人爵里表，將詞人按時代順序排列，敘其姓名、籍貫、官職以及詞集名等，雖實際錄有詞作者僅 475 家，然根據表中所載詞人 512 家中，其中萬曆朝 45 家、天啟朝 15 家、崇禎朝 91 家，合計則明季詞人錄 151 家；清順治朝詞人達 361 家，因此將之視為明末清初詞選集。

此集由鄒祇謨首開選政，順治十七年（1660），文壇堪稱盟主的王士禎任揚州推官，鄒祇謨遂攜選稿來遊，並與王士禎共同編選刪定，輯成此編，依其集名則應有二集、三集等續編，然由於王氏離開揚州後便再不涉足於倚聲之學，因此鄒氏無論在經濟或人脈上，皆失去有力後盾支援，遂未有續編問世。王氏並為此集撰寫大量評語，集中評語亦為探析王氏詞論與詞學觀點的重要文獻。

關於《倚聲初集》的選編宗旨，鄒祇謨在序中即明言：

> 近世如用修、元美、元朗、仲茅諸先生，無不尋流溯源，探其旨趣，而詞學復明，犁然指掌。然如錢功甫、卓珂月、沈天羽諸前輩，有成書而網羅未備；賀黃公、毛馳黃、劉公勇諸同志，有論斷而甄汰未聞。僕乃與漁洋山人綜覈近本，攬擷芳菲，被以丹黃，申之辨論，為時不及百年，而為體與數與人，彷彿乎兩宋之盛。……庶幾數百年而後，得比於《花菴》、《尊前》諸選，不零落於荒煙蔓草之間，以存一時之嘯詠。〔註21〕

鄒氏有感於前人雖能於倚聲之道上「尋流溯源，探其旨趣」，而使詞

〔註21〕〔清〕王士禎、鄒祇謨編：《倚聲初集》，收於《續修四庫全書》，第 1729 冊，頁 166～167。

學稍有復明之況，然詞選仍未臻完備，或有「成書而網羅未備」者，或有「論斷而甄汰未聞」者，因此欲在前人成果上更加推進，透過選詞，繁盛詞道，使詞作得以流傳，不致寥落。

　　《倚聲初集》爲承襲明人之功，在選錄作品的時代上對明人詞選如《古今詞統》等有所延續，王士禎在序中云：

> 《詞統》一編，稍撮諸家之勝。然亦詳於隆、萬，略於啓、禎，鄒子與子蓋嘗嘆之，因網羅五十年來薦紳、隱逸、宮閨之製，彙爲一書，以續《花間》、《草堂》之後，使夫聲音之道不至湮沒而無傳。〔註22〕

根據此序則可知《倚聲初集》的選詞時代，正是承西陵詞人卓人月選編的《古今詞統》而下，又特詳於明末天啓、崇禎，汪懋麟在《棠村詞・序》中即稱「本朝詞學近復益盛，實始於武進鄒進士程村《倚聲集》一選。」〔註23〕足見此集對清初詞壇有莫大影響。

二、《古今詞選》

　　《古今詞選》編者沈時棟（生卒年不詳），字成廈，一字成霞，號焦音，別號瘦吟詞客，吳江人。《古今詞選》爲康熙年間最後成書之通代詞選，共十二卷。書前有康熙甲午年（1714）顧貞觀序、康熙丙子年（1696）尤侗序、康熙乙未年（1715）沈時棟自序，並附沈時棟選略八則、總目及詞名家目等，今可見國家圖書館善本書室所藏康熙五十五年（1716）瘦吟樓刊本、民國十四年（1925）掃葉山房石印本、民國四十五年（1956）東方書局影印本。〔註24〕

〔註22〕〔清〕王士禎、鄒祗謨編：《倚聲初集》，收於《續修四庫全書》，第1729冊，頁164。

〔註23〕〔清〕孫默編：《十五家詞》，收於《四部備要》（臺北：中華書局，1965年）卷3，頁1。

〔註24〕民國十四年掃葉山房石印本現藏臺灣大學圖書館，經筆者比對，此本應爲民國四十五年臺灣東方出版社影印本所據之原本，凡字體大小、每頁行數、每行字數、頁碼標示、換行處、斷句標示等版式皆完全相同，然掃葉山房原本有單魚尾，且每頁頁碼下方皆印有「掃葉山房石印」字樣，影印本則二者皆無，應是東方書局影印時將魚

　　沈氏在自序中云此集「悉從秘本鈔輯，新穎奪目，有未經傳誦於世者，庶自古迄今，上下搜羅，略無遺憾。」〔註25〕可見頗為自得。此書在康熙三十五年（1696）尤侗作序時已基本編成，然遲至康熙五十五年（1715）才刊刻問世，延遲達二十年，期間沈氏又邀集眾多當世名家如尤侗、朱彝尊、顧貞觀共同審訂、修正，沈氏在〈選略〉中云：

> 是集探討三十餘年，久欲付梓，向質諸彭羨門尤悔菴、朱竹垞諸先生，俱邀謬賞，因同志乏人，是以久於韞匵，茲得費梅原先生捐俸壽棗，始遂夙懷。因思海內名集，枕笥自寶，不獲盡登。茲刻一借光華，曷勝浩歎。〔註26〕

由此可知，《古今詞選》刊刻延遲，一方面是由於經濟窘迫，無法付梓；另一方面也有望質諸眾家，使之愈臻完善的主觀因素存在其中。

　　《古今詞選》以調編次，並依詞調字數多寡，由少自多依次排列，而不以小令、中調、長調劃分。以〈蒼梧謠〉為首，〈戚氏〉為末，共錄詞調 200 調。選家方面則收錄歷代詞家共 286 家，其中唐五代 24 家，宋 120 家，金 5 家，元 9 家，明 28 家，清 100 家。總詞作共 994 首，其中清代詞家 100 家，在全集中超過三分之一；清人詞作占 559 首，數量更超過全書二分之一，可見沈氏認為清初詞壇眾家分呈，可說是「霞爛雲蒸，碧海珊瑚，須羅鐵網」〔註27〕，因而選錄時仍以當代詞為重心。

三、三書比較

（一）《倚聲初集》與《今詞初集》

尾及字樣去除。瘦吟樓本則藏於國家圖書館善本書室，並製有微縮資料，此本將每卷目錄統一置於選略八則後，不同於掃葉山房本置於每卷之前，版式亦與掃葉山房本全然不同。

〔註25〕〔清〕沈時棟編：《古今詞選》（國家圖書館藏康熙五十五年瘦吟樓刊本），〈選略〉頁 1。
〔註26〕〔清〕沈時棟編：《古今詞選》，〈選略〉頁 2。
〔註27〕〔清〕沈時棟編：《古今詞選》，〈選略〉頁 1。

顧貞觀《今詞初集》刊刻於康熙十六年（1677），此時詞壇選集仍籠罩於《倚聲初集》影響下，然《今詞初集》在選詞思想與風格上皆與《倚聲初集》有所不同，可分為二點論析：

1、以審美取代存詞

《倚聲初集》在規模上則較《今詞初集》龐大甚多，全集達二十卷，共收錄詞作 1914 首，收錄詞作數量在《今詞初集》三倍以上，且根據閔豐之考證，此集採取隨刻隨補作法〔註28〕，凡有新得之作即補入集中，雖可能造成詞作已有增加，目錄卻未及時修正等疏漏，但此法便於存人備史，保存許多明清之際的詞作及詞人資料，且王士禎已在序中表示欲「使夫聲音之道不至湮沒而無傳」，可見本身也有存人備史之意圖。又此集收錄鄒祇謨詞達 196 首、董以寧達 120 首，王士禎亦有 113 首，可見鄒、王二人選編時帶有個人存詞目的，不能全以文學審美觀待之，雖集中所選之作仍側重香豔風格者為主，但因《倚聲初集》達二十卷，選詞近兩千首，規模龐大，且二人選編時也不全然是存人，仍有博取之意，但總體而言，兩人在選錄作品時，仍稍偏重存人備史。蕭鵬認為在詞選應歌、存史、立論三種功能中，「存史可包括傳人和傳詞，立論則兼有開宗和尊體，且選人的最鮮明特徵是按詞人排列作品，按時代排列詞人，並附列小傳等。」〔註29〕據《倚聲初集》規模及選詞與編排方式而觀，較屬

〔註28〕《倚聲初集》現有中國國家圖書館藏本、上海圖書館藏本、南京圖書館藏本、傅斯年圖書館藏本等，據閔豐考證，上圖本與傅圖本應為同一種，另《續修四庫全書》據南圖本影印。然以上所見版本皆非順治十七年（1660）刻成，雖有王士禎與鄒祇謨作於順治十七年之序文，又徐喈鳳於康熙元年（1662）已見此書，然集中選有鄒祇謨成於康熙二年（1663）之作品，由此可斷定刊刻完成不早於康熙二年，因此閔氏認為，順治十七年應是《倚聲初集》大抵編定成書的時間，刊刻需要一定過程，在刊刻同時，又陸續增補新作，最後應在康熙初年方告刻成。關於《倚聲初集》之版本，閔豐考證詳實，見閔豐著：《清初清詞選本考論》（上海：上海古籍出版社，2008 年 5 月），頁 62～65。

〔註29〕蕭鵬撰：《群體的選擇》（臺北：文津出版社，1992 年），頁 6。

於存人備史之選本。

　　《今詞初集》則按詞人排列，然其非為存人而選。首先，其規模較小，屬於小型選本，全集共收詞僅 617 首，平均每人不到 4 首；其次，集中選錄詞作最多者為陳子龍，收詞 29 首，然就其總數而言亦不多，且集中只選錄一至二首作品之詞家共 133 人，占全集 184 人中的 72%以上，又集中雖按詞家排列，卻不涉及任何詞家個人訊息，除將名姓列於詞作之下外，凡爵里、官職、詞集名等皆不載，由此可見《今詞初集》的選編並非以存史為目的。

　　顧貞觀與納蘭性德在選編《今詞初集》時既不以存人備史為目的，則當另有選編思想中心，毛際可（1633～1708）〈今詞初集跋〉云：「今梁汾、容若兩君權衡是選，主於鏟削浮艷，抒寫性靈，采四方名作，積成卷軸，遂為本朝三十年填詞之準的。」〔註30〕由其選詞情形也可察覺《今詞初集》中所選以一至二首者為主體，明顯有兼容眾家之意，可以表明只要符合其抒寫性靈之詞風者，便不吝惜選錄，如此則傳詞重於傳人，自然較不具備「存人」特色，而是用一以貫之的審美觀為選編詞作的理論中心。

　　統而言之，《倚聲初集》較重視存人備史，《今詞初集》則較偏重詞文的審美思想，因此雖在選錄時代上繼承《倚聲初集》，然在選詞目的上則大有不同。

2、以性靈修正香豔

　　《倚聲初集》延續前代選集基礎，是清初詞壇重要大事，此集亦成為眾家參考必備典籍，也象徵清代詞學即將進入新階段，因此《倚聲初集》的選貌也成為建構清初詞壇面貌的重要參考文獻。

　　清代詞家首要工作是將詞體與其他文體分別，樹詞體為獨立文學體裁，進而提高詞體的地位，鄒祇謨曾云：

　　　　詞之〈紇那曲〉、〈長相思〉，五方言絕句也。〈小秦王〉、〈陽

〔註30〕〔清〕毛際可：〈今詞初集跋語〉，頁 616。

關曲〉、〈八拍蠻〉、〈浪淘沙〉，七言絕句也。……體裁易混，
徵選實繁。故當稍別之，以存詩詞之辨。〔註31〕

鄒祇謨認為在詞調中有部分齊言者如〈長相思〉、〈浪淘沙〉等，容
易與詩歌相混淆，然詞既非詩，兩者則應分明，方能存詩詞之辨。
又云「至詞曲之界，本有畦畛，不得謂調同而詞意悉同，竟至儒墨
無辨也」〔註32〕，可見鄒氏以體裁區分詩、詞、曲三者。王士禎則
進一步論詩、詞、曲的分界：

　　或問詩詞、詞曲分界，予曰：「無可奈何花落去，似曾相識
　　燕歸來」，定非香奩詩。「良辰美景奈何天，賞心樂事誰家
　　院」，定非草堂詞也。〔註33〕

王士禎以不同文體具備不同風格加以闡述，將詞與詩、曲作出分別。
　　鄒、王二人所言都在強調詞體的特色，認為詞作應有自己的本
色，不應與詩、曲相混淆，鄒祇謨明確表示當時詞體創作能夠逐漸回
到「當行本色」，應歸功於雲間詞派：

　　王次公云：詞曲家非當行本色，雖麗語博學無用。麗語而
　　復當行，不得不以此事歸之雲間諸子。至婁東惟夏次谷二
　　君，善能作本色語，揆之乃祖，可謂大小美復出。〔註34〕

鄒祇謨評論雲間詞派認為詞若不能表現當行本色，則「雖麗語博學無
用」，此論正可使詞體回到本色當行之上；王士禎在《倚聲初集》中
評論陳子龍〈浣溪紗·詠五更〉亦以「本色當行」〔註35〕稱許之；推
崇詞家之本色，即是在推重詞體在文學中的獨立地位，可見鄒、王二

〔註31〕〔清〕鄒祇謨：《遠志齋詞衷》，收於唐圭璋編：《詞話叢編》，第 1
　　　　冊，頁 654～655

〔註32〕〔清〕鄒祇謨：《遠志齋詞衷》，收於唐圭璋編：《詞話叢編》，第 1
　　　　冊，頁 650。

〔註33〕〔清〕王士禎：《花草蒙拾》，收於唐圭璋編：《詞話叢編》，第 1 冊，
　　　　頁 686。

〔註34〕〔清〕鄒祇謨：《遠志齋詞衷》，收於唐圭璋編：《詞話叢編》，第 1
　　　　冊，頁 656。

〔註35〕〔清〕王士禎、鄒祇謨編：《倚聲初集》，收於《續修四庫全書》，第
　　　　1729 冊，頁 238 上。

人確實欲透過強調詞體本色爲詞尊體。

在《倚聲初集》中，選錄作品超過 20 首者如下表所示：

詞　人	選篇數	詞　人	選篇數
鄒祇謨	199	陳維崧	39
董以寧	123	賀裳	36
王士禛	112	計南陽	34
陳子龍	68	俞彥	33
宋徵輿	67	李雯	32
龔鼎孳	60	陳世祥	26
曹爾堪	60	黃永	24
彭孫遹	43	吳偉業	21

人稱陳子龍、宋徵輿、李雯爲「雲間三子」，計南陽亦深受雲間詞派影響，陳維崧雖開陽羨一派，不可再以雲間視之，然早期亦受雲間影響，此現象正可體現王士禛與鄒祇謨選編時，欲突出雲間詞派之意圖。雲間一派塡詞師法五代及北宋，以《花間集》爲正統與基準，詞藻綺麗，重視意境與格調，反對雕琢工巧與俚俗之語，以花間穠麗之作使詞體回歸本色，鄒、王二人肯定此功業，亦繼承雲間派以雅正之音作爲標竿。鄒祇謨與王士禛爲編者，選錄詞作都在百首以上，鄒祇謨更逼近兩百首，稱冠眾家；董以寧與鄒祇謨齊名，時人稱「鄒董」，在集中選詞 123 首，名列第二，雖亦有個人存詞目的在其中，但鄒、董、王三人皆艷詞名家，亦符合《倚聲初集》選編時以花間香艷小令風格爲基準之論。

由於《倚聲初集》規模龐大，因此雖所選作家與作品有意彰顯雲間一派，但又同時抱持博觀博取之心，因此對雲間的突出之意稍有淡化，《今詞初集》在對雲間詞派的突出上則更爲明顯。

顧貞觀與納蘭性德皆欣賞花間之詞，亦工小令，尤以納蘭性德更爲突出，清人比之南唐二主，如況周頤認爲納蘭詞：「寒酸語不可

作，即愁苦之音，亦以華貴出之，飲水詞人所以爲重光後身也。」
〔註36〕清人將納蘭性德與李煜並列而陳；陳子龍亦工艷詞小令，與
《花間》有相似之處，晚清譚獻更進一步將李煜、陳子龍與納蘭性
德相聯繫：

> 周稚圭有言：成容若、歐晏之流，未足以當李重光。然重
> 光後身，惟臥子足以當之。〔註37〕

譚獻比較陳子龍與納蘭性德，認爲納蘭詞只是擅長艷詞的「歐晏之
流」，尚不足以當能變伶工之詞爲士大夫之詞的李後主，而眞正可達
此境界者則是陳子龍。然無論兩人之中，何人足以身當李重光，在此
可以確定陳子龍與納蘭性德有相同的塡詞類型，使後人將之相提並
論。

　　《今詞初集》中陳子龍入選 29 首，可見顧貞觀肯定陳氏復興清
代詞學之功，將陳氏置於清初詞壇開山祖之地位無疑。其餘雲間三子
之宋徵輿選錄 21 首，李雯 18 首，皆排名前十；又雲間支脈如西陵派
丁彭選錄 19 首、廣陵派王士禛 13 首、彭孫遹 10 首，以《今詞初集》
平均每人選錄 4 首之情況而觀，皆超過平均數兩倍以上，爲選錄詞作
甚多者，可見《今詞初集》將之視爲清代詞學得以復興的功臣，較《倚
聲初集》而言，更突出雲間詞派地位。

　　在選詞風格上，此時眾詞家正爲推尊詞體努力不懈，《倚聲初
集》作爲清初最早成書的詞選本，自須體現當時詞壇氣象，故集中
兼容並蓄者有之，然王士禛與鄒祇謨繼承雲間詞派，以穠艷之作使
詩詞有別，因此在《倚聲初集》中選錄小令占總數六成以上，中、
長調中也多見香奩之體，然以香艷作品爲標竿，也形成詞作逐漸流
於浮艷綺靡的新問題，因此《今詞初集》一方面更加突出雲間派在
詞壇上的地位；一方面也均衡選取各派作品，如廣陵派、陽羨派等

〔註36〕〔清〕況周頤：《蕙風詞話》，收於唐圭璋《詞話叢編》第 5 冊，頁
　　　　4410。
〔註37〕〔清〕譚獻：《復堂詞話》，收於唐圭璋《詞話叢編》第 4 冊，頁 3997。

地方詞派皆能在集中占有一席之地；另一方面，更以抒寫性靈作為選詞時一以貫之的審美標準，只要符合標準之作，皆不吝惜采錄篇幅。可見無論在選型或選貌上，《今詞初集》都可視為對《倚聲初集》提出繼承與糾正之詞選集。

（二）《今詞初集》與《古今詞選》

沈時棟編選《古今詞選》時，前後邀集多人審訂，於康熙三十五年（1696）大致成型，康熙五十五年（1716）方刊刻成書，距離顧貞觀編定《今詞初集》已有時日，然顧貞觀亦在審訂者之列，且於康熙五十四年（1714）秋為此書作序，當年十一月便與世長辭，因此〈古今詞選序〉可說是顧貞觀一生中最後的詞學論文，顧貞觀雖在納蘭性德逝世後停止填詞，然未如王士禛般絕口不提此道，仍時與友朋論詞，《今詞初集》與《古今詞選》之間的選詞差異，正可以印證顧貞觀後四十年詞學思想是否與前期一致。

清代詞論中持正變之分者不乏其人，沈氏在〈古今詞選自序〉中云：

> 然其體製約有二家：彼亂石驚濤，激宕於銅琶鐵板；曉風
> 殘月，纏綿於翠管銀箏，靡不譜在羅裙，吹諧兩部，畫從
> 郵壁，唱徹雙鬟。雖旖旎固自屬專場，而沉雄亦不妨變格。
>
> 〔註38〕

沈氏認為詞體分為二家，並以「曉風殘月，纏綿於翠管銀箏」者為正格，以「亂石驚濤，激宕於銅琶鐵板」者為變格，又認為「旖旎固自屬專場」，雖沉雄者亦有可取之處，然實在正變之中，已隱含旖旎自屬專場的高下之分。顧貞觀在序中亦云：

> 今雄奇磊落、激昂慷慨者，任其才之所至，氣之所行，而
> 長短、宮商、遲促、陰陽諸律，置焉不問，則是狐其裘而
> 羔其袖也。詞之道，又不因適蕩然乎？〔註39〕

〔註38〕〔清〕沈時棟編：《古今詞選》，〈自序〉頁1～2。
〔註39〕〔清〕顧貞觀：〈古今詞選序〉，收於沈時棟編：《古今詞選》，〈顧序〉

顧貞觀此說直指「雄奇磊落、激昂慷慨者」之弊端，使詞道不存，與沈時棟看法頗爲相似，此論對《古今詞選》的採錄標準產生直接影響。

沈氏在〈選略八則〉中云「是集既不因人而濫選，亦不以人而廢詞，若章法不亂，情致動人者，即非作手，縣錄不遺。」〔註40〕正是延續正變之說而生，凡是符合章法，富有情致者皆是佳作，不拘名家作手或無名之人，皆不吝選錄。沈氏又提出反面說法：

> 是集雄奇香艷者俱錄，惟或粗或俗，間有敗筆者置之，即
> 名作不登選者，猶所不免，如坡公大江東去，雖上下千古，
> 膾炙齒牙，然公瑾當年奚待小喬初嫁，而後雄姿英發耶？
> 是亦此詞之白璧微瑕也。〔註41〕

蘇軾〈念奴嬌〉歷來膾炙人口，然沈時棟仍以「遙想公瑾當年，小喬初嫁了，雄姿英發，羽扇綸巾」等句爲不合情理的「敗筆」而將之淘汰，雖不易令人接受，但可知沈氏確實堅持其正變說理論。

由《古今詞選》的選錄詞家及其數量也可分析其選詞情況，以下將清代詞家中選錄超過 10 首者列表，並分別列出各調式選詞數量，劃分標準依毛先舒之法，以 58 字以下爲小令，59～90 字者爲中調，91 字以上爲長調：

詞　家	數　量	詞　　調		
		小　令	中　調	長　調
陳維崧	86	13	11	62
沈時棟	48	13	9	26
龔鼎孳	38	13	5	20
朱彝尊	34	13	5	16
宋　琬	21	3	2	16

頁 2～3。

〔註40〕〔清〕沈時棟編：《古今詞選》，〈選錄八則〉頁 1。
〔註41〕〔清〕沈時棟編：《古今詞選》，〈選錄八則〉頁 1。

吳　綺	21	6	5	10
吳偉業	17	5	4	8
鄒祇謨	16	1	4	11
成　德	15	4	2	9
顧貞觀	12	4	1	7
曹爾堪	11	4	3	4

　　依照選錄詞人而觀，編者沈時棟名列第二，自有爲己存詞之心。除此之外，亦可察覺康熙初期詞選本重視雲間詞派的現象，在康熙末期的《古今詞選》中已不復見，選詞超過 10 首的詞家中，僅柳州詞派代表宋琬可視爲雲間支脈，其餘如陳維崧，雖曾事師陳子龍，卻已另成陽羨一格，不可再以雲間視之，可見雲間派的影響力已不如前期，而由陽羨派陳維崧、浙西派朱彝尊相繼取而代之，故陳維崧名列第一，朱彝尊位居第四，亦可反映當時詞壇風貌。

　　由選錄詞調而觀，也可察覺清初受到雲間詞派影響，詞家盛行創作令體的情況已消退，康熙中期以後風氣漸移，轉爲以長調創作爲中心，依照選本成書年代觀之，康熙初期的選本《倚聲初集》、《今詞初集》等選詞皆以小令占多數，至中期《瑤華集》選詞則以長調爲主，康熙末年的《古今詞選》則長調已明顯占據優勢，在選錄作品超過 10 首以上的詞人中，無一例外皆以長調爲多，即便是以小令著稱的納蘭性德，長調的選錄數量也爲小令兩倍之數；此現象可體現清詞已由明末雲間派的籠罩下脫出，並逐漸走向獨特化與個性化的事實。

　　《古今詞選》與《今詞初集》刊刻時間相隔近四十年，二書皆有顧貞觀參與編輯，《古今詞選》雖非其主編，然沈時棟編纂時亦與之研討審定，然由二書選錄顧貞觀與納蘭性德詞作的差異，可發現一特殊現象。首先列出二書中選錄顧貞觀之作品：

《今詞初集》	《古今詞選》
〈昭君怨・夜宿翠華庵〉（眞個而今親試）	未選

〈浣溪沙〉（不是圖中是夢中）	選入
〈菩薩蠻・早發星輒驛〉（山城半夜催金柝）	未選
〈菩薩蠻〉（夜深叢桂飄香雪）	未選
〈清平樂・書任城店壁〉（短衣孤劍）	未選
〈朝中措〉（銜蕪夢冷惜分襟）	選入
〈河瀆神〉（密約水神祠）	未選
〈鷓鴣天〉（往事驚心碧玉簫）	選入
〈青玉案〉（天然一幀荊關畫）	選入
〈驀山溪・秦淮客舍〉（多情長願）	未選
〈鳳凰台上憶吹簫〉（鏡展瀟湘）	未選
〈御帶花〉（梳妝檯下捫碑字）	未選
〈百字令・和州宿針魚嘴次韻〉（幾行歸雁）	選入
〈木蘭花慢〉（數鳴珂舊曲）	選入
〈水龍吟〉（憑高有客沾襟）	未選
〈石州慢・發御河〉（一月長河）	未選
〈沁園春〉（殘月幽輝）	選入
〈沁園春〉（粉蝶烏啼）	選入
〈賀新涼・湘南雨泊〉（菱鏡秋如許）	未選
〈金縷曲・丙午生日自壽〉（馬齒加長矣）	選入
〈沁園春・雨花臺晚眺〉（依舊銷魂路）	選入
〈金縷曲・寄吳漢槎寧古塔，以詞代書〉（二首）	二首皆選入
〈瀘江月・寄滿願〉（記寒宵攜手）	未選
共 24 首	共 12 首

　　由此表可觀察顧貞觀選詞思想前後異同處，共有二點：

1、長調比例增加

　　《今詞初集》為顧貞觀主編，選錄自身詞作 24 首，名列全集第三，所選詞作小令、長調皆有，且數量較為平衡，至《古今詞選》時，選錄詞作與《今詞初集》全數重疊，刪去者以小令為多，乃是反映詞

體已漸由長調占優勢，此時距康熙二十三年（1684）吳兆騫、納蘭性德相繼逝世，顧貞觀停止填詞已逾三十年，然此三十年間顧貞觀對於自身創作的審美觀及自信未見改變。

2、符合正變之論

就選錄作品之內容而言，〈金縷曲‧寄吳漢槎寧古塔，以詞代書〉兩首情深義重，感人至深，歷來為顧貞觀最著名、流傳最廣之作，二書皆見選錄無疑。然此外更有〈沁園春〉（殘月幽輝）、〈沁園春〉（粉蝶鳥啼）等言相思之情者；有〈賀新涼‧湘南雨泊〉（菱鏡秋如許）、〈菩薩蠻〉（夜深叢桂飄香雪）等思鄉之作；有〈河瀆神〉（密約水神祠）、〈金縷曲‧丙午生日自壽〉言懷才不遇的隱怨，甚至有〈瀘江月‧寄滿願〉表達仕隱掙扎之情等作；有〈昭君怨‧夜宿翠華庵〉、〈浣溪沙〉（不是圖中是夢中）、〈百字令‧和州宿針魚嘴次韻〉般恬淡清幽之作，可見在《今詞初集》中選詞類型較為多元，至《古今詞選》時，大部分保留相思、寫景、恨別等作品，雖仍有少數言懷才不遇、淒涼寥落之作，但《今詞初集》中此類作品占 7 首，約三分之一；《古今詞選》則僅見 2 首，約六分之一，比例大為降低；關於仕隱掙扎與矛盾、怨忿之情者更已不見於選列，此與其正變之論較為相合。

納蘭性德作品在二書中選詞情況則與顧貞觀面貌不同，納蘭性德於康熙二十四年（1685）辭世，然納蘭詞流傳甚廣，今存詞作在三百首以上，《今詞初集》選錄 17 首，《古今詞選》選錄 15 首，然彼此選汰之間差異頗大，二書之間重疊者僅四首，現將二書選況列表如下：

《今詞初集》	《古今詞選》
〈如夢令〉（纖月黃昏庭院）	未選
〈天先子〉（夢裏蘼蕪青一剪）	未選
〈生查子〉（東風不解愁）	未選
〈浣溪紗〉（藕蕩橋邊理釣筒）	未選

〈采桑子〉（冷香縈遍紅橋夢）	未選
〈菩薩蠻〉（新寒中酒敲窗雨）	未選
〈荷葉盃〉（簾捲落花如雪）	未選
〈浪淘沙〉（紅影濕幽牕）	未選
〈河傳〉（春暮）	未選
〈臨江仙〉（長記曲闌千外語）	未選
〈鬌雲鬆令〉（枕函香）	未選
〈風流子〉（平原草枯矣）	**選入**
〈疏影・芭蕉〉（湘簾捲處）	**選入**
〈金縷曲〉（生怕芳樽滿）	**選入**
〈賀新郎・贈顧梁汾〉（德也狂生耳）	選入
〈憶桃源慢〉（斜倚熏籠）	未選
〈大輔〉（怎一爐煙）	未選
未選	〈菩薩蠻〉（蕭蕭幾葉風兼雨）
未選	〈南歌子〉（翠袖凝寒薄）
未選	〈浪淘沙〉（夜雨做成秋）
未選	〈鞦韆索〉（藥闌攜手銷魂侶）
未選	〈臨江仙〉（雨打風吹都似此）
未選	〈翦湘雲〉（險韻慵拈）
未選	〈滿江紅〉（問我何心）
未選	〈水調歌頭〉（落日與湖水）
未選	〈木蘭花慢〉（盼銀河迢遞）
未選	〈金縷曲〉（誰復留君住）
未選	〈青衫濕遍・悼亡〉（青衫濕遍）
共 17 首	共 15 首

　　據此表分析，顧貞觀選錄納蘭性德詞作時，秉持原則有：

1、詞調——刪去小令，增加長調作品

　　依詞調觀之，《今詞初集》選長調僅占總數約三分之一，《古今詞

選》則超過半數；反觀小令選錄情況，《今詞初集》選小令占半數以上，《古今詞選》則僅三分之一，可說以詞調而言，納蘭詞在二書中選錄情況完全相反，納蘭性德正以令詞聞名，但《古今詞選》選錄小令卻較少，此選況更足以進一步證明此時詞體創作與審美上已經由長調占據優勢。

2、風格——開拓面貌，並選各式詞作

以選錄詞作內容觀，《今詞初集》中如〈如夢令〉（纖月黃昏庭院）、〈天先子〉（夢裏蘼蕪青一剪）、〈生查子〉（東風不解愁）等納蘭性德較爲擅長的思婦、言情之作，甚有〈髻雲鬆令〉（枕函香）、〈疏影・芭蕉〉（湘簾捲處）這般語調輕倩之早期作品，此類作品共收 6 首，占三分之一；《古今詞選》則僅有 3 首，約五分之一。悼亡詞亦爲納蘭詞廣爲傳唱者，二書均列三首，選況相同。

此外，《古今詞選》中還可見〈臨江仙〉（雨打風吹都似此）此類邊塞之作，此作爲康熙二十一年（1682）納蘭性德赴梭龍途中作，首句即化用辛稼軒作品，頗具豪放風神，不同於其言情小令，此類作品創作較晚，《今詞初集》絕不得見，顧貞觀爲之選錄，欲使後人傳唱，亦有開拓納蘭詞面貌之功。

3、內容——懷念故人，選錄唱和之作

納蘭詞中送別、懷人、贈友等作，《今詞初集》錄 7 首，《古今詞選》錄 6 首，數量及比例皆相當，然細觀所選之詞作可察覺二書所選仍有差異，《古今詞選》錄納蘭性德與顧貞觀往來詞作即有〈賀新郎・贈顧梁汾〉（德也狂生耳）、〈翦湘雲〉（險韻慵拈）、〈滿江紅〉（問我何心）、〈木蘭花慢〉（盼銀河迢遞）4 首，《今詞初集》中與顧貞觀往來作品僅見 1 首，雖有部分作品如〈木蘭花慢〉作於康熙二十年（1681）《今詞初集》刊刻後，然在納蘭性德逝世數十年之後，顧貞觀在參與修訂《古今詞選》中選錄納蘭性德與自己交遊之作，除認同所選作品爲佳作外，亦私有懷念故人之意。

　　《古今詞選》爲康熙年間最後成書之通代詞選，編者沈時棟耗費三十年，選詞兼雄奇與香艷兩體，以合正變之論，編排方式及選法皆較爲新奇，又邀集眾名家共同研討，顧貞觀在協助審定時，仍主張正變之論，同時兼容並蓄，無論豪放或婉約，皆能擇其佳者選錄之，審美觀念與選訂《今詞初集》時並無二致，因此在選錄自身作品上，全與《今詞初集》重疊；在選錄納蘭性德作品時，除秉持一貫詞學理論外，亦稍有懷念故人之心，然總體而論，《古今詞選》以正變之論爲中心開展，選法特殊新奇，確爲當時選壇創造不同面貌。

第六章　《彈指詞》研究

　　《彈指詞》中作品絕大部分作於康熙二十三年（1685）以前，
在此年以後，由於納蘭性德英年早逝，當年顧貞觀年屆半百，頓失
知己，哀痛欲絕，曾云：「容若已矣！余何忍復拈長短句乎？」〔註1〕
從此便絕少填詞，因此《彈指詞》可視為顧貞觀少年至青年時代的
人生遭遇與心路歷程之紀錄。

　　關於《彈指詞》的命名，諸洛在〈彈指詞・序〉中云：
　　　彌勒彈指，樓閣門開，善才即見百千萬億彌勒化身，先生
　　　以斯名集，殆自示其苦心孤詣，超神入化處。〔註2〕

　　「彌勒」為佛名，「彈指」則為撚彈手指作聲，「善才」即善才童
子，因參訪高僧化成菩薩。依諸洛所言，顧貞觀以佛語名集，意在表
示此集是自己對人生的覺悟，然雖以佛語名之，但《彈指詞》中卻盡
訴自己身在塵寰中事，故「彈指」一詞也含有顧貞觀對時光荏苒而一
事無成的感嘆，且《飲水詞》康熙三十年刻本張純修序曾云：「梁汾
嘗言：人生百年，一彈指頃，富貴草頭露耳。」〔註3〕可見表達的也

〔註1〕　〔清〕顧貞觀撰、張秉戌箋注：《彈指詞箋注》（北京：北京出版社，
　　　　2000年1月），頁445。
〔註2〕　〔清〕顧貞觀撰、張秉戌箋注：《彈指詞箋注》，頁149。
〔註3〕　〔清〕張純修撰：〈飲水詩詞集序〉，見〔清〕納蘭性德撰、趙秀亭、
　　　　馮統一箋校：《飲水詞箋校》（北京：中華書局，2009年11月），頁
　　　　505。

是人生的短暫不可爲之意。此外，在其康熙五年（1666）所作〈謁金門〉一闋中有：「三十矣，彈指韶光能幾！梵課村妝從此始．心期成逝水」〔註4〕句，此時顧貞觀在京師爲七品小官中書舍人，心中充滿懷才不遇的苦惱與光陰流逝的無奈，發而爲詞，聊以抒懷。

如今《彈指詞》流傳版本以張秉戌箋注本最爲普遍，存詞亦最多，達 245 首，筆者以詞作創作時間與內容加以分類，可將顧貞觀作品分爲：一、在京十年；二、罷官奔走；三、生活隨筆等三類論述之。

第一節　往事驚心碧玉簫──在京十年

顧貞觀大量塡詞始於康熙元年（1662）前往京城，至康熙十年（1671）罷官的十年間，此期作品可分爲唱和、抒懷與寫景三類，唱和類多爲在京時期與同事、友人酬唱之作；抒懷之主題則多抒發懷才不遇，救友無功，未來茫然，思鄉不得等仕途不如意之情；寫景則或藉外在景物抒身世之感，或勾勒江南風土民情等作。

在此時期中，顧貞觀詞作以懷才不遇之感作爲基調，在各類作品中，除少數單純描寫江南風物如〈望江南〉四闋者，其餘大多感嘆自己身世飄零，不得重用之悲，以下即分類闡述之。

一、唱和抒懷

顧貞觀早年居於家鄉無錫，康熙二年（1663）起入京考選並在京供職，在京期間常與友人往來唱和，此類作品爲與友人互相唱和者，以同一題旨爲中心，顧貞觀作詞和此題；或是得朋友見贈，顧貞觀塡詞回禮，彼此間以塡詞作爲酬唱往來之法，如〈滿江紅・和毛會侯汴梁懷古〉：

> 何必江南，堪慟哭、六朝遺跡。只此地、曾經幾遍，銅駝荆棘。高浪已摧臨鏡堞，平沙盡沒藏書壁。漫憑高、歷歷

〔註4〕〔清〕顧貞觀撰、張秉戌箋注：《彈指詞箋注》，頁 172。

數滄桑，空沾臆。　　　朱仙鎮，陳橋驛。相望處，城南北。
只幽蘭軒遠，爐灰難覓。且醉金梁橋上月，休尋萼綠堂前
石。卷西風、片葉忽飛來，迎秋笛。（頁 228）

　　毛會侯即毛際可（1633～1708），字會侯，號鶴舫，浙江遂安人。
汴梁即今河南開封，戰國時魏國、五代後梁、後晉、後漢、後周及北
宋均建都於此，乃一古都名勝，因而在此以「六朝」稱之。顧貞觀來
到此地與毛際可唱和，勾起懷古之意，因此起首便云眼前的汴梁遺跡
已「堪慟哭」，又「何必江南」，以發懷古感慨之情。接著以「只此地
、曾經幾遍，銅駝荊棘」作為開展下文之語。「銅駝荊棘」典出《晉
書》〔註5〕，指山河殘破，貴族沒落之景，作者以此述汴梁曾經是繁
華大城，如今榮景不再，只空餘斷垣殘壁。

　　緊接用臨鏡堞、藏書壁為喻，承襲前文並開展記事，藉由實際景
物將「銅駝荊棘」景象更進一步具體描述。臨鏡堞為護城河水面之堞
樓，開封舊城堞樓於元時已毀，只餘殘跡，明時又遭水淹；藏書壁則
是南宋開封城太學故地，金人欲拓展城垣，遂移至東南城下，後被黃
河淹沒。作者以「高浪已摧臨鏡堞，平沙盡沒藏書壁」比喻隨著時光
荏苒，連舊時的遺跡也已逐漸湮沒不見，不僅可顯示作者博古之才，
更以古蹟湮沒之事層層加深感慨之意，開啟下片最末「漫憑高、歷歷
數滄桑，空沾臆」等抒情之語，面對如此景象，除空自感傷、墮淚沾
襟之外已無別話可說，更呼應起首「堪痛哭」之語。

　　下片復以景起，寫開封城西南的朱仙鎮、東北的陳橋驛兩地遙遙
相望，朱仙鎮是岳飛（1103～1142）北伐郾城之役時，前鋒所到之處；
陳橋驛則是宋太祖趙匡胤（927～976）兵變改國號為宋之處。太祖立
宋之時，意氣風發；岳飛挽救大宋朝於頹廢之時，亦氣勢盛大，兩者
皆有誓成功業之心，然如今人物已非，無論開國或救國，此般往事都

〔註5〕〔唐〕房玄齡等撰：《晉書·索靖傳》云：「靖有先識遠量，知天下
　　　　將亂，指洛陽宮門銅駝，歎曰：會見汝在荊棘中耳！」後即以銅駝
　　　　荊棘形容國家敗亡後殘破景象。見〔唐〕房玄齡等撰：《晉書》（北
　　　　京：中華書局，1974 年），卷 60，頁 1648。

已成過眼雲煙，宮廷裡幽蘭軒等館閣都已被焚燬，難以尋覓，只能對著金水河上的金梁橋舉杯醉月，再不能尋到當年曾經花木茂盛的綠萼華堂，蕭颯西風吹來，片葉飛舞，最後以迎秋亭中笛聲收束，更覺慷慨蒼涼，幽思重重，遺恨深遠。

下片全寫景，卻又處處抒情，承襲上片意境更加延伸擴展，對歷史名跡一一指陳，但對此殘跡也只是憑添痛心之感，惟有以飲酒賞月聊作慰藉。其中特指綠萼華堂，更寓深意。此堂位在北宋汴京城內，范成大（1126～1193）曾云：「凡梅花紂蒂皆絳紫色，惟此純綠。枝梗亦青，特爲清高，好事者比之九嶷僊人萼綠華。京師艮嶽有萼綠華堂，其下專植此本。人間亦不多有，爲時所貴重。」〔註6〕顧貞觀雖長於清代，然父祖輩多有抗清志士，故亦有遺民身分，在此作中已先多用銅駝荊棘、朱仙鎮、幽蘭軒等國家衰亡之典，除合於當時所觀汴梁舊景之外，更對照自身經歷的明末衰亡之情；又提及象徵清高的綠萼梅，在懷古之外更在表現自己的清高如綠萼梅一般。

全詞以迎秋亭中的笛音結尾，詞後有顧貞觀自注云：「迎秋，汴中亭名。余行時囑會侯重建信陵君祠，擬他年再過夷門，特賦一詞拜酹，未敢草草。」（《彈指詞》，頁 228）交代創作動機，可知此作除唱和外，更有懷古、囑咐目的。顧貞觀以此作與毛際可唱和，囑之修信陵君祠，又提及「再過夷門」等事，可對照信陵君採納夷門監侯嬴之計救趙一事。此作爲唱和之作，顧貞觀以此事自期與毛際可之友誼可長存，也期望將來得以重會。此創作手法合情、景爲一，以唱和爲名，既兼懷古之意，又說身世之事，並寫清高之心，更賦期盼之情，情思幽遠，意韻綿長，實是不可多得的唱和佳作。

二、抒仕途不順之懷

顧貞觀前往京城，面對茫然未來，惶恐不已，遂透過愛情題材爲

〔註 6〕〔宋〕范成大撰：《范村梅譜》，收於《景印文淵閣四庫全書》（臺北：臺灣商務印書館，1983 年），第 845 冊，頁 34 上左。

基礎發抒者，如〈鷓鴣天〉即以男女相戀事寫自己對未來茫然無措的心緒：

> 往事驚心碧玉簫。燕猜鶯妒可憐嬌。風波亭下鴛鴦牒，惶恐灘頭烏鵲橋。搴恨葉，摘情條。舊時眉眼舊時腰。可能還對西窗月，狼藉桐花帶夢飄。（頁88）

上片既寫物又兼抒情，首句即以「往事驚心」引領全詞主題，「燕猜鶯妒可憐嬌」似指女子容貌姣好，讓人憐惜，又可暗喻作者富有才華。下文頗耐人尋味，「鴛鴦牒」為傳說中注定夫妻緣分的典籍；「烏鵲橋」則是傳說牛郎織女一年一度戀人相逢之地，兩句似述男女相戀情事，然卻用「風波亭」、「惶恐灘」之典，風波亭乃岳飛被害處；惶恐灘則是文天祥英雄失路，發抒感慨之地，兩者皆隱含騷人之旨以及去途凶險，前路不可測之意，作者以此二故實為喻，遂有「風波亭下鴛鴦牒，惶恐灘頭烏鵲橋」二句，更使全文真意呼之欲出，可知作者雖寫男女戀情失意，實是自述前途難卜，心中慌亂無所適從之景況。

下片則以抒情起，以男子口吻將憤恨與情思具象化，敘述自己希望能夠「搴恨葉，摘情條」忘卻前事，卻又時時想起戀人的容貌身形，難以忘懷，隨後更借用「西窗月」寫思念之情，「西窗月」化自李商隱「何當共剪西窗燭」〔註7〕句，後多用以寫妻子思念或朋友相憶，作者此句既符合詞面的愛情主題，又可暗寓自己前途難測，朋友分離的苦悶心緒。最後則以寫景結尾，桐花是清明節氣之花，盛開時花勢壯觀，絢爛至極，但又寓由盛轉衰之意〔註8〕，作者以「狼藉桐花」寫桐花飄零散亂，既寫戀情的失意，又抒自己對未來感到無措的慌亂；最終以「帶夢飄」收束，寫戀情如夢，又寫未來如夢，甚為巧妙。

此作應是顧貞觀較早期作品。全詞乍讀之下似訴戀情未果，希望斬斷情根，卻又難以忘懷舊人，思念不盡的矛盾掙扎，反覆不定之心。

〔註7〕〔唐〕李商隱撰，葉蔥奇疏注：《李商隱詩集疏注》（臺北：里仁書局，1987年7月），頁50。

〔註8〕此說見俞香順：〈中國文學中的梧桐意象〉，《南京師範大學文學院學報》（2005年第4期，2005年），頁91～100。

然其中以「風波亭」、「惶恐灘」爲典故，更加深其寄寓不祥的騷人之旨，最後以西窗月和桐花作結，處處寫戀情又處處隱含深意，在一闋令詞中傳達兩層涵義，卻能互相關照，布局極爲精巧。

顧貞觀離開無錫前往京城，未來尚不知如何，遂有如此心慌之語，然在前往京城的路上遭遇強盜，盤纏盡被劫去，抵達京城後身無分文，只得寄居寺廟，由是生出不滿之音，如〈釆桑子〉一闋，藉女子遭遇傾訴自身景況：

> 仙姿合受塵凡妒，蜚語心驚。不是無情。怕是情多轉誤卿。
> 何如莫約簫台鳳，惟伴籠鸚。繡戶長扃。對念如來般若經。
> （頁 243）

此作乃爲女子所作，上片先說此女子雖有「仙姿」卻遭人妒忌，流言蜚語不斷，使其心驚，因而不敢向心中所愛之人表達情意，並非自己無情，反是正因有情，不忍其受流言耽誤之苦，只有將自己的愛戀心緒深深藏起，不加表示，詩人將其中眞相道出，以爲此替女子打抱不平。看似說女子薄命，卻又隱含自己懷才不遇之意，作者自比女子，雖有一身才華，卻受塵凡所妒而不得見用於世，只好將經世濟民的壯志深深收藏，再不提起，此般無奈矛盾既無人明瞭，又無人可訴，更無人爲自己申訴。

下片則用簫史典故，據劉向《列仙傳》所述，簫史善吹簫，秦穆公以女弄玉妻之，並爲作鳳臺，數年後夫婦皆隨鳳飛去〔註9〕，後以簫史喻如意郎君。作者云「何如莫約」更強調若早知無緣無果，則不如不相見，表達戀情無望的沉痛，正如自己當年滿心企盼，前往京城欲謀一官半職，如今卻希望落空，只有如詞中女子得不到美好婚戀，

〔註 9〕 〔漢〕劉向《列仙傳·簫史》云：「簫史者，秦穆公時人也，善吹簫，能致孔雀、白鶴於庭。穆公有女，字弄玉，好之。公遂以女妻焉，日教弄玉作鳳鳴，居數年，吹似鳳聲，鳳凰來止其屋。公爲作鳳臺，夫婦止其上，不下數年，一日，皆隨鳳凰飛去，故秦人爲作鳳女祠於雍宮中，時有簫聲而已。」見〔漢〕劉向撰，王叔岷校箋：《列仙傳校箋》（北京：中華書局，2007 年 6 月），頁 80。

終將「惟伴籠鸚。繡戶長扃」獨處深閨，與籠中鸚鵡訴苦，惟有青燈黃卷常伴。

全詞看似寫薄命女子因容貌綽約，遭人妒忌，終不能有美好的愛情與婚姻，只能在鸚鵡架旁、青燈古佛下度過一生。實是借女子傾訴自身遭遇，自己來到京城，也曾想有所作為，然在京多年卻一事無成，朝中無人援助，無人薦舉，無人賞識，想來更覺索然無味，縱有萬千言語也無處可訴，只得黯然離去，寓意含蓄，情感深沉。

顧貞觀於康熙二年（1663），抵達京師，並奉特旨考選中書，開始其十年的仕宦生涯，然雖得大學士魏裔介賞識，而有陛見康熙帝之機會，然實情終不如想像美好，當時康熙皇帝年僅十一，尚未親政，手無實權，權柄盡把持於鰲拜等輔政大臣之手，全無決斷之權。康熙帝授顧貞觀內秘書院辦事、中書舍人，康熙五年（1666），顧貞觀又舉順天鄉試第二，調任內國史院典籍，加一級。然中書舍人僅掌文書繕寫，國史院典籍亦是撰擬表章等文書小職，皆為從七品的小官，雖稱作在京供職，實際卻是可有可無之位，既無法施展抱負，更遑論營救吳兆騫出寧古塔的大計，顧貞觀內心自不稱意，卻又無可奈何，惟有填詞抒發己意，然由於顧貞觀決心再與官場無涉，放棄求取功名之後，顧貞觀後期心境較為開闊，故感嘆仕途失意之作在其辭官後絕少能見。

顧貞觀在京供職，時常須徹夜值守，時逢中秋，孤單清寂，遂作〈滿江紅・中秋值院〉一首：

> 鳳紙中宵，親捧出，九天珠玉。只少個，添香侍史，對燃官燭。絳節高隨銀漢轉，紅簷不定金波浴。乍因風，吹得到人間，霓裳曲。
>
> 叢桂樹，家山綠。歸夢好，殘更促。又宮壺滴罷，曉鐘相續。蓬勃鵲爐三殿敞，撲琅魚鑰千門肅。量聖朝，無關更無人，青蒲伏。（頁150）

此作寫作者中秋之夜入宮值夜景況，首二句為夜半之時，宮中文

書官代皇帝草擬詔議文誥，並以「只少個，添香侍史，對燃官燭」云自己孤身一人，添香燃燭之侍官皆不得有，更顯其孤單景況。復又寫京城中秋時節已涼意漸生，作者眼見宮殿巍峨，宮中儀仗排場氣勢浩大，但皆寂寞無聲，只隨著銀河裡的星光和天上的月色靜靜流轉，此處用傳說中仙君的儀仗「絳節」寫皇家排場的盛大，但特書其寂寥無聲之況卻又隱含清寂之意，寫自己仕途不得意的無奈之感。接寫自己忽聞宮中有管弦之聲隨風飄來，優雅美好，彷彿天宮裡的仙樂《霓裳羽衣曲》一般。

上片層層遞進，先寫自己中秋夜入值、忙於草擬文書之情景即緊張孤單的心情，又聽得宮中時時傳來歌管之聲，聯想宮殿裡皇帝正在慶祝中秋團圓之況，兩相對照下自己形單影隻，更覺傷感，透露出無奈與不平之怨。

下片承上片思路而進，帝家團圓，勾起作者的懷鄉之情，想起家鄉景致，好似回到故土，但恍若一場美夢，終歸有夢醒之時，因此作者以「歸夢好，殘更促」寫自己夢醒後發現自己仍身在宮苑的無奈，又以「宮壺滴罷，曉鐘相續」一面寫值夜的時間由夜半持續到早晨，一面寫清晨天寒以及孤身在京的心寒等生理與心裡的淒涼感受。以下作者復寫清晨鐘聲傳來，宮中的鵲尾香爐飄出煙霧，早朝時刻將臨，為迎接皇帝與大臣，宮人以魚形的鑰匙將宮門一路大開，四處皆是開鎖聲響，正值盛世的王朝又將開始新的一天，眾臣工又要恭敬的伏拜天子，謹慎的在殿前應對。全詞即在此平淡的絮語中收束，雖似直而淡的閒話，卻隱含無奈與厭倦之意。

此詞作於顧貞觀受魏裔介推薦而入值內閣任中書舍人之時，依照時間順序而成，先寫夜半草擬文詔、聽得宮中樂響，進而勾起思家情懷，卻因身在宮中而不得與家人團圓，結尾則以極平淡之筆，敘述光陰流逝，又是黎明時分，宮中朝會日復一日，大臣向皇帝伏拜、上書，自己只能鎮日草擬詔書，更覺在京供職的生活實在索然無味，語雖淡，然其中深含厭倦官場、身不由己之意。

此類作品尚有如〈傳言玉女〉（今夕何年）及〈埽地花〉（擁爐人倦）二首皆寫元宵宦遊京師，雖滿城熱鬧非凡，燈火通明，自己卻寥落苦悶的清寂之感（頁14、頁16）；〈定風波〉（只覺微詞分外尖）寫盡受人猜嫌的怨懟與牢騷（頁27）；〈滿江紅〉（曙色天階）寫康熙三年（1664）陛見皇帝後情況未如想像的失望之情（頁147）；〈醉春風〉（禁漏蓮花碎）寫康熙十年（1671）告歸時沉重情懷（頁220）；〈南鄉子〉（乍接分釵燕）寫仕宦不如意的痛苦心情（頁325）等，風格皆沉抑悲慨。

三、寫在景所見與回憶家鄉之景

記遊類作品除記載作者聞見外，旅途中所見物事也可能觸發作者各樣心緒，因而此類作品不僅單純記述旅途景致，同時也發抒感懷，無數作者以此法或回憶過往，或宣洩情懷，創造獨一無二的寫景之作。憑藉所見所聞發抒情懷為詞中常見題材，此類作品融合寫景與抒情，更可見詞中之寓意，使詞境深化，況周頤即云：

> 吾聽風雨，吾覽江山，常覺風雨江山外有萬不得已者在。
> 此萬不得已者，即詞心也。而能以吾言寫吾心，即吾詞也。
> 此萬不得已者，由吾心醞釀而出，即吾詞之真也，非可強
> 為，亦無庸強求。視吾心之醞釀何如耳。〔註10〕

聽風雨、覽江山而有「萬不得已」之心，由此心醞釀而為詞，心真則詞真。以言寫心，其言必真，若要求得此心，外物的觸發亦不可少，因此「聽風雨、覽江山」所得之心，發而為詞，不須強求自有佳作，但視心中如何醞釀。

顧貞觀常藉外在景物抒身世之感，此類作品主要藉景物抒發自己的悲苦失意，如〈驀山溪・庚子秋題長干水榭〉：

> 多情長願，投老秦淮住。華髮縱歸來，怕不似、少年羈旅。
> 橫江醉月，才魄怨銷沉，歌伴侶。邀商女，一曲青衫雨。

〔註10〕〔清〕況周頤：《蕙風詞話》，收於唐圭璋編：《詞話叢編》（北京：中華書局，2005年10月），第5冊，頁4411。

青溪祠宇，沒個迎神嫗。弱柳繫興亡，尚拂面、六朝煙縷。無窮金粉，都逐去來潮，桃葉渡。梅根渚。遺恨今何許。（頁116）

庚子年爲順治十七年（1660），此年因科場案流放寧古塔的吳兆騫已身在戍所，顧貞觀亦準備啓程進京，長干則爲建康城中一巷名〔註11〕。詞作祈願起首，述自己既爲多情之人，只願臨老能入秦淮溫柔鄉長住，但憂華髮已生，恐歸來時韶年老去，才華消沉，早已不似少年客居他鄉時清狂疏放。在此雖看似仍有祈願，但實則失落已極，人人盡說江南美好，自己亦想終老於此，但思及淒涼身世不禁悲從中來，遂有下文「橫江醑月，才魄怨銷沉」之說，謂只有將酒水灑向江中，以此祭祀神靈，盼能有所慰藉。下文「歌伴侶。邀商女，一曲青衫雨」三句則用白居易典故，意謂邀來歌女演唱，座中盡皆潸然淚下，就如當年白居易聽琵琶曲而濕遍青衫一般。

上片全寫身世之悲，面對美麗靜好的長干水榭，萌生終老溫柔鄉的渴望，卻又感嘆自己身世悲涼，恐懼自己將和謫居潯陽，淚濕青衫的白居易般，老大不如意的悲傷情懷昭然其中，上片即在此沉重氛圍中收束。

下片首句轉寫青溪畔的祠堂，青溪爲三國時孫吳在建業城南所鑿東渠，源於鍾山西南，流經南京入秦淮河，祠堂如今已衰敗，沒有巫師迎神，只有一旁的柳絲彷彿繫著歷史的興亡招搖於風中，江南水氣較多，秋日裡煙霧繚繞，又好似過往昌榮的六朝古都仍在眼前，當年金粉繁華的綺麗景色，都已隨著溪水流去，成爲不堪回首的舊事。最後則用歷來應試士子居住的桃葉渡，以及唐代詩人羅隱的隱居地梅根渚二典收束全詞。桃葉渡爲秦淮河畔一渡口，向來爲

〔註11〕〔宋〕王象之撰：《輿地紀勝》云：「長干，是秣陵縣東里巷名，江東謂山隴之間曰干。金陵南五里有山岡，其間平地，民庶雜居，有大長干、小長干、東長干，並是地名。」見〔宋〕王象之撰：《輿地紀勝・卷 17・江南東路・健康府》，收於《續修四庫全書》，第 584 冊，頁 194 下。

科舉時士子暫居應試之地，因而妓館眾多，繁華綺麗；梅根渚則為安徽梅根河一沙洲，相傳為羅隱十年不第後隱居處所。作者用桃葉渡、梅根渚如此大相逕庭之典故，一面寫即將應考、充滿希望的才子之心；一面寫十年不第、退而僻居的隱士之懷，足見其仕隱之間的掙扎矛盾。最後以問句結尾，然「遺恨今何許」實為藉問句抒發感嘆之語，無論桃葉渡或梅根渚，無論飛黃騰達或隱居無聞，終將消逝在歷史的洪流中，大有功名轉瞬即逝的消極想法。

下片寫興亡之嘆，同時扣合上片身世之悲，金陵舊地，風景依然，但已非當年，今昔之感油然而生，且用羅隱典故，傷感失意的落寞、無聊、蒼涼鬱結其中，令人深思。

此作成於順治十七年（1660），通篇以感慨繫聯，此時顧貞觀年僅 24 歲，仍在家鄉，尚未出仕清廷，在如此大好的青春年華之時，卻有如此慷慨蒼涼、淒淡索寞的悲戚之音，正是因背負明代遺民的特殊身分，以及經歷童年亡國的黍離之悲所致，雖身在江南，風景如畫，且家中亦度日無虞，但其身世之感仍舊鬱結其中，不得訴說，只能憑藉填詞稍為慰藉。

顧貞觀在京期間，對家鄉的想像成為一解鄉愁的方法，在〈望江南〉四首中，勾勒出一番美好的江南風物與人們的悠閒生活：

> 江南好，燕子乍來時。屢喚不應挑筍約，欲成還改護蘭詩。
> 風日助相思。
> 江南好，清簟坐瀟湘。梅雨生憎調黛濕，麥秋偏愛洗頭涼。
> 小立焙茶香。
> 江南好，秋水晚平橋。千頃綠沉菱葉雨，十分香散藕花潮。
> 人倚木蘭橈。
> 江南好，寒掩小窗紗。積雪紅垂天竹子，微泉碧注水仙芽。
> 幽事屬誰家。（頁 454）

此四首〈望江南〉為聯章之作，分別描繪江南四季不同的風景與民情，勾勒悠閒秀美的江南風景。

第一首寫冬盡春回，「燕子乍來」的人間好時節，「挑筍約」即

指挑菜節〔註12〕，士民出遊，屢邀而不應，只獨自一人在房中爲護蘭詩〔註13〕一改又改，春風拂來，佳節正好，但自己卻相思更甚。全詞以挑菜節爲主軸，寫眾人皆出遊玩賞，自己卻獨在房中寫詩，更顯其雖與人隔絕，但實際卻相思盈懷的清幽之意。

　　第二首寫炎夏之時，眾人鋪著竹席坐在江邊乘涼，但梅雨傾刻降臨，打濕衣服和仕女面上的脂粉，眾人躲避不及，怨聲紛紛；收麥時節更是涼雨澆頭，淅瀝不斷，此時既不能務農，惟有暫憩品茶最爲適宜。作者以夏雨爲主題，寫市民與農家的夏日生活都籠罩在陰晴不定的梅雨天氣中，雖是「梅雨生憎」，但又「偏愛洗頭涼」，最後更以「小立焙茶香」這般悠然清閒之語收束，可見江南夏日梅雨紛紛，人們已習以爲常，出遊、收麥、品茶，皆有一番風情。

　　第三首寫秋日湖水晚來上漲，幾乎與橋面相平，秋霖霢霢，陰晴不定，日暮時分，雨水灑下千頃荷塘，澆淋塘中濃綠青翠的菱葉，荷葉隨著潮水波紋在水中不斷擺盪，荷花飄散醉人的花香，四周皆能嗅到其香氣，人們則不畏暮雨，仍舊在湖船中盡情放歌嘯傲。此作極富層次，自湖中浪潮依次寫來，生動描繪秋日暮雨紛紛的視覺感受，以及四周繚繞的荷花香氣，最後則以人的活動收尾，寫眾人遊興不爲暮雨而減半分，仍舊在船中遊賞放歌的自在逍遙，正可比自身心緒亦如此般閒淡快活，輕靈活潑，特合趣味。

〔註12〕〔宋〕周密撰：《武林舊事》記「二月二挑菜」云：「宮中排辦挑菜御宴。先是，內苑預備朱綠花斛，下以羅帛作小卷，書品目于上，繫於紅絲，上植生菜、薺花諸品。俟宴酬樂作，自中殿以次，各以金篦挑之，……以資戲笑。王宮貴邸亦多效之。」，見〔宋〕周密撰、李小龍、照銳評：《武林舊事》（北京：中華書局，2007 年 9 月），頁61～62。

〔註13〕朱熹（1130～1200）有〈蘭〉詩云：「謾種秋蘭四五莖，疏簾底事太關情。可能不作涼風計，護得幽蘭到晚清。」此詩寫眼前雖有疏簾相護，卻願早作秋涼護蘭之計。見〔南宋〕朱熹撰，郭齊、尹波點校：《朱熹集》（成都：四川教育出版社，1996 年 10 月），卷10，頁414。

最後一首寫冬日時節，窗冷燈寒，紫色的天竹子〔註14〕上堆滿積雪，果實低垂，白雪襯托紅色的天竹實更顯嬌艷；碧綠的泉水流灌初發嫩芽的水仙花，如此幽寒、寧靜而美好當屬誰賞。全詞描繪冬日清幽景象，窗外積雪、竹實顏色相襯，為冬日雪白大地中特出之景象；又有流泉、水仙，勾畫出一幅冬日雪景圖，冷冽清淡而寧靜美好。結尾「幽事屬誰家」雖問實答，此般景致不在深宮大苑，不在天上仙境，正在江南家家戶戶中便可得觀，只是美景常有，閒人難得，更凸顯作者清閒淡雅的興味。

顧貞觀以此四首聯章之作分別歌詠江南四季景致，且各以季節與人事活動、民俗節慶相合，勾勒成極富特色的江南寫生，靈動活潑，特有情致，是顧貞觀作品中特為清淡雅致者。

第二節　深恩負盡，死生師友──罷官奔走

顧貞觀在京十年，功名未就，「為漢槎作生還之計」的承諾亦仍陷膠著，便在現實壓迫下於康熙十年（1671）告歸，其在京為官的仕途十年正是顧貞觀二十八歲至三十五歲的青年時期，卻終日耗費在枯燥的文書工作之中，無論是經世濟民的理想或是為作歸計的知己承諾都未能達成，其怨憤沉鬱之心可想而知，在其告歸後，由於營救吳兆騫之計尚未功成，因此顧貞觀並未回鄉，而是在京城與江南之間遊歷，並藉機尋找營救吳兆騫的機會，此時由於顧貞觀已卸下官職，多方遊歷，因此作品以交遊為主題者較多，贈以吳兆騫的名作〈金縷曲〉二首也作於此時，抒懷作品則多寫過去十年的失落之悲，另有部分寫景之作，或托以懷古傷今之情，或寄以閒適清雅之意，亦是《彈指詞》中不可或缺的另一面貌。

〔註14〕天竹又名南天竹，常綠灌木，多生於濕潤的溝穀旁、疏林下或灌叢中，羽狀複葉，小葉橢圓狀披針形。花小，白色；漿果為球形，成白色、淡紅色或紫色，天竹子即天竹之果實。

一、發朋友交遊與知己遠別之音

顧貞觀罷官後與友人唱和更為頻繁，在筵席間亦常以詞作贈與友人，故交遊酬唱一類作品為顧貞觀罷官後創作的重要主題，其最著名之贈吳兆騫〈金縷曲〉二首集作於此時。此類作品除具酬唱功能外，也常自抒己意，如〈小重山・吳伯成明府招宴雲起樓，屬用前韻，即席贈胡璞崖簡討〉：

> 視草頻催鎖院空。九天珠玉冷，任隨風。夢回人在御香中。依然是，藜火夜深紅。　　相望隔江峰。秣陵秋正好，一鞭籠。舊遊邀笛倩誰同。君行矣，留醉語青楓。（頁251）

吳興祚自康熙二年（1663）起任無錫地方長官長達十三年，在位期間「興廢舉墜，禮賢愛士，揮斥金錢不少吝，而囊無一錢之蓄」〔註15〕可見其為人清廉且頗有惠政，康熙十一年（1672），顧貞觀受吳興祚招宴，席上填詞贈胡璞崖，「簡討」本作「檢討」，乃執掌纂修國史之官名，宋代始設，後為避崇禎帝諱，改稱「簡討」，清代置翰林院。顧貞觀亦曾在翰林院任職，後被迫辭官歸里，如今席上惜別胡璞崖，聯想自身情景，遂藉贈友之作略抒己意。

詞作首句視草指起草之詔書，鎖院即翰林院，詔書仍待起草，作者卻已不在翰林院中任職，皇帝不再傳旨令作者草擬詔書，只任由其離開宮廷，隨風四方飄泊，惟有夢中似還能嗅得宮中所焚御香，夜深人靜，像當年劉向夜讀時，有老翁前來引藜杖為之燃燭一般，作者彷彿回到仍在宮中值夜，代皇帝草擬文誥之時，然一切卻已成空夢。上片在不平之聲中起，「鎖院空」、「珠玉冷」、「任隨風」、「依然是」皆以清淡之語傳達蘊意極深的感慨，並以虛幻的夢境作為收束，更強調在翰林院中待擬詔書的日子已不復存在，作者只能隨風飄泊。

下片則就眼前之景聯想，題中「雲起樓」位於江蘇省無錫惠山

〔註15〕裴大中編：《無錫金匱縣志》，光緒辛巳年（1881）鐫板，卷18，頁19右。

寺，為無錫地方名勝，正與秣陵（今南京）遙遙相望，眼見遠方秋色正好，一帶蒼翠蔥籠的美景正該與好友共同欣賞，但朋友已將分別，當年南京城裡的邀笛步無人同遊，只有在蒼翠的楓樹下彼此告別。此片乃由眼前之景聯想古人誠摯的友誼，以晉朝王徽之在青溪邀樂師伊奏笛，遂將當地命名為「邀笛步」之典，言古人以音樂會友，且友誼質樸深厚，進一步表達與胡璞崖的深重情誼，也抒發自己對朋友能前往京師任職的祝福與欣羨之意，以及此刻將送友離去的惜別之情。

　　此詞乃宴席中作，用以惜別友人。全詞以情、景、情順序完成，上片先抒發作者自身仕途不如意之景況，同時也以此隱含對友人的祝福，希望友人此去京城能一帆風順，接續寫南京之景，以古人深厚的友誼作為譬喻，言二人情重亦如此，並抒發惜別、不捨、祝福之心，以景寫情，以情入景，兩相交融，實為佳作。

　　與此作相似者如贈方亨咸、秦松齡的〈小重山〉（齋閣泉鄉）一首，既讚美二人才華出眾，又羨其有機會報效朝廷，又抒發自己仕途不得意之感慨。又如吳庶寧的〈金縷曲〉（曠達如君幾），此作乃吳庶寧七十大壽時，顧貞觀的祝壽之作，然其中情真意厚，無祝壽詞的阿諛奉承之語。

　　顧貞觀自康熙十年（1671）辭官告歸後，便在京城與江南間往來，結交許多文人好友，康熙十五年（1676）透過徐元文的引薦進入明珠相府中，結識納蘭性德（1655～1685），由於兩人志趣相投，很快成為知己，納蘭性德在與顧貞觀定交時，贈〈金縷曲・贈梁汾〉一首，傾訴得一知己之幸，以及自己的抱負的想法，在顧貞觀回贈的〈金縷曲・酬容若見贈次原韻〉中，向小他十八歲的世家公子吐露自己的心志和懷抱：

> 且住為佳耳。任相猜、馳箋紫閣，曳裾朱第。不是世人皆欲殺，爭顯憐才真意。容易得、一人知己。慚愧王孫圖報薄，只千金、當灑平生淚。曾不直，一杯水。　　歌殘擊

筑心逾醉。憶當年、侯生垂老，始逢無忌。親在許身猶未
得，俠烈今生已已。但結托，來生休悔。俄頃重投膠在漆，
似舊曾、相識屠沽裡。名預籍，石函記。（頁406）

此作目的是回贈納蘭性德，詞文自承襲納蘭性德之語而來，納
蘭性德在詞中曾云「一日心期千劫在，後身緣、恐結他生裡」〔註16〕
指兩人一朝定交，成為知己，即使往後經歷千萬劫難，友情依然長
存，然此生無緣，指恐來世亦難補足，此絕望之語透露不祥之兆，
顧貞觀回贈此作，除表明自己心志外，更期望能勸解納蘭性德，故
首句即用「且住為佳耳」一面指自己仍留在京城，一面對納蘭性德
加以勸慰，接續表明二人書信往來於相府之中，交情篤厚，不怕他
人的「任相猜」，又將兩人比喻作李白、杜甫，李白流放夜郎後，杜
甫有詩云「世人皆欲殺，吾意獨憐才」〔註17〕顧貞觀化用此句，比
喻納蘭性德在顧貞觀處境艱難時，不介意彼此身分，伸出援手，更
顯得納蘭性德愛才憐友的真情。接續以韓信受漂母之恩以千金回報
之典，比喻若換作他人，此等大恩須用千金和一生的淚水方能還報，
在納蘭眼中，這些援助卻不值一杯水，真為視朋友為肝膽之人，對
納蘭性德不求回報的相助表達無限感念之情。

下片起首即用二個相關典故表達兩人相厚之情，「歌殘擊筑心逾
醉」是高漸離擊筑，荊軻和而歌一事，以自己比喻高漸離，能遇荊軻
一知音，不枉此生；「憶當年、侯生垂老，始逢無忌」則是魏公子無
忌採納侯嬴之計救趙一事，以侯生自喻，云年華老去才終得知音人。
又感嘆自己雖有懷抱，然高堂雙親仍在，不能無所顧忌，空有一身俠
骨，縱有夢想也是枉然，此句看似感嘆自己心有餘而力不足，實亦在
呼應納蘭「然諾重，君須記」一語，顧貞觀前往京師，館於明珠府中，
最初目的是為營救吳兆騫，納蘭性德承諾必戮力營救，顧貞觀一面訴

〔註16〕納蘭性德〈金縷曲・贈梁汾〉原詞見，此作已於第二章「顧貞觀生
　　　　平考述」論述。
〔註17〕〔唐〕杜甫撰，〔清〕楊綸箋注：《杜詩鏡銓》（臺北：臺灣中華書局，
　　　　1969年1月），卷8，頁33。

說自己也有俠腸烈骨的營救之心，同時又感嘆現實拘束，只有任「俠烈今生已已」只盼眞能透過納蘭性德使吳兆騫歸來。

接著重回兩人的交情，顧貞觀云「但結托，來生休悔」意在呼應納蘭「後身緣、恐結他生裡」之語，且更進一步強調能彼此相識，來生亦未有悔，最後則持續鋪陳，「俄頃重投膠在漆，似舊曾、相識屠沽裡。」指納蘭身爲新朝新貴，卻不介意顧貞觀貧寒，短暫時間裡兩人便成知己，再以「名預籍，石函記」作爲收束，希望兩人交誼能長存，如將名姓載入史冊，藏於石匣中一般，永垂不朽。

此作是顧貞觀贈與納蘭性德的回信，兩人相差十八歲，一爲世家公子，一爲貧寒布衣，但兩人志趣相投，遂成知己。後納蘭性德卒於康熙二十四年（1685），顧貞觀於此作後有補記，談及此作的始末原由，云：

> 歲丙辰（1676），容若年二十有二，乃一見及恨識余之晚，
> 閱數日，填此曲爲余題照，而私訝他生再結語殊不祥，何
> 意竟爲乙丑（1685）五月之讖也，傷哉！（頁406）

此爲納蘭性德病歿後補綴，回想當日觀納蘭之語，已覺不祥，未料更一語成讖，傷痛至極，催人淚下，更可見兩人交誼之深之厚，顧貞觀回想當年向納蘭吐露自己的感激之情及滿腔悲懷，更表達樂於結爲生死之交的心願，在娓娓道來的傾訴中流露無比眞情，而今人事已非，更令人唏噓感慨。

此類作品或寫景物，或述情感，都是與友人彼此唱和往來時的即興之作，用典繁多，布局巧妙，情感眞摯，不僅可顯示其才力深厚，可從中體會其對友人的眞情實意，以及《彈指詞》中時常流露出的時不我予、懷才不遇之情，尤以贈納蘭性德的〈金縷曲〉一首，更是感人至深，亦是《彈指詞》中眞情至性的佳作，其中歷來最膾炙人口者莫過於〈金縷曲‧寄吳漢槎甯古塔，以詞代書，丙辰冬寓京師千佛寺冰雪中作〉二首，詞云：

> 季子平安否。便歸來，平生萬事，那堪回首。行路悠悠誰

慰藉，母老家貧子幼。記不起、從前杯酒。魑魅搏人應見
慣，總輸他、覆雨翻雲手。冰與雪，周旋久。　　淚痕莫
滴牛衣透。數天涯，依然骨肉，幾家能夠。比似紅顏多命
薄，更不如今還有。只絕塞，苦寒難受。廿載包胥承一諾，
盼烏頭，馬角終相救。置此劄，兄懷袖。（頁409）

我亦飄零久。十年來，深恩負盡，死生師友。宿昔齊名非
忝竊，只看杜陵窮瘦。曾不減，夜郎僝僽。薄命長辭知己
別，問人生、到此淒涼否。千萬恨，爲兄剖。　　兄生辛
未吾丁丑。共些時，冰霜摧折，早衰蒲柳。詞賦從今須少
作，留取心魂相守。但願得，河清人壽。歸日急翻行戍稿，
把空名、料理傳身後。言不盡，觀頓首。（頁413）

　　丙辰即康熙十五年（1676），此時吳兆騫年四十六，流放寧古塔
已十七年，年華老去，仍歸途渺渺，前路茫茫，顧貞觀爲表達寬慰與
同情之意，以此作寄吳兆騫。起句詞先敘對友人的問候，以「季子平
安否」表現對謫戍已十七年的摯友深切之關懷，只盼對方能平安無
事，語雖平淡，情卻極深。續以「便歸來」爲設想，感歎即便眞有歸
鄉之日，往事亦不堪回首，以勸吳兆騫切莫思鄉過甚，又恐吳兆騫誤
解自己不解謫戍之苦，復云「行路悠悠誰慰藉，母老家貧子幼」以示
自己能感同身受，無論在無人寬慰的寂寞與現實生活的困頓上，顧貞
觀皆深知其處境。若欲慰藉他人卻沉浸於感嘆悲傷之語中，恐適得其
反，因此顧貞觀又以「魑魅搏人」爲見慣之事，爲吳兆騫遭小人構陷
流放打抱不平，並以「冰與雪」比喻吳兆騫與自己二人皆受到現實環
境的壓迫，雖一在關內，一在關外，實都在清人統治下身不由己。

　　下片起首以「淚痕莫滴牛衣透」承襲上片所敘之苦，勸慰吳兆騫
莫要因此悲泣過甚，仍要保重身體。且雖然身在天涯海角，依然能刻
苦生活，且有妻子骨肉相伴，較之其他遭牽連而客死異鄉的文人，他
們正如紅顏多薄命，比不上吳兆騫還能生還的幸運。然流落他鄉畢竟
苦不堪言，因此顧貞觀又書「只絕塞，苦寒難受」再次深表同情之意，
且承諾「烏頭馬角終相救」，此用兩處典故，一是申包胥在秦廷痛哭

七日夜，終感動秦哀公出兵救楚；一是燕太子丹請求歸國，秦王令烏頭白、馬生角方可使其回國，燕太子丹仰天長歎，烏遂頭白，馬亦生角。此二事皆極難卻得以功成之事，顧貞觀以此事自喻，乃告吳兆騫自己必盡全力相救的赤誠之心，即使機會渺茫，仍不放棄，相信終將有贖得吳兆騫歸來之日，並盼吳兆騫能將此書收於袖中，作爲念想與憑證。

　　第二首說自身景況，起句便急轉直下，直言自己飄零他鄉亦久，十年以來在京宦遊卻仕途失意，感慨之餘又思及往日兩人曾並稱於世，故以「宿昔齊名非忝竊，只看杜陵窮瘦。曾不減，夜郎僝僽」爲續，言吳兆騫正如李白，正遭留放之苦，自己雖在關內，然亦似杜甫，生活困頓，加以妻子亡故，知己別離，顧貞觀深以爲苦而發出「問人生、到此淒涼否」的長嘆表達對命運的無奈，這千萬恨事無人可訴，只有在書中對吳兆騫娓娓道來。

　　下片首句以天干地支作爲韻腳，甚爲巧妙點出兩人皆已是不惑之年，形體既老，卻仍艱難苦恨，並以「冰霜摧折，早衰蒲柳」總結兩人遭遇，「冰霜」二字不僅指寧古塔氣候寒冷，也寓世事無情之意，更爲妙極。最後又對吳兆騫提出「詞賦從今須少作，留取心魂相守」的忠告，期望眞有歸來重聚之日，千言萬語難以訴盡，只有以「觀頓首」作結，雖至此攔筆，卻含無限情懷。

　　此作最爲後人稱道，陳廷焯便云此作「純以性情結撰而成，悲之深，慰之至，叮嚀告誡，無一字不從肺腑流出。」〔註18〕謝章鋌云「漢槎當日得此詞於冰天雪窖間，不知何以爲情。」〔註19〕楊際昌《國朝詩話》亦云：「吳漢槎兆騫出塞，諸名公不勝惋惜，見於諸詞者，吳梅村、顧梁汾其最著也。」〔註20〕譚獻則云：「使人增朋友

〔註18〕陳廷焯：《白雨齋詞話》卷3，收於唐圭璋編：《詞話叢編》，第四冊，頁3832～3833。
〔註19〕謝章鋌：《睹棋山莊詞話》卷7，收於唐圭璋編：《詞話叢編》，第四冊，頁3414。
〔註20〕顧貞觀著、張秉戌箋注：《彈指詞》，頁575。

之重，可以興矣！」〔註21〕不僅如此，此詞也是使納蘭性德決意協助營救吳兆騫之關鍵，在詞後附有顧貞觀補記云：

> 二詞容若見之，爲泣下數行，曰：「河梁生別之詩，山陽死友之傳，得此而三。此事三千六百日中，弟當以身任之，不俟兄再囑也。」余曰：「人壽幾何？請以五載爲期。」懇之太傅，亦蒙見許，而漢槎果以辛酉入關矣。附書志感，兼志痛云。（《彈指詞》，頁413）

納蘭性德在吳兆騫墓誌銘中又云「我誓返子，實由此詞」，〔註22〕嚴迪昌也認爲此作是其「極情之至」最好的代表作品，這些友人之間來往時的眞摯之語，多半以長調爲之，鋪陳敘述，皆發自內心，因此在內容上卻可說是《彈指詞》中最能表達眞情的作品，寄吳兆騫〈金縷曲〉更是空前絕後的佳作，此作引發的後續政治活動，不僅傳爲佳話，作品本身更進一步的反映顧貞觀以「極情」爲基調的詞學理論。在此類作品中，無論是以詞贈別、以詞祝壽、以詞代書，甚或筵席上即興而作者，都展現出對朋友的情深義重與美好祝願。

顧貞觀爲營救吳兆騫而長期在外飄泊，來到浙江甌江，正逢苦雨綿綿，顧遂以甌江苦雨爲題，與好友陸舜（不詳～1692，字元升，一字吳州，江蘇泰州人）唱和之作，塡〈百字令・甌東苦雨，和陸吳州夫子韻〉一首：

> 花朝過也，問天公那得，許多風雨。自是春晴無三日，可惜流光難駐。蠟屐沖泥，褰帷濺瀑，厭聽黃鸝語。重來謝客，積愁堆滿孤嶼。　　消受水驛山程，燈昏酒冷，夢兒中叮絮。兒女心腸英雄淚，抵死偏縈離緒。烽火遙連，家書間隔，漂泊隨駑侶。芳時斷梗，欲歸歸向何處。（頁378）

甌東即今浙江以東，顧貞觀於康熙二十一年（1682）來到浙江湖

〔註21〕〔清〕譚獻編：《篋中詞》，收於《續修四庫全書》（上海：上海古籍出版社，2002年3月），第1732冊，頁625上右。

〔註22〕〔清〕納蘭性德撰、黃曙輝、印曉峰點校：《通志堂集》（上海：華東師範大學出版社），卷14，頁286。

州，與陸舜有此唱和之作。首句「花朝過也」即統領全詞寥落淒涼之氛圍，大好的春光已過，正如作者自己的仕途一般，康熙三年（1664）顧貞觀曾奉召入朝陛見，當時也曾有進入官場，一展長才的希望，如今卻只有許多風雨，欲問天公何以如此不義，卻無人能回答。下文更續「自是春晴無三日，可惜流光難駐」語，不僅以天無晴日，流光難駐強調自己英雄失路的苦痛，更借「春晴無三日」含蓄批判清廷對江南文人的政策，清初江南政局不穩，朝廷以開科取士攏絡南方文人，看似帶來一線曙光，卻又在順治十四年（1657）至康熙元年（1662）間，陸續以科場案、通海案、奏銷案、哭廟案、明史案等殘害之，顧貞觀除自己受到牽連，多位好友亦受其害，危及身家者不在少數，思及此事，便生不滿之心，遂以天無晴日寓感慨之心，含蓄委婉而巧妙。

其後續寫雨中之活動和雨景，「蠟屐沖泥，褰帷濺瀑，厭聽黃鸝語」寫木屐滿是泥濘，撩起帷幔，綿綿苦雨仍淋漓不止，正如自己的仕途般窒礙難行，帝王既不青眼於己，朝中又乏有力後盾，前路幾是渺茫無望，因而以「厭聽黃鸝語」表示已對仕途絕望。在甌江的江心嶼上辭別朋友，眼前所見江心寺、浩然樓、謝公亭，草木蒼郁，卻滿是一片孤淒寂寥。作者特指「江心嶼」一地，除合當時之景外，也暗寓己身孤獨無依、羈旅漂泊情景，並開下片抒情之語。

下片以抒情起，水驛指水上驛路，山程則是行路於山中，旅途艱辛，山水迢遞，燈昏酒冷更是旅途中生活景況的寫照，更加深自己的思鄉之情，故云「兒女心腸英雄淚，抵死偏縈離緒」在夢中仍念念不忘家鄉的美好，卻思歸不能，反更添愁緒。「烽火遙連，家書間隔」化用杜甫「烽火連三月，家書抵萬金」〔註23〕之語，不僅訴說自身遭遇，更流露作者對時事艱危的同情與憂慮，又以「漂泊隨鴛侶」感嘆同僚好友四散不得相見，三句層次分明，訴盡當時世局的艱困、自己漂泊的酸楚與好友分別的苦悶。

〔註23〕〔唐〕杜甫撰，〔清〕楊倫箋注：《杜詩鏡銓》，卷3，頁21。

全詞最後以「芳時斷梗，欲歸歸向何處？」收束，云終能有花開時候、良辰美景，但又以折斷的葦梗自喻，梗既已斷，再不得有花開之時，正如自己漂泊一生的遭遇已成定局，再難挽回，縱有歸鄉之日，然已不知家鄉何處，以問句結尾的手法，呼應起首「問天公」之語，問天天既不應，家鄉杳杳，不知何處是歸所，強調自己仕途失意、行蹤無定、羈旅行役之苦，在加上苦雨綿綿，遂觸景傷情，客久思鄉之心油然而生，惟有藉和友人之作一訴己懷。全詞皆用白描，卻在寫景中又句句寫自身遭遇，不刻畫、不雕琢，不堆砌生硬，真情流露，以情取勝。

與此作手法相似者如與張水嬉唱和的〈滿江紅〉（爲問煙波）一首，也以兩人共同賞荷花舊事爲基，吐露自己的失意苦悶，以及樂於歸隱的心情。又如和夏鹵均的〈菩薩蠻〉（樺煙一抹清綃護）一首，則是藉筵席間的酬唱，表達友人許久不見，終於重逢的懷念之意，皆情意滿懷，真誠感人。

二、抒宦途無功與思鄉不得之懷

顧貞觀在康熙元年（1662）至康熙十年（1671）間在京，正是其25歲至35歲壯年時期，雖對在京供職的生活不甚滿意，但仍抱希望，期盼有朝一日能立於朝堂，爲百姓口舌，一償經世濟民之願，然時不我予，康熙十年（1671），魏裔介因遭彈劾，以老病乞休，使顧貞觀如雪上加霜，至此更深刻感受官場的黑暗與角力傾軋，自己這般無後援之人，終究不能久立於朝，更妄談飛黃騰達，終將成爲政治鬥爭的犧牲者，去官革職猶可，更甚者將危及性命，思及此，顧貞觀明瞭只有抽身官場方是保身之道，只得知難而退，終於在同年向朝廷告歸，結束十年的仕宦生涯。

眼見夢想落空，顧貞觀難免失落，故有〈燭影搖紅·立春〉抒懷：

> 負卻韶光，十年眼冷花叢裡。玉笙寒徹夢驚回，著處東風
> 矣。猶是當時春意。漸病酒，懷人天氣。樊川愁寂，繞榻

茶煙，鬢絲吹起。　　殘雪無多，莫教容易成流水。瓊瑤留伴落梅魂，共作冰壺貯。再入茅堂燕子。應問我，別來何似。君看池畔，照影婆娑，樹猶如此。（頁 82）

此作首句即云「負卻韶光」悔恨自己年少時期都在京城中擔任微不足道的小官，終究夢想落空，如今想來只是辜負美好的少年時光，由「十年眼冷花叢裡」一句可明知作者正是懊惱滯京十年卻一無所成之事。接以「玉笙寒徹夢驚回，著處東風矣」一面合詞題之「立春」，一面寫春季又臨，四處東風和暖，正如當日來京時亦時氣正好，更以此句對照、延續後文「漸病酒，懷人天氣」當日懷抱希望來到京師，如今遭到人事消磨早已不如以往，今昔之感更甚。上片最末則以杜牧自喻，對照前文「病酒」、「懷人」之語，頗有杜牧當年落魄之情，續又以「繞榻茶煙，鬢絲吹起」等平淡敘事語句，寫作者自己對一事無成的良多感慨。

下片依時間順序而下，立春已至，東風解凍，殘雪盡化，蟄蟲始振，正是萬物生長的時節，但作者卻以「莫教容易成流水」續之，其中「流水」除殘雪之流水外，更寓意自己十年光陰已盡付流水，再難挽回，反益發有孤寂之感。雪化盡後還能陪伴落梅，與月光相輝映，但自身已被歲月摧殘，此處作者以燕子相問，又以池畔樹影作結，最終吐露出極深的長嘆：「樹猶如此」光陰流逝，年華已老，自己卻無所作為，不禁流露出馬齒徒增的傷感之情。

此作大約即成於康熙十年（1671）顧貞觀感嘆在官場無所作為，自請辭官之時，春日來臨，本應歡歌樂舞慶祝一年之始，但作者前後以「病酒」、「懷人」、「殘雪」、「落梅」、「冰壺」等冷冽意象抒其闌珊意緒，最後更再次強調年華老去卻一事無成的深沉感慨，婉轉委曲，啟人深思。

顧貞觀身為明朝遺民之後代，然早年仍有進入官場，經世濟民之心，然在官場十年之中，顧貞觀亦看盡其中百態，文書工作的枯燥乏味和政治場中的勾心鬥角使其更覺厭倦不已，加以失去魏裔介等庇護

之人，更加獨木難支，終於告歸，一生仕宦也僅止於此十年，想當年
滿懷希望，然最終卻仍是光陰空過，一無所成，回想十年間事，如一
場虛幻夢境，遂發感慨，如〈如夢令〉二首，此二首爲聯章之作，應
視爲一組觀之，正以男女戀情聯繫自身情景：

> 寶鴨乍辭衾鳳。喚起膽瓶花凍。懊惱十年情，不抵五更霜
> 重。如夢。如夢。落月香車誰送。(頁305)

> 顛倒鏡鸞釵鳳。纖手玉台呵凍。惜別盡俄延，也只一聲珍
> 重。如夢。如夢。傳語曉寒休送。(頁306)

第一首以景起，寶鴨即鴨形之香爐；衾鳳爲繡鸞鳳圖的錦被；膽
瓶即長頸大腹之花瓶，首二句寫夜來無眠，天明而起，卻只見已冷的
香爐和屏中的寒花，以淒清之景寫孤寂之人。「懊惱十年情，不抵五
更霜重」便透露此作的眞意，「十年情」表面指女子與戀人分隔多年
的兩地相思，實是聯繫作者宦遊京師十年之事，在京多年來一事無
成，悔恨當年離開故鄉追求功名，如今思及十年之事，只覺寒霜沉重，
侵肌裂骨，回想前塵往事，更如夢中一般，光陰轉瞬即逝，故云「落
月香車誰送」香車即代稱華麗的車輛，月落天明，夢亦將醒，自己即
將離開京城，又有何人能爲自己送行，不覺感慨萬千。

第二首則以閨中景況起，「顛倒鏡鸞釵鳳。纖手玉台呵凍」寫女
子見鏡中自己容貌不整，妝台雖冷，也只得起身呵手理妝，看似寫閨
中活動，實也聯繫作者景況，自己來到京師多年，既未謀得官職，又
未救得好友，徒然蒼老歲月，正如詞中女子一般。續寫女子想當年與
戀人惜別，千言萬語藏在心裡，欲說還休，終究話難出口，只能道一
聲珍重，最後以「傳語曉寒休送」作結，呼應起句「纖手玉台呵凍」
之景，當年惜別時云「曉寒休送」，卻再無相見之時，此般往事縈繞
心頭，更覺淒涼難耐。

全詞從「懊惱十年情」便可察覺作者別有懷抱的託寓之語，借男
女惜別時的情景以及別後難再相逢的孤寂，表達自己在京十年種種不
如意的怨憤，如今雖已放棄謀官之心，然光陰已逝，再難追回，只有

藉此作一抒己怨，寓意含蓄深刻，亦是以男女戀情形式抒身世之感的佳作。

顧貞觀辭官後仍爲營救吳兆騫之事，多年客居他鄉，往來於京城與江南之間，孤身一人，欲歸不得，遂有無限思鄉情懷鬱結其中，只能藉填詞略抒此懷，而思鄉之情容易因團圓佳節而發，尤在一年一度闔家團聚的除夕夜，自己孤身一人，更覺淒涼，遂有如〈玉燭新·除夜〉一首抒思鄉之情：

> 百愁今夜掃。試熨展雙蛾，依然歡笑。吟箋繡譜都刪卻，悔把韶光誤了。擁爐清況，差不減、沉香庭燎。巡簷罷、冷蕊猶含，莫被竹聲催覺。 商量欲頌椒花，看獸炭頻添，麝煤輕爆。個中冷暖，憑殘漏、傳與玉京人道。未曾三十，明日明年年少。判沉醉、兩處無眠，五更春好。（頁161）

首句即化虛爲實，用想像之語而出，作者先設想家中妻子過年時情形，寫除夕之夜，原本所有憂愁都應一掃而空，妻子的雙眉也應能稍稍舒展，歡笑慶祝佳節，但妻子此時卻盡皆毀去所作之詩，並後悔因此耽誤大好時光。接著又想像妻子坐在火爐旁取暖，孤獨無依，此時作者自己進入詞中，寫妻子雖孤身一人，但自己亦是如此，身在京師，只能就著庭院中的火炬取暖，兩地雖相隔萬里，但異地而同情。接著又寫妻子起身巡視屋簷下嬌媚的梅花，花朵仍然冷豔嬌媚，深怕花朵被爆竹聲驚動。

上片全以想像之筆寫成，除夕之夜，家人團聚，但遠在家鄉的妻子並未盼得丈夫歸來，只有獨自一人在火爐旁守歲，作者透過想像家中情景，勾畫出妻子漫長等待的沉靜與寂寥，作者特以「擁爐清況，差不減、沉香庭燎」將想像與現實結合，透過兩方相似景況，凸顯自己身在異鄉不得回歸，面對除夕佳節，心境也同家鄉妻子的索然寂寞，但其後又特意提及梅花，梅花乃花中特出者，不在春季競放，反在朔風凜冽，雪花紛飛，百花沉睡之時傲然怒放，不畏風霜之苦，正

如兩人心意一般，雖分隔天涯海角，但心比金堅，絕不因此有二心，作者透過梅花將兩人的相思之情與堅貞之心細緻鋪寫，可謂一往情深。

下片仍持續想像筆法，作者特以〈椒花頌〉之典〔註24〕一面寫妻子的溫柔聰慧，一面寫其欲書年節祝詞向遠方丈夫表達關懷的體貼之情，勾勒出美好賢慧的女性形象。然此時詞文情緒一轉而下，又云妻子寫年節祝詞時，提筆復擱筆，炭火一添再添，思來想去，千言萬語不知從何說起，其中的冷暖惟有自己知曉，只能憑藉聲聲殘漏報與在京中的丈夫，因此下文更以「未曾三十，明日明年年少」期盼丈夫來年能夠有所發展，心想事成，道盡妻子的關懷之意。最末兩句則回到現實，寫作者此時亦「判沉醉、兩處無眠」獨寢無眠，又思及家中妻子也同此景，作者以此呼應前文想像之筆，最後以「五更春好」收束全詞，亦為呼應前文之用，期盼將來能有所成，早日歸鄉。

全詞由想像落筆，至結尾處方回到現實，然一路寫來雖處處想像，同時又處處寫實，既云家中妻子之情，又述自身在京之景，兩相對照，兩地相思，皆寂寥難當，妻子欲寫年節祝詞，但對個中冷暖卻欲說還休，作者自己亦是如此，因而全詞寫來低迴曲折，思念之情滿溢其中。

由於客居多年，顧貞觀常有思鄉之嘆，其生於江蘇無錫，年幼時，父親顧樞便攜家人隱居於鄉里之中，雖然隱居生活不甚優渥，但仍可說衣食無虞，安寧閑靜，加以當地自古人文薈萃，景緻優美，孕育無數文人士子，各方條件完善，顧貞觀稍長後，便在家鄉與當地文人來往交遊，故其早年生活可稱為悠閒愜意。然自前往京城為

〔註24〕典出《晉書·列女傳·劉臻妻陳氏傳》：「劉臻妻陳氏者，亦聰辯能屬文。嘗正旦獻〈椒花頌〉，其詞曰：『旋穹週回，三朝肇建。青陽散輝，澄景載煥。標美靈葩，爰採爰獻。聖容映之，永壽於萬。』又撰元日及冬至進見之儀，行於世。」見〔唐〕房玄齡等撰：《晉書》，卷96，頁2517。

官任職後，生活不及早年悠閒，長期客居異地，難免思及家鄉美好，
遂發感慨，如〈木蘭花慢〉一首即是在此種思鄉情緒下作成：

> 憶家山似畫，寒食後，麗人行。並纜繫垂楊，褰簾卻扇，
> 細語閒評。縱橫竹爐茶碗，也當他、鬥酒聽啼鶯。記得半
> 塘煙柳，昔年曾佇狂生。　　冷冷。歸夢寄泉聲。和醉擁
> 傾城。看袖拂烏絲，裙揮白練，薄負才情。丁寧。莫催雙
> 槳，待月明、清露下秦箏。彈到秋江一曲，爲誰紅淚飄零。
> （頁177）

此作首句即以「憶家山似畫」起首，進入追憶之中，回想家鄉美
好如畫的風景，以往家鄉寒食節後美人們結伴出遊，眾家閨秀笑語紛
紛，將湖船停泊在水邊垂楊下，掀起簾幕輕聲細語的閒聊，作者特用
杜甫〈麗人行〉典故，一面寫美人行動，一面又寫自己鄉心之深刻。
續寫在春寒料峭的時節，眾人手持小暖爐喝茶鬥酒，傾聽宛轉的鶯
啼，作者在此連續寫節慶活動，意在極力描繪家鄉景色的美好、民風
的純樸，以及過節時的閒適趣味，上片最末以「記得半塘煙柳，昔年
曾佇狂生」收束，作者將自身融入景色之中，逐漸轉爲抒情，遙想當
年佇立在「半塘煙柳」之中，那位年少而狂放不羈的自己。上片重在
寫景，用想像追憶之筆勾勒出對家鄉的思念，由其刻畫之細緻可知作
者對家鄉念念不忘，時常憶及往日生活情景，最末則自己進入景色之
中，融情入景，此作法意在爲下片蓄抒情之勢。

上片鋪陳結束後，下片則全轉爲抒情，作者離鄉多年，奔波在
外，如今早已將歸家的夢想全都託付給冷冷流去的泉水，意謂再無
承望有回歸之日，下文「和醉擁傾城」雖表面看似寫醉臥的狂放行
爲，然卻可呼應上片景致以及前句「歸夢寄泉聲」所說，當年疏狂
之狀至今雖仍在，但人事已非，惟有藉著醉酒才能讓自己回到故鄉。
繼而又想像美人「袖拂烏絲，裙揮白練」在白練裙上任意書寫，如
此狂放之狀有負才情，作者亦是性格不羈之人，故此句雖看似寫美
人，實亦寫自身。以下狀箏聲的「丁寧」二字甚爲特出，以狀聲之

詞化虛爲實，彷彿聲音在耳，接寫「莫催雙槳，待月明、清露下秦箏」爲結尾蓄勢，雙槳催動，歸家無望，又將開啓下一次旅程，只有箏聲爲自己送行，最後則以「爲誰紅淚飄零」的問句收束全詞，強化前文緩慢累積的懷念家鄉之情，使詞境更爲幽然深婉。

全詞由追憶落筆，起句即覆蓋全篇主旨，接著層層展開，過片從想像回到現實，家鄉仍如夢中般美好，但漂泊在外，懷念之情愈轉愈深，至結尾以問句出之，更使全詞籠罩在思念家鄉的幽微心緒之中，意韻綿長。

顧貞觀自康熙二年（1663）前往京師起，在京長達十年，且此十年正是顧貞觀正值青壯年、人生最精華的時期，然所任中書舍人一職無足輕重，朝中除薦之人魏裔介外又幾無後盾，短短十年便向朝廷告歸，仕宦生涯於是告終，其仕途蹇澀可想而知，故作品中時有抒發仕途不得意之情者。辭官後顧貞觀亦曾寫下〈風流子・辛亥春月告歸，得請，途次寄閻百詩，自此不復夢入春明矣〉（頁 217），在詞題中已明確表明「不復夢入春明」，即從此下定決心再與官場無涉，但回想當年自己在無錫乃是著名文士，滿懷期望告別家鄉，來至京城，但十年的官場生涯有如一場空夢，加以在京爲官的十年正是顧貞觀二十八歲至三十五歲，生命中最精華的青年時期，卻鎮日耗費在枯燥的文書工作之中，其怨憤憂鬱之心可想而知，即使在辭官後，仍客居他鄉多年，當時交通不便，家鄉遠在天涯，其風物、人事之樣貌也只存在記憶之中，因此顧貞觀的思鄉之詞常以追憶、想像爲主題，除前文提及的〈木蘭花慢〉（憶家山似畫）寫記憶中家享美好風景（頁 177）；〈玉燭新〉（百愁今夜掃）想像除夕夜獨在家中的妻子景況外（頁 161），如〈臨江仙〉（曾是上清攜手處）追憶昔日與友人同遊山水，觀覽美景的閒適之情（頁 3）；〈水調歌頭〉（憶昨飲君酒）回憶當年與友人餞別依依不捨的景象（頁 397）等，故此類作品雖風格依然較爲失落沉鬱，但較之仕途失意的怨憤落寞與牢騷仍平和許多，顧貞觀喜以想像之筆貫穿全文，使其思鄉之情更見眞摯深刻，詞境益發清幽淡雅，

含蓄溫婉。

三、寫所見美景與歷史興亡之思

　　康熙十六年（1677）年底，納蘭性德託顧貞觀刊刻《飲水詞》，顧貞觀於是拒絕朝廷詔舉之博學鴻儒科，並於康熙十七年（1678）初自京南歸，途經南京雨花臺，幽思情起，有〈金縷曲·秋暮登雨花臺〉：

> 此恨君知否。問何年，香消南國，美人黃土。結綺新妝看未竟，莫報諸軍飛渡。待領略、傾城一顧。若使金甌常怕缺，縱繁華、千載成虛負。瓊樹曲，倩誰譜。　　重來庾信哀難訴。是耶非，烏衣朱雀，舊時門戶。如此江山剛換得，才子幾篇詞賦。弔不盡、人間今古。試上雨花臺上望，但寒煙、衰草秋無數。聽嘹唳，雁行度。（頁315）

　　此作首句在《今詞初集》中作「依舊銷魂路」〔註25〕即點出懷古傷今之題旨，但在《彈指詞》中改為以問句「此恨君知否」出之，使其感傷之情更為加重。曾幾何時，南國的繁華早已衰頹，美人也都沉埋地底。自「結綺新妝看未竟」起自上片結束，用南朝陳國貴妃張麗華惑主，後致國亡之典〔註26〕，極寫繁華寥落。張麗華居於結綺閣，歌舞飲宴，「莫報諸軍飛渡」則寫韓擒虎率隋軍攻陷建康，陳後主仍尋歡作樂之事〔註27〕，並以此發抒感懷，認為若君王沉溺美色中，則

〔註25〕〔清〕顧貞觀、納蘭性德同選：《今詞初集》，收於張宏生主編：《清詞珍本叢刊》（江蘇：鳳凰出版社，2007年），第22冊，頁907。

〔註26〕〔唐〕姚思廉撰：《陳書》云：「至德二年，乃於光照殿前起臨春、結綺、望仙三閣，閣高數丈，嶄數十間，其窗牖、壁帶、懸楣、欄檻之類，嶄以沈檀香木為之，又飾以金玉，間以珠翠，外施珠簾，內有寶牀、寶帳，其服玩之屬，瑰奇珍麗，近古所未有。每微風暫至，香聞數里，朝日初照，光暎後庭。其下積石為山，引水為池，植以奇樹，雜以花藥。後主自居臨春閣，張貴妃居結綺閣，龔、孔二貴嬪居望仙閣。」見《陳書·皇后傳·後主張貴妃》（北京：中華書局，1974年），卷7，頁131～132。

〔註27〕時後主仍與張麗花作樂，韓擒虎陷臺城，張妃與後主俱入井中躲避，隋軍出之後斬貴妃，俘後主，陳亡。

國破家亡可知，在此作者又以陳後主所作〈玉樹後庭花〉典故，寫一旦國破家亡，瓊枝玉樹都將成爲虛幻，誰又能將繁華往事逐一譜寫。

上片全用陳後主與張麗華典故。南京雨花臺自古爲歷史名勝，顧貞觀特用陳後主亡國之事，對照自己明遺民身分，可謂別有深意，最後更云「縱繁華、千載成虛負。瓊樹曲，倩誰譜」，繁華終成虛無，國家已破，誰又能將傷心往事娓娓道來，以問句結尾使詞中更添故國之思。

下片作者又以庾信自比，當年庾信奉梁元帝名出使西魏，不得回歸，雖已顯達，但文風蕭瑟哀戚，常有鄉關之思，遂作〈哀江南賦〉。如今作者感同此心，亦發此作寄意。下文承續懷古之思，感嘆眼前所見已非當年的烏衣巷、朱雀橋，此句實云人事兩非，昔日蹤跡早已蕩然無存，更添淒涼。下文更層層遞進，「如此江山剛換得，才子幾篇詞賦。弔不盡、人間今古」謂江山多嬌，無數文人才子皆在廣大土地上揮灑才華，弔古傷今，但無論多少詩詞歌賦，都說不盡今古興衰的萬千感慨。最後作者以「試上雨花臺上望」一句，將自己納入詞作之中，自己內心中滿是故國之思，所見自然只有「寒煙衰草」，所聞亦只有孤淒的雁唳之聲。作者以自己所聞所見作結，使人身歷其境，更能感其所感。

下片主旨在抒情，承襲上片亡國哀思，作者身爲明遺民，將自己比爲庾信，委婉而深刻敘述自己的故國哀思，明朝的滅亡正如同陳國，殷鑑未遠，如今登臨雨花臺上，卻已人事全非，平添憂傷之情，故此篇不僅藉雨花臺弔古，其意更在鑑今，憂思滿懷，發人深想。

顧貞觀記遊之作或生動活潑，或閒淡幽靜，皆特富趣味，較之寄託感懷的作品，雖無見物起興、波瀾壯闊之懷，但更顯閒適愉悅、悠然清雅之情，如〈沁園春·舟次英德，遊觀音岩〉：

> 削翠橫江，壁立千尋，何年鑿空。看霓旌倒掛，金芝湧幢，水簾斜拂，玉筍成叢。小搆香台，下臨無地，一瓣蓮花世界中。回頭處，訝天根月窟，怎著人工。　　相連韶石玲

瓏。應斷續潮音洞口風。有環留寶座，飛來猿峽，綃呈金
縷，捧出鮫宮。碧落雲華，曹溪咫尺，此岸原將彼岸通。
驚人句，向懸崖點筆，題遍遊蹤。（頁338）

　　英德爲廣東省一縣名，觀音岩位於此縣南方，爲一天然石灰岩溶
洞，作者遊賞觀音岩，爲此地勝境風景傾倒，遂賦此作。上片側重近
景的描摹，先寫陡峭翠綠的山崖、聳然壁立的岩石，次寫岩石上空如
仙人旗幟般的彩色雲霞，以及岩上所生好似天上金芝仙草的罕見植
物，又寫石灰岩如筍一般叢生其中，自然景物的描寫到此而止。以下
則寫人工建築，「小構香台」指佛殿，雖規模較小，但位置高渺，因
此作者特用「下臨無地，一瓣蓮花世界中」寫佛殿特出於清幽之境中
，有如傳說中西方的極樂世界，作者深在其中，回頭一望，竟是一輪
明月和滿天星斗，不由得大讚自然的鬼斧神工，方有「怎著人工」之
嘆。上片全寫近景，由山崖而岩石、彩雲、石筍、佛殿等一一寫來，
依序遞進，層層分明，將觀音岩景緻淋漓盡致的仔細描繪。

　　下片則視角一轉，由遠方景物落筆，首句「韶石」爲廣東省曲江
縣山石名，舊屬韶州，與英德縣比鄰，作者眺望遠方，彷彿看見遠處
的韶石，耳畔傳來陣陣風聲，故云「應斷續潮音洞口風」。以下四句
則接連寫由觀音岩遠望所見，四周山巒好似神佛的寶座拱衛觀音岩，
飛來峽傳出陣陣猿啼聲，煙霧朦朧，似有金色的帷幕籠罩，親臨如此
景緻，彷彿身在傳說中水底鮫人所住的仙境，此段極寫由觀音岩遠眺
所見的秀麗風光。「碧落雲華，曹溪咫尺」則寫下望碧落、雲華二洞
與曹溪，見兩岸因山洞而相通，甚爲奇絕，亦在詞中發出讚嘆。

　　最後作者自敘因見此地風景美不勝收，盼能留下些許文墨誌之
，故「向懸崖點筆，題遍遊蹤」。下片皆寫遠景，上寫遠方韶石、飛
來峽猿啼等，下寫碧落、雲華二洞與曹溪相連，採用由上而下遞進描
繪之法，與上片手法相同，廣角取像，生動靈活。

　　全詞皆在描摹景物，上下片由近而遠，使全詞架構分明，上片之
中又依次敘述自然景觀與人工建築，最後則以天景收束，鋪寫亦極有

層次；下片之中則由上而下，寫遠景、薄霧、山洞、溪流，鮮活靈洞，勾勒出一副活景，使人讀之猶如身歷其境，特見功力。

顧貞觀詞中因見景物而發歷史興亡感慨之作品尚有如〈青玉案〉（天然一幀荊關畫）寫殘山剩水令人觸景傷情（頁 10）；〈水龍吟〉（城頭誰構飛甍）寫登臨南昌夕佳樓對古代忠臣的敬佩與念想（頁 363）；〈百字令〉（遠天秋淨）寫途經西梁山，思及此曾是古戰場，如今卻已回復平靜，因而有古今將相已沒的哀涼之嘆（頁 320）；〈眼兒媚〉（萬壑千岩一空囊）寫觀錢塘潮時追憶范蠡曾在此修建固陵城以防吳兵的壯闊聲勢（頁 380）；〈台城路〉（卷簾依舊西山雨）寫登臨北京梳妝臺聯想唐代天寶遺事，並書鑑今之意（頁 425），此類作品皆情景相融，又時有前朝亡故的哀思與藉古諷今的寓託，內蘊良多，風格較爲蒼茫沉雄。而以身世之感爲主題者則有如蘭陵王（片帆側）對比江上所見的秀麗景色與江行之人的凄慘情懷（頁 112）；〈憶秦娥〉（雲根擘）藉歷來南遷逐臣必經之地的江西大庾嶺，寫自己身世之哀、思親之恨（頁 351）；〈夜行船〉（爲問鬱然孤峙者）以江西郁孤臺寫自己離開南京以後有志不得、有願無逐的落拓淒涼（頁 353）；〈驀山溪〉（朝飛暮卷）藉滕王閣風光寫自己失意之怨（頁 373）皆充斥身世家國的感懷與老大不如意的怨懟，悲憤滿腔，風格沉鬱蒼茫。

在顧貞觀寫景作品中，純粹寫景記遊者較爲少見，因其身爲明代遺民，心中頗有家國之痛，且仕途蹇困，加以好友流放遠方，心中常有憂戚難遣，故此類心緒歡快之作較少，但在其中仍可體會顧貞觀對生命的熱愛，如在〈畫堂春〉（湔裙獨上小漁磯）中寫江南早春暮雨霏霏、香絮紛紛、春意盎然之景，以及歡快愉悅的心情（頁 23）；〈定西番〉（開鏡雨餘天碧）寫雨後荷塘清新優美的生動景致（頁 94）；〈昭君怨〉（眞個而今親試）寫夜宿佛寺，憑高望遠的恬淡清幽之感（頁 146）；〈解佩令〉（江濤似雪）寫安徽小姑山雲霧繚繞，讓人翩生聯想的奇譎景物（頁 327），這些作品爲顧貞觀詞作中寫景之佳篇，風格輕快優美，自然傳神，且特爲愉快歡欣，是《彈指詞》中面貌獨特者。

第三節　一片冷香惟有夢——生活隨筆

　　顧貞觀詞作大致可以在京時、罷官後等二期分別之，然《彈指詞》中另有部分作品並未繫年，由詞作中也無法確切斷定創作時間的作品，此類作品主題多為愛情、詠物、題畫等。

　　在愛情類作品中，顧貞觀或直接以男子口吻抒寫思念愛人之心，或描摹閨中思婦之情，且善於寄情於景，透過外物書寫女子清麗飄逸與孤寂落寞之態。詠物作品中則可分為「托物寄情」與「側重物象」二類，以托物寄情者數量較多，此類作品多半於詞中融入自己的情志，即借物言志者；側重物象者則能展其功力，體現對外物獨特入微的觀察。此外，尚有「題畫」類作品，此類題材特殊，是文學與繪畫融合後的產物，清代文人彼此往來甚為頻繁，使題畫詞蓬勃發展，顧貞觀作品中絕大多數都是為友人作品題畫者，足見此類作品在文人交往中確實發揮作用。

一、愛　情

　　顧貞觀在愛情詞的書寫中，常有透過單一短暫的閨中畫面敘寫閨中之人景況以及心緒者，如〈蘇幕遮〉：

> 玉爐香，誰與共？旖旎煙絲，吹出羅幬縫。雙鬟怯翻寒鬢鬆。才話分攜，已做天涯夢。　　醒時衾，還獨擁。約略離亭，人遠雞聲送。別是五更愁一種。冷透心窩，自怪無端痛。（頁87）

　　首句即以「玉爐香，誰與共？」一問句表現離愁別恨，「旖旎煙絲，吹出羅幬縫」寫閨中景致，煙絲裊裊，羅帷飄飄，沉靜寂寞。閨中人則是「雙鬟怯翻寒鬢鬆」，懶怠無聊，全無梳妝打扮之心情，想起與情人方別離，卻已似天涯海角，難以相見，惟有獨擁舊日衾枕以思念情人，五更時分，女子自夢中初醒，聞得雞聲，天雖將明，卻是「冷透心窩，自怪無端痛」，更顯其悲傷之狀。

　　作者透過閨閣中女子天明初醒時，眼中所見之景象、懶於梳妝

的情態以及心痛神痴的心裡感受等短暫畫面鋪寫其離恨，描繪出動人眞切的思婦形象。

愛情詞中「相思」爲常見題材，其中的念遠之情多半並非翻空而來，乃見景物有感，遂觸物而發，如〈東風第一枝・用史梅溪韻〉一首：

> 麥浪翻晴，柳煙吹暮，可憐時候新暖。攀來暗綠嫌深，折去殘紅怨淺。東風著意，爲留得、幾絲香軟。笑雙雙、掠水銜泥，辛苦舊巢歸燕。　費多少，斜陽送眼。容易得、遠山迎面。肯將佩冷江臯，博個宴酣花苑。夢闌酒醒，早減卻、春痕一線。問五湖、他日扁舟，可似苧蘿相見。（頁237）

此作步史達祖〈東風第一枝・詠春雪〉〔註28〕韻，寫念遠之情。史達祖原詞爲詠春雪之作，由作品中「料故園、不卷重簾，誤了乍來雙燕」二句可知此時作者亦獨在異鄉，冬去春來，又是春燕來歸之季，然重重簾幕阻擋傳書之燕，作者睹物傷情，進而發異鄉淪落之感，全詞透過景物以詠春雪，兼抒身爲作客他鄉之嘆。顧貞觀此作時序正接續史達祖而下，寫暮春時節眼見春殘花落卻無可奈何的惆悵之情。

上片著重寫景，首句寫春季之麥浪、煙柳、暮色，在冬去春來時特別惹人憐愛之景，以此極寫春色美好，卻又以「攀來暗綠嫌深，折去殘紅怨淺」寫暮春時節，枝頭綠葉顏色雖逐漸由淡轉濃，花朵卻漸殘漸落，述春天將盡，觸發傷春意緒，遂有嫌深怨淺之情。接續則以物化人，寫東風一心一意期盼能留得些許柔和的花香卻徒勞無功，光陰終究難留，只能見雙燕爲將來而辛苦銜泥築巢。上片仔細描摹春天將殘之景，將惜春、憐春又惱春季將過的心緒交織而出，以作爲下片

〔註28〕原詞爲：「巧沁蘭心，偷粘草甲，東風欲障新暖。謾凝碧瓦難留，信知暮寒較淺。行天入鏡，做弄出、輕鬆纖軟。料故園、不卷重簾，誤了乍來雙燕。　青未了、柳回白眼，紅欲斷、杏開素面。舊游憶著山陰，後盟遂妨上苑。熏爐重熨，便放慢、春衫針線。恐鳳鞋挑菜歸來，萬一瀟橋相見。」見〔宋〕史達祖撰，方智範校點：《梅溪詞》（上海：上海古籍出版社，1988 年 12 月），頁 4。

鋪敘相思之用。

下片承襲上片而下，「斜陽送眼」寫夕陽西下、秋波頻送，雖仍是寫景之句，然以由暮春時節轉爲夕陽將落，更顯淒涼孤寂，更含隱恨，復以「遠山」形容女子黛眉秀麗，面貌姣好，並以「肯將佩冷江皋，博個宴酣花苑」對女子許下承諾，「佩冷江皋」指男女相愛，以物傳情〔註29〕，作者以此表明自己不願冷落所愛之人，不願尋花問柳，搏得薄倖人之名的心志。最後則言夢醒春殘，並以范蠡輔佐句踐滅吳後攜西施隱於五湖之典，再次表達自己不忘舊人的眞情。

全詞以男子口吻抒寫，上片著重刻畫春天將殘之景，以作爲下片抒情之勢，下片則著於相思之恨，此乃作者長期漂泊，想念家鄉伴侶，綿綿情思不斷，又逢春殘之時，遂感物傷情，便以此作表明自己不願輕拋往日之情，並渴望能與所愛之人相偕歸隱的心情，委婉纏綿，甚爲動人。

顧貞觀愛情詞中除直接以男子口吻抒寫思念愛人之心的作法外，也有以女子口吻，反寫男子思家情切者，筆法獨特，如〈沁園春〉：

> 殘月幽輝，宿昔見之，豈其夢耶？任寒堆一枕，鈿珠零落，塵縈半褶，箏柱欹斜。妾命如斯，郎行何許，裙扇留題滿狹邪。鱗鴻便，莫雙棲正穩，忘了天涯。　　也應遊倦思家。料不抵孤眠人歎嗟。向舊青綾底，頻偎暖鴨，小紅闌曲，遍數昏鴉。雪壓霜欺，別來眞個，瘦盡中庭萼綠華。誰傳語，道春風多屬，強飯爲佳。（頁357）

顧貞觀以長調寫閨中之情與相思之意，鋪敘連綿，正如閨中女子娓娓訴說自己的相思心情，婉曲纏綿，特爲別致。此作雖以寫景

〔註29〕此典故取自《昭明文選》中郭璞〈江賦〉，李善注引《韓詩內傳》云：「鄭交甫遵彼漢皋臺下，遇二女，與言曰：『願請子之珮。』二女與交甫，交甫受而懷之，超然而去，十步循探之，即亡矣。迴顧二女，亦即亡矣。」見〔梁〕蕭統編，〔唐〕李善注：《文選》，（臺北：華正書局，2000年10月），頁189下左～190上右。

為首，然景中以可見其情，作者寫女子目中所見者盡是「殘月」、「幽輝」等淒涼之況，已透露全詞皆籠罩在低迷心緒之中。以下寫女子夢中見到愛人，似真似幻，夢醒後自問「豈其夢耶？」更形寂寞孤獨。其後作者又運用物我合一作法，以物情見人情，透過寒枕獨臥、釵鈿零落、塵埃滿榻、箏柱歪斜等外物寥落景況，描寫閨中女子無聊情態。接寫女子不耐漫長等待後，生出自憐自怨之心，以「妾命如斯」乃上天注定，終究要孤單一人，沒有情人陪伴身旁，且對方行跡渺邈，不知所之，又不免疑惑猜測，遂恐懼情郎在外有眠花宿柳，溫柔風流之事，自己無可奈何，惟能在書信裡殷殷叮囑遠方情郎莫「雙棲正穩，忘了天涯」亦不可流浪在外，須早日歸家，將閨中女子心慌之情表露無疑。

上片即在女子慌亂心緒收束，並開下片以女子口吻猜測男子心思之語。下片起首即寫男子已離家多年，應也有「遊倦思家」之情，一人孤身在遠方，日落後總是「孤眠人歎嗟」。此後又回到女子情景，鎮日在閨中亦是百無聊賴，惟有「向舊青綾底，頻偎暖鴨，小紅闌曲，遍數昏鴉」，終日向帷帳、暖爐等物傾訴心聲，遍數天上昏鴉，仍未能盼得情郎來歸，更顯淒清之況。最後以梅喻人，閨中人因漫長等待而消瘦，正如受到霜雪摧殘的綠萼梅，且綠萼梅象徵清高，隱喻女子永不改變的真情與關懷，以此為最後殷殷叮囑之言作蓄勢之語，詞末云「誰傳語，道春風多厲，強飯為佳」更是閨中女子對遠方情郎的關愛之語，春風依舊寒冷，易帶來災病，期望有人能傳言予情郎，孤身在遠方更須好自珍重。

全詞欲寫男子在外飄零，思念女子之情，卻全從女子口吻而出，先由閨中景物寫女子孤獨、哀怨之情，又寫其疑惑、恐懼、自憐之語，再寫其對遠方「倦遊思家」的情郎之思念，以及自己在閨中百無聊賴的相思之情，最後則在對情郎的關懷與殷殷告慰中收束，詞情婉曲，深情款款，起落有致，曲折激蕩。

又如〈荷葉杯〉一首，與前作以女性口吻想像手法稍有不同，是

以男子口吻想像閨中情人對自己思念不盡之況：

> 玉骨爲誰消瘦？知否，端的小兒郎。泥人腸斷損容光。點鬢怕吳霜。　　曾是得他憐惜。何夕。別語更依依。淺紅愁結翠娥低。爭忍不思維。（頁 505）

此作以男子口吻寫來，並全從回憶落筆，首句即進入主題，寫男子正想像家鄉情人玉骨消瘦，「泥人」即深切的思念，更使其原本貌美的容顏亦是「腸斷損容光。點鬢怕吳霜」容顏無光，鬢髮斑白。下片又寫自己情景，想分別之時，別語依依，如今又憶及兩人分別之時，情人低垂著頭，滿面愁容間又有絲絲紅暈，愈發令人憐愛思念。

全詞彷彿男子獨白，上片想像女子正殷切思念自己，化虛爲實，下片又從自己情況寫當時與女子分別的情景，亦是虛筆實寫之作法，結尾處寫回憶中女子憂愁又嬌羞的容貌，特爲傳神。

顧貞觀青壯年時期長期客居他鄉，先是在京供職，罷官後又往來京城與江南等地，皆人文薈萃、歌管繁華之處，宦遊酬唱中亦不乏情思之語，且自己漂泊無定，遂發對家中妻子的懷念之情。顧貞觀或以男子口吻寫羈旅思人之苦，如〈采桑子〉（不知誰唱秋江曲）以男子角度敘羈旅中相思之情、〈洞庭春色〉（樓鎖葳蕤）以男子口吻懷念往日戀人、〈沁園春〉（粉堞烏啼）寫男子對往日戀人的懷念等；或以女子口吻寫相念之情與閨中景況者，如〈鳳凰台上憶吹簫〉（潤逼琴絲）寫女子的離情別恨、〈一絡索〉（推枕依然似昨）寫女子晨起，孤寂索寞之感、〈浣溪紗〉（曾把芙蕖共晚梁）寫女子與戀人分離，愁思無限，纏綿悱惻之況等，皆各有獨到之處。

在此類作品中也反映顧貞觀的生平與對愛情的觀點，其特點有：

（一）「夢」字使用頻繁

顧貞觀客居多年，仕途亦不順利，回首往日，皆似夢如幻，故其愛情詞中常見「夢」字使用，如〈浣溪沙〉：「不是圖中是夢中。非花非霧隔簾櫳。」（頁 12）、〈一絡索〉：「欲抬雙眼尙薔騰，記夢語，無端錯。」（頁 29）、〈採桑子〉：「淡月疏櫺夢一場。」（頁 53）、〈菩薩

蠻〉：「好夢覺來疑。歸時說與伊。」（頁 103），夢境空靈、清幽、縹緲，不僅表示顧貞觀有一生如夢之慨，也可反映其認為愛情亦如夢境一般。

（二）女子形象不明確

在顧貞觀愛情詞中，極少正面描摹女性外貌，多透過部分形貌、舉止，或身上所配飾物的摹寫等側寫筆法，加以烘托，如〈浣溪紗〉：「窄衫低髻鎮相同」（頁 12）、〈南鄉子〉：「繡榻近來開，似整如欹欲卸鬟」（頁 25）、〈一絡索〉：「鬢香雲閣」（頁 29）、〈南鄉子〉：「纖手頻呵帶月迎」（頁 424）、〈虞美人〉：「霜寒玉指吹簫歇（頁 474）等乃以秀髮、鬢雲、纖手等美好形態來寫美人。又如〈菩薩蠻〉：「夾羅初換單綃薄」（頁 34）、〈萬年歡〉：「小綴珠旛，玉搔頭觸簾……試換取、練裙文襪。臨妝鏡、拂了蛾兒，月中早見春月」（頁 84）、〈金縷曲〉：「香階剗襪」（頁 440）等皆以則羅襪、綾羅、珠釵等華麗飾物襯托美人。

除以美人部分形貌烘托外，又有以其他實物為喻者，如〈昭君怨〉：「的的玉人風度」（頁 6）、〈偷聲木蘭花〉：「平分一片焦陰綠，相對妾身原似玉」（頁 65）等皆以美玉喻美人，體現麗人如玉之溫潤、美好。

愛情詞中對於女性的描寫，歷來多半步《花間集》之法，以客觀態度寫女性衣著之華麗與妝容之嚴整，然顧貞觀詞中少見女性正面樣貌的描摹，而是寄情於景，透過外物鋪寫女子仙姿柔婉、清麗飄逸與孤寂落寞，可見顧貞觀著墨的並非女子的表象，而是女子的心靈境界，方能如此清新脫俗，富含意境。

二、詠　物

世間萬物各具特質，能夠啟發作家思想，鍾嶸即云：「氣之動物，物之感人，故搖蕩性情，行諸舞詠。……乃春風春鳥，秋月秋蟬，

夏雲暑雨，冬月祁寒，斯四候之感諸詩者也。」〔註30〕正是肯定因外物觸發而托物寄情之作。顧貞觀詞心細緻，敏銳善感，體物入微，本節第一點即析論《彈指詞》中詠物作品。

題畫詞是詞與繪畫相互融合互補的特殊體裁，透過詞與繪畫的跨領域結合，此種作品一方面可成為文人之間繪畫、題詞等相互交流的方式，一方面亦可同時提升二者的境界與表現手法，顧貞觀作品中題畫詞共計 7 首，皆是為他人作品所題，可以見得題畫文學確實可作為文士往來應酬之媒介，本節第二點即析論顧貞觀題畫作品。

詠物作品乃以物為主要描寫對象，包括物情、物態，除純寫物情、物態外，更可以進一步和作者自身的生命經歷相互觀照，透過對外物的聯想，擴及對自己遭遇的抒發，清代俞琰在《詠物詩選‧序》云：「詩感於物，而其體物者不可以不工，狀物者不可以不切，於是詩有詠物一體，以窮物之情，盡物之態。」〔註31〕透過對外物特質的聯想，體現作者表達的情感，有本有憑，是詠物作品不同一般抒懷作品的獨特之處。

歷代詠物詩、文、賦皆持續發展，詞體產生後，以詠物做為詞的題材，在晚唐五代已可見蹤跡，王兆鵬云：「詠物詞，在唐五代文人詞中很少，到北宋初、中葉，柳永、張先、晏殊、歐陽修崛起詞壇後，詠物詞才逐漸興起。」〔註32〕晚唐五代詠物詞數量不多，直到北宋逐漸嶄露頭角，南宋詠物詞大盛，謝章鋌云：「夫詠物南宋最盛，亦南宋最工。」〔註33〕詠物詞發展至清代，眾詞家創作的詠物詞各不相

〔註30〕 〔梁〕鍾嶸撰，王叔岷箋證：《鍾嶸詩品箋證稿》（北京：中華書局，2007 年 7 月），頁 47。

〔註31〕 〔清〕俞琰輯：《歷代詠物詩選》（臺北：廣文書局，1968 年），頁 4。

〔註32〕 王兆鵬著：《宋南渡詞人群體研究》（臺北：文津出版社，1992 年 3 月），頁 7。

〔註33〕 〔清〕謝章鋌：《賭棋山莊詞話》，收於唐圭璋編：《詞話叢編》，第 4 冊，頁 3415。

同，或側重於物態的描摹，或側重於物情的傳達，各有所長。

　　詠物詞雖發展繁盛，然歷來對詠物之「物」尚未有明確界定，前輩學者之中，馬寶蓮參照顏崑陽、王次澄、洪順隆等學者之立論，爲詠物詞立下義界：

> 以物爲吟詠、命意之主體，通篇不離其物，作主觀或客觀之書寫，出之以詞體者謂之。析言之即：
>
> 1、采物之狹意概念——即除人之外，凡人爲或自然界中可見、可識之有體、無體物；不問其爲固體、液體、氣體，能佔一定空間者謂之。
>
> 2、詞之主體爲個體之物，非由眾物組成之山水、景致者。即以物命題。
>
> 3、通篇不離其物，側重點之刻劃，力求客觀之「體物」、「狀物」以盡「物情」、「物性」，或能於詞中融入詞家主觀情、志者。〔註34〕

　　此說集眾家之長，言簡意賅，後學多徵引此界義並從其說，筆者此節論述顧貞觀詠物詞，亦以此爲詞作分類之依據，對顧貞觀此類作品再細分爲託物寄情、側重物象二類論述之。

（一）託物寄情

　　顧貞觀詠物詞中，以側重於物情傳達，託物寄情者較多，此類作品多半借物言志，即「能於詞中融入詞家主觀情、志者」，共計25首：

詞　　　　作	所　詠　物
菩薩蠻（聞乎菡萏渾嬌小）	蓮
玉漏遲（片帆無恙否）	蓮
離亭燕（煙水晚來空闊）	蓮
一叢花（一篙輕碧眾香浮）	蓮（並蒂）

〔註34〕馬寶蓮撰：《兩宋詠物詞研究》，國立臺灣師範大學碩士學位論文，頁3。

臨江仙（向日宮鶯千百囀）	柳
雙紅豆（風一絲）	柳
柳初新（南朝一片傷心雨）	柳
雨中花（容易幽窗開似雪）	梅
錦纏道（寶乳微泉）	梅
小重山（春到愁魔待厭禳）	梅
浣溪紗（物外幽情世外姿）	梅
虞美人（七行寶樹奇香透）	佛手柑
虞美人（額黃染甲宮雅皺）	佛手柑
瑣窗寒（簾卷西山）	照黛閣藤花
孤雁兒（西來爽氣衝簾過）	照黛閣藤花
南浦（夾城春晚）	西施莊玫瑰
戀情深（誰捧綠雲親侍輦）	芍藥
滿庭芳（徑敞深秋）	東亭桂
剪湘雲（瘦卻勝煙）	秋海棠
鵲踏枝（花覆七樓紅十里）	顧山山茶
青玉案（排空幾陣留難住）	雁字
雙雙燕（單衣小立）	燕
一斛珠（圍場雪霽）	鷹
青玉案（深深月脅容誰鑿）	端溪硯石
浪淘沙（錦字佩囊盛）	佩囊

顧貞觀託物寄情之作，以詠蓮、詠梅最多，蓮花為江南代表花卉之一，出淤泥而不染，清麗不俗，常與品格高潔之君子或氣質優雅之美人等形象相連，顧貞觀四首詠蓮之作，都將蓮花喻為美人，藉此抒憐惜之情或騷人之意，如〈玉漏遲‧藕蕩蓮〉：

片帆無恙否。湖光開鏡，晚煙低沒。折戟沉沙，中有小喬香骨。一夜淩波喚起，又欲語、盈盈似活。秋水闊。蒹葭玉樹，總嫌唐突。　　新來著個漁人，縱棹鮮菱絲，綠蓑慵脫。滿目愁予，管領斷橋風月。載去亂頭粗服，正相對、

淡妝濃抹。凝佇切，今生爲他消渴。（頁533）

藕蕩位於無錫，近楊湖，暑月蓮花香氣甚濃。首句以問句出之，無錫雨季即中夏日，作者深恐大雨打壞荷葉，故殷殷向蓮花詢問「片帆無恙否」；接寫晚來雨過天青，湖面如鏡，波平風軟，沉埋在水下泥沙中的蓮藕白嫩細緻，彷彿是美人的香骨，作者以小喬比喻蓮藕，並以「折戟沉沙」比喻蓮藕埋於沙中，正如美人香骨沉埋消逝，典故兩兩相合，匠心獨運。「一夜凌波喚起，又欲語、盈盈似活」則是想像凌波仙子將湖中美人喚起，讓她們在一片澄明空闊的湖水之中亭亭玉立，超然特立，就連一旁的水草和樹木都好似唐突美人。

上片全寫蓮花形貌，但作者不採用仔細描摹蓮花外型之法，而以傳其神態取而代之，將蓮花比喻爲小喬，玉立於湖水之中，靈動鮮活，又以側面描寫手法，寫蓮花之美令一旁的水草樹木都自愧不已，別具特色。

過片則進入抒情，依照時間順序而下，作者自比漁人，划著船槳，撥動水中新鮮的蓮藕之絲，縱舟湖上，不知所往，愜意悠閒，連方才下雨時穿上的蓑衣都懶怠卸下。至此皆寫閒適之情，但以下卻以「滿目愁予」句心緒一轉，雖斷橋風月，江南美景仍在，但藕塘裡的荷葉和荷花終將殘敗，對著「淡妝濃抹總相宜」的湖景指有無限惆悵。結尾處特值玩味，「凝佇切，今生爲他消渴」用司馬相如典故〔註35〕，暗寓高才不遇之意，是全詞主旨所在，可以此句將全詞貫穿，前文以「折戟沉沙」喻蓮花埋於沙中，以及「粗服亂頭」喻蓮花衰敗景況之深意，讀者至此可以明朗，可知作者一面寫蓮花神態，一面自抒懷才不遇之情。

下片作者進入詞文之中，由全寫物情轉爲寫物兼抒情，並以「滿

〔註35〕〔漢〕司馬遷撰：《史記會注考證》云：「相如口吃而善著書。常有消渴疾。」見〔漢〕司馬遷撰、〔日〕瀧川龜太郎考證：《史記‧司馬相如列傳》（臺北：萬卷樓圖書公司，2002年），列傳第57，頁1256左下。

目愁予」讓全詞情緒一轉而下，引領後文，結尾處以司馬相如典故，將自己懷才不遇的落寞心情托出。顧貞觀一生仕途蹇躓，但卻將氣質高潔的蓮花置於風雨過後的寧靜湖泊之中，然其中仍有怨憤不平之氣，反映顧貞觀期望自己人品高尚如蓮，但在仕途功名與淡泊隱遁之間，仍存在掙扎與抉擇，使全詞頗含風人之旨，不僅表達希望自己如蓮花般超凡脫俗之意，更蘊含遷客騷人的隱怨。

顧貞觀詠蓮作品中尚有〈離亭燕〉（煙水晚來空闊）一首，《四部備要》置於〈玉漏遲·藕蕩蓮〉之後，題為「前題改本」，所詠物事相同，語句亦多相仿，兩首可並讀之。〔註36〕且其筆下蓮花，皆是美女形象，如〈菩薩蠻〉（聞乎菡萏渾嬌小）中將蓮花喻為少女，且將菡萏、芙蕖等蓮之別名視為人之小名，並寓托相憶相連之情（頁124）；〈一叢花〉（一篙輕碧眾香浮）中則反常道而行，將比喻夫妻恩愛的并蒂蓮比喻為美艷無雙、寂寞孤清之物，終將殘敗凋零，對蓮頗有微詞，別開詠蓮詞之生面（頁434）。

詠梅亦是顧貞觀詠物詞中常見題材，梅花苦寒中卓絕綻放，不與眾花在春日爭艷，而在大雪紛紛之中傲然挺立，故文人常以梅花比喻品德高潔、不隨流俗的君子形象，顧貞觀詠梅的上乘之作則當推〈浣溪紗·梅〉一首：

> 物外幽情世外姿。凍雲深護最高枝。小樓風月獨醒時。
> 一片冷香惟有夢。十分清瘦更無詩。待他移影說相思。（頁13）

此作以人擬花，首句即寫梅花的超凡脫俗，無論其幽情或姿態皆出於物外，幾非人間有者，在嚴冬酷寒中，萬物沉睡之時，卓然挺立於世間，靜靜散發一片幽香，挺拔的枝幹不曾因霜雪而委曲半分，末句「待他移影說相思」更是將梅花神韻盡皆托出。在極短字句中寫盡梅花風神氣度。馮金伯又云顧貞觀「風神俊朗，大似過江

〔註36〕今見《彈指詞》，頁199。

人物」〔註37〕正與此作中梅花形象不謀而合，更凸顯此作反映顧貞觀心性與品格，既詠物又詠人的絕妙之筆；納蘭性德對此作亦十分推崇，甚以此為顧貞觀詞風代表，在其〈夢江南〉一闋中云：「新來好，唱得虎頭詞。一片冷香惟有夢，十分清瘦更無詩。標格早梅知。」〔註38〕即引顧貞觀作品，謂其詞正如梅花，格調清雅，高尚不俗，幽靜超然，甚為適切，極見顧詞之情味。

除〈浣溪紗〉外，顧貞觀詠梅之作尚有〈雨中花・梅〉一首，以花擬人，將自己無聊索寞的情緒賦予梅花之中，詠梅即詠人，韻遠意深，含蓄委婉（頁418）；〈小重山〉（春到愁魔待厭禳）則寫春季初臨，作者正欲祈福，見蠟梅花開，報來芳信，又思及舊情舊事，遂藉梅抒懷，空靈清幽，委婉蘊藉（頁436）；〈錦纏道〉（寶乳微泉）一首則寫梅林中之梅花，不在富貴朱門中，而在深山老林之下，彷彿不與世俗為伍的隱士，超然特立，形神兼備，寓意良深（頁512）。由顧貞觀詠梅之作中可以察覺其善於體物的細微觀察，將梅花賦予不同意義，皆別具心腸，不同於一般詠物之作，謝章鋌曾評顧貞觀詠物詞云：

> 梁汾詠寒柳〈臨江仙〉云：「西風著意做繁華。飄殘三月絮，凍合一江花。」又云：「永豐西畔即天涯。白頭金縷曲，翠黛玉鉤斜。」詠梅〈浣溪沙〉云：「凍雲深護最高枝。」又云：「一片冷香惟有夢，十分清瘦更無詩。待他移影說相思。」剔透玲瓏，風神獨絕，誠詠物雅令也。比之排比嫩辭，襞積冷典，相去豈不萬萬哉。〔註39〕

謝章鋌對顧貞觀詠物詞之讚美甚為貼切，顧詞中托物寄情之作占詠物一類之七成，無論詠蓮、詠梅，或詠柳、藤花、玫瑰、芍藥、

〔註37〕〔清〕徐釚：《詞苑叢談》，收於朱崇才編：《詞話叢編續編》（北京：人民文學出版，2010年6月），第2冊，頁363。

〔註38〕〔清〕納蘭性德撰、趙秀亭、馮統一箋校：《飲水詞箋校》，頁14。

〔註39〕〔清〕謝章鋌：《賭棋山莊詞話》，收於唐圭璋編：《詞話叢編》，第4冊，頁3415。

秋海棠等植物；或詠燕、鷹等動物，乃置硯石、佩囊等器物，皆透過入微的觀察，體現物態，傳達物情，張秉戍曾評顧貞觀詠物詞為「有人有物，形神俱佳，妙絕千古」〔註40〕正是顧貞觀詠物之作高雅不俗，格調特立之因。

（二）側重物象

側重物象的詠物之作，主旨在表現物態，較少涉及作者主觀情志，然此類作品極考驗作者體物、描繪之能，顧貞觀在此中仍能展其功力，體現對外物獨特入微的觀察，其側重描摹物象之作共計9首：

詞　　　作	所　詠　物
添字浣溪紗（淡淡胭脂薄薄綃）	姚灣杏
金明池（韻絕迎秋）	茉莉
蘇幕遮（早歸來）	涇皋菊
菩薩蠻（果然仙品如圖譜）	荔枝
虞美人（碧桃花塢逢天女）	葉子
虞美人（燒燈時節傳柑宴）	蜀茶
師師令（冰綃霧縠）	裙
漁家傲（曲水平橋通宛轉）	澔溪桃
踏莎行（稚澀全消）	鵝湖菱芡

顧貞觀此類詠物詞發揮其體物入微之能，對物品的形貌、特色皆描寫深刻，栩栩如生，別具特色，如〈菩薩蠻・榕城客舍啖荔枝〉：

> 果然仙品如圖譜。晶瑩尚濕楓亭露。映徹玉壺冰。守宮紗
> 一層。　　碧桃爭比得。鶴頂真珠液。好在宋家香。剛逢
> 十八娘。（頁376）

榕城即福建省福州市，顧貞觀在此客居，啖荔枝後發此篇。上片側重描摹荔枝型體，由首句總起下文，稱讚榕城荔枝果然如圖譜所言為簡中上品，「晶瑩尚濕楓亭露。映徹玉壺冰。守宮紗一層」皆在描

〔註40〕見《彈指詞箋注》，前言，頁16。

摹荔枝外型，謂其鮮嫩果肉彷彿是晶瑩透明的玉壺冰，外層荔枝殼則好似一片鮮豔紅紗。上片仔細刻畫荔枝型態，比擬描摹，將其果肉的透明鮮嫩、果殼的殷紅色澤表露無遺。下片則直發對荔枝的讚美之情，先以顏色鮮紅、嬌豔媚人的珍貴碧桃與荔枝相比；最後三句更嵌入鶴頂〔註41〕、宋家香、十八娘〔註42〕等三種荔枝中的佳品作爲韻腳，收束全詞，手法巧妙。

對自然植物之描繪固須有觀察入微的敏銳心緒，然描摹人造物品更須有獨運之匠心，方能掌握物之特性，進而能將日常可見、平凡無奇之物進行體貼入微的刻畫，如〈師師令·題裙〉：

> 冰綃霧縠，稱楚宮纖玉。稱心花樣稱身裁，教抹作、水雲微綠。淡深海棠紅一簇，配雪蕉橫幅。　　麝臍龍腦猶嫌俗。略薰些沉速。藕絲風颺五銖輕，都不似、塵凡妝束。別繡寶襴金縷靨，供如來金粟。（頁36）

全詞通篇詠裙，「冰綃霧縠」寫絲綢色白如冰，薄如霧；又以纖玉代指美女，謂絲裙輕柔薄透，堪比楚宮中美人所服者，次寫裙的剪裁合身，花樣美好，提起下文對裙的細緻描畫，自「教抹作、水雲微綠」起至上片結束，承襲上文，更極力描寫裙的顏色與花案，謂紗裙染成水綠底色，並在其上繪製深淺有致的簇簇紅色海棠花，又以美麗的焦紗〔註43〕纏綴腰間。

下片轉寫裙之香氣，麝臍、龍腦皆香料名，已非尋常人家所用物品，作者卻云「猶嫌俗」，代之以更珍貴的沉香、速香，凸顯此裙之

〔註41〕張元幹有〈訴衷情〉詞一闋，題云：「予兒時不知有荔子，自呼爲紅蕊。父母賞其名新，昔所未聞，殊盡形似之美。久欲記之而因循。比與諸公和長短句，故及之以訴衷情。蓋里中推星球紅、鶴頂紅，皆佳品。海舶便風，數日可到。」見〔宋〕張元幹著、曹濟平箋注：《蘆川詞箋注》（上海：上海古籍出版社，2010年），頁225。

〔註42〕顧貞觀詞末自注云：「宋家香、十八娘皆荔枝名品。」

〔註43〕〔明〕宋應星撰：《天工開物·夏服》云：「又有焦紗，乃閩中取芭蕉皮析緝爲之。」見〔明〕宋應星撰，潘吉星譯注：《天工開物》，（上海：上海古籍出版，2008年4月），頁111。

高雅，連所薰香氣皆特爲講究。「藕絲風颭五銖輕」二句寫裙著於身時，輕風拂來，恍若仙人所穿輕而薄的五銖服，恰若天上而來，不似凡塵中物。結尾則承襲五銖服之典，再次極盡描繪裙上以金絲線袖城的斑斕圖樣，華麗秀美，可與披在如來佛身上的袈裟相媲美，奢華無倫。

全詞盡寫裙之型態，但通篇寫裙，又通篇迷離其外，不黏不脫，藉典故傳物態，從裙的質地、剪裁、顏色、花樣、香氣、重量、圖案乃至點綴的金線、焦紗等，無一不到，皆展現裙的典雅華貴，更以天仙的五銖服、如來佛的袈裟爲喻，顯現其高尚不凡，只似天上神物的獨特華美，含婉雋永，意韻無窮。

顧貞觀純詠物象之作數量雖少，但每首各有特色，〈蘇幕遮〉（早歸來）寫涇皋菊花古樸風雅，滿身芬芳，無怪乎爲陶淵明最愛者（頁 180）；〈添字浣溪紗〉（淡淡胭脂薄薄綃）以比擬、借喻手法描繪無錫姚灣杏花的美艷與自己的憐惜之情（頁 185）；〈踏莎行〉（稚澀全消）寫家鄉鵝湖菱芡的勻圓香甜，以及少女採摘菱芡的可愛清麗（頁 187）；〈漁家傲〉（曲水平橋通宛轉）則將澔溪桃花喻爲少女，寫其鮮活美艷之形象，清新可喜，別開生面（頁 194）；〈虞美人〉（碧桃花塢逢天女）則將成雙的葉子比喻爲恩愛夫妻，並以妻子口吻對丈夫發出美好祝願，自然跌蕩，情味沛然（頁 388）；〈金明池〉（韻絕迎秋）以烘托、反襯手法描繪出茉莉的品貌與神韻，亦有清新愉悅之感（頁 428）；〈虞美人〉（燒燈時節傳柑宴）以牡丹聯想形貌相似的蜀茶，並以楊貴妃典故結合，寫蜀茶的濃豔富貴之格，若即若離，別開生面（頁 470）。此類作品雖僅 9 首，但皆體物入微，足見顧貞觀之敏銳善於體物的細緻思維，風格較歡快明朗，爲《彈指詞》中一脈清新自然之作。

三、題畫題照

顧貞觀題畫作品亦具特色，在論述其此類作品前，先就「題畫」

進行定義。所謂「題畫文學」有廣義與狹義兩種界定方式，衣若芬指出：

> 狹義的「題畫文學」單指書寫於畫幅上的文字；廣義的「題畫文學」，則泛稱「凡以畫爲題，以畫爲命意，或讚賞，或寄興，或議論，或諷諭，而出之以詩詞歌賦及散文等體裁的文學作品」〔註44〕

題畫文學雖分廣狹二義，然文字流傳較易，今所見題畫作品多半已不能確知是否確實題於繪畫作品上，故學者論述此類作品，多半以廣義論之，筆者此處論述顧貞觀題畫作品，亦從廣義題畫文學之說，凡詞題或詞序中提及此作爲題畫或題照者，皆在此類。

題畫詞是詞與繪畫相互融合的特殊體裁，爲中國特有的藝術形式。根據日本學者青木正兒研究，題畫文學大盛於北宋中葉到末葉之間〔註45〕，由於皇室的推動，促進繪畫發展，文人兼擅作畫者亦多，因此將文學與繪畫結合，提升繪畫境界與表現手法，此種體裁遂日趨昌盛。

顧貞觀題畫詞有爲好友所畫作品題畫者共計4首：

詞　　作	創　　作　　緣　　由
戚氏（十三篇）	爲吳北宮〈二喬觀兵書圖〉題畫
御街行（才華杜曲知名早）	杜詔以晏幾道詞「落花人獨立，微雨燕雙飛」爲題作畫，顧貞觀爲之題畫
減蘭（冰綃一剪）	爲吳綃作品題畫
滿江紅（一拂翛然）	爲安蒼崖〈行樂圖〉題畫

〈戚氏〉（十三篇）爲吳北宮〈二喬觀兵書圖〉題畫，兼抒今昔之感（頁38）；〈御街行〉（才華杜曲知名早）爲杜詔作品題畫，詠物

〔註44〕 衣若芬：〈觀看、敘述、審美—中國題畫文學研究方法論之建構〉收於衣若芬著：《觀看‧敘述‧審美—唐宋題畫文學論集》（臺北：中國文哲研究所，2004年），頁2。

〔註45〕 〔日〕青木正兒著，魏仲佑譯：〈題畫文學及其發展〉，《中國文化月刊》第9期（1980年7月），頁85。

詠人，並兼抒懷，自然渾成（頁 290）；〈減蘭〉（冰綃一剪）爲吳綃作品題畫，著重讚賞其高超的繪畫技巧（頁 484）；滿江紅（一拂翛然）爲安蒼崖〈行樂圖〉題畫，並表達願與之共同歸隱山林之心（頁 521）此類作品爲友題畫，並兼讚頌或抒情之意，眞情滿溢，韻味悠長，表現出顧貞觀珍重友情的性格。

題照詞亦是題畫的一種，以畫中之人爲主題，根據畫中所描繪的情狀，塡詞附於其上，畫中之人可能爲詞家本身或其好友，顧貞觀此類作品共計 3 首：

詞　　作	創　作　緣　由
南柯子（選勝輕裝出）	顧貞觀爲某位小侯題照
梅影（好寒天）	金校書爲顧貞觀畫像，曹溶囑顧貞觀記此事
杏花天（廿年江左知名士）	爲劉雷恆題照

顧貞觀本人並未有繪畫作品，因而此類詞作皆是爲友人題畫或題照者，其中以〈梅影〉一闋最爲獨特：

> 金校書臨別爲余寫照，曹秋岳先生屬賦長調記之。是夜積雪，堆簷擁爐，沉醉詞成。後都不知爲何語。先生命之曰〈梅影〉，因圖中有照水一枝也。
>
> 好寒天。正孤山凍合，誰喚覺、梅花夢，瘦影重傳。自簇桃笙歠炭，偎金斗、微熨芳箋。更未解鴛膠，絳唇呵展，才融雀瓦，酥手親研。土木形骸，爭消受、丹青供養，況承他、十分著意周旋。叮嚀說，要全刪粉墨，別譜清妍。憑肩。端詳到也，看側帽輕衫，風韻依然。入洛愁余，游梁倦極，可惜逢卿憔悴，不似當年。一段心情難寫處，分付朦朧淡月罩秋煙。披圖笑我，等閒無語，人憶誰邊。卿知否，離程縱遠，只應難忘，弄珠垂箔，乍浦停船。　　甚日身閒，璅窗幽對，畫眉郎還向畫中圓。且緩卻標題，留些位置，待虎頭癡絕，與伊貌出嬋娟。仿佛記、脂香浮玉臂，翠縷揚珊鞭。淡妝濃抹俱瀟灑，莫教輕墮塵緣。便眼

前阿堵，聊供任俠，早心空及第，似學安禪。共命雙棲，
都緣是、雪泥鴻爪，從今夜、省識春風紙帳眠。須信傾城
名士，相逢自古相憐。（頁391）

此作爲三片長調詞，依詞題中所說應是顧貞觀自度曲，詞題中亦
說明創作緣由，乃是金校書爲顧貞觀畫像，曹溶屬賦長調記此事，因
圖中有梅花一枝，遂自度〈梅影〉以爲記。

上片寫時正天寒地凍，西湖裡的孤山已遭冰雪封合，誰能將梅
花喚醒，將梅影傳遞，作者以「誰喚覺、梅花夢，瘦影重傳」一面
寫梅花，一面寫自己，此身已老，再不能使人畫像。自「偎金斗、
微熨芳箋」至「酥手親研」數句皆寫作畫前的準備，謂二人坐於席
上，架起木炭，燒熱熨斗，將芳箋熨燙平整，並有金校書侍女熱情
上前，玩笑間展開紙幀，將凝固的墨水重新化開，並研調新墨。下
文作者進入詞中，寫自己年華老去，早已是「土木形骸」，聞得金校
書欲爲之作畫，頗有受寵若驚之感，然盛情難卻，也唯有任其揮毫，
並叮囑金校書，畫作「要全刪粉墨，別譜清妍」退去一切粉飾，寫
眞爲上。上片側重寫時間、空間、作畫準備等外圍情況，此作爲長
調，且創作緣由之一即是記載作畫之事，故重於鋪敘，因此上片可
說是記事的序語，同時爲中片蓄勢。

中片即寫作畫過程，兩人相對而坐，作畫前特端詳一番，作者
「側帽輕衫，風韻依然」宛如當年的翩翩少年，但當年如陸機入洛
〔註46〕時那般揚名京師的才士，多年來卻好似司馬相如游梁〔註47〕
，長年客游他鄉，早已「逢卿憔悴，不似當年」，這些往事再不堪回

〔註46〕〔唐〕唐玄齡撰：《晉書·陸機傳》云：「至太康末，與弟雲俱入洛，
造太常張華。華素重其名，如舊相識。」後以「入洛」喻揚名京師
之文士。見〔唐〕唐玄齡撰：《晉書》，卷54，頁1472。

〔註47〕〔漢〕司馬遷撰：《史記·司馬相如列傳》云：「會景帝不好辭賦，
是時梁孝王來朝，從遊說之士齊人鄒陽、淮陰枚乘、吳莊忌夫子之
徒，相如見而說之，因病免，客游梁。」後以「游梁」喻文士客游。
見〔漢〕司馬遷撰、〔日〕瀧川龜太郎考證：《史記會注考證》，列傳
第57，頁1238右下～左下。

首，也難付與丹青，只能以朦朧的淡月秋煙加以烘托。此段好似兩人邊畫邊說，又好似作者一人獨白，感嘆光陰易逝，年華老去。自「披圖笑我」起至中片結尾，寫畫作完成後展畫無言，見畫中人彷彿追憶往事，但年少知事既不堪回首，也只有「弄珠〔註48〕垂箔，乍浦停船」垂下簾櫳，無所事事，只遊戲自樂之景可堪追憶。中片側重寫作畫過程，作者以似對話似獨白手法，將自己多年客居他鄉的感慨娓娓道來，最後畫作完成，卻展卷無語，用意在爲下片抒情進行鋪陳與過渡。

下片進入聯想與抒情，作者見畫中僅有自己一人，甚爲寂寥，遂生想像，希望請顧愷之（348～409，字長康，小字虎頭）補上一位「嬋娟」，並想像她所喝酒杯留有脂粉的芬芳，以及她的黑髮與華麗的頭飾，如此佳人在側，自己也可成爲圖中的「畫眉郎」，免於「輕墮塵緣」，但又觀此畫，畫中人只有一片任情氣概與淡泊名利，已是心如止水的「安禪」之態，只有一枝梅花與自己相伴，猶如與傾城的美人雙棲，相憐千古，作者以梅花幻化美人，一面寫自己早已不求功名，不復見昔日美人相伴的狂放之態，只有一枝高潔梅花爲侶，相惜相憐。

全詞依照時間順序寫來，上片寫作畫前準備，中片爲作畫過程，下片則是因觀畫而生出的聯想與感慨，層層遞進，彼此分明卻又融爲一體，極盡張揚又婉曲幽微，波瀾曲折，深含身世之感與游士之怨。

在顧貞觀的題照作品中，尙有〈杏花天〉（廿年江左知名士）一首，乃爲劉雷恆題照而作，讚賞劉雷恆門第高且才華出眾，品格亦高潔俊雅，詞極直率，表現顧貞觀眞摯的讚頌與友誼（頁 501）。另有〈南柯子〉（選勝輕裝出）一闋，爲顧貞觀爲某位小侯題照之作，但

〔註48〕弄珠爲百濟一雜戲名，《北史・百濟傳》云：「有鼓角、箜篌、箏竽、麗笛之樂，投壺、摴蒲、弄珠、握槊等雜戲。」見〔唐〕李延壽撰：《北史》（北京：中華書局，1974 年），卷82，頁 3119。

詞中以小侯出遊、調鵑、鬥雞及美女環繞等奢靡的生活場景，諷刺其縱情享樂、驕奢淫靡、不可一世的行徑，題材獨特，言辭犀利而含蓄（頁 154）。

　　題畫詞是中國文學中藝術表現形式甚為特殊者，是文學與繪畫交流、融合的產物，清代文人彼此交遊，唱和頻繁，使題畫詞得到蓬勃發展，顧貞觀作品中絕大多數都是為友人作品題畫者，足見此類作品在文人交往中確實發揮作用。

第七章 結 論

　　顧貞觀相關研究歷來多僅限於其贈吳兆騫之〈金縷曲〉二首，對此作本事、章法、結構、格律、內容等皆已析之甚詳，然對於顧貞觀生平、交遊情況、詞學思想、詞選以及其他詞作等方面皆少有論及，本論文探討顧貞觀生平、交遊、詞論、詞選、著作等方面，以建構顧貞觀一生歷程與詞學成就。

　　生平方面，顧貞觀曾祖顧憲成（1550～1612）講學東林書院，遂成風勢，與魏忠賢一黨抗衡，勢力甚可影響朝局，為明代著名政壇、文壇領袖之一；祖父顧與沐（1580～1618）官至戶部郎中、夔州知府；父親顧樞（1602～1668）亦曾中舉；顧貞觀之母王氏為光祿卿翼庵公孫女、太學振翼公之女，亦婉靜溫恭，通曉書史，可知顧氏一門皆書香世家，為顧貞觀早年啟蒙提供良好的環境。

　　顧貞觀一生經歷閒居家鄉、出仕清廷、罷官遊歷、晚年隱居等時期，可將之分為：（一）閒居家鄉時期，進入慎交社，因詩而名動江南，奠定顧貞觀往後交遊之基礎，（二）抵達京師，出仕清廷，十年仕宦生涯告終後，往來京城與江南之間，結識納蘭性德（1655～1685）、成功營救吳兆騫（1631～1684），為顧貞觀一生交遊最為頻繁的時期。（三）康熙二十三年（1684）、康熙二十四年（1685）之間，吳兆騫與納蘭性德相繼病故，此後顧貞觀除進京憑弔納蘭性德外，皆

在南方游歷，自康熙四十七年（1708）起則隱居家鄉，直至康熙五十三年（1714）逝世。顧貞觀一生多悲而少歡，朋友聚少離多，往後更死生不得相見，然其秉性良善，聞塞外多暴骨則協助籌劃營葬，雖自身仕途不得意，然不吝於提攜後進，重義重氣。

交遊方面，顧貞觀交遊廣闊，依照主要往來地域劃分，可分為江南與京師兩地，江南地區有：（一）提攜顧貞觀之長輩如黃家舒（1600～1669）、吳偉業（1609～1671）、曹溶（1613～1685）等。（二）晚年共同隱居並合稱「林下三老」的嚴繩孫（1623～1702）、秦松齡（1637～1714）。（三）往來較為頻繁的酬唱之友如吳兆騫（1631～1684）、姜宸英（1628～1699）、朱彝尊（1629～1709）、陳維崧（1625～1682）、毛際可（1633～1708）、吳綺（1619～1694）、丁澎（1622～1686）、汪懋麟（1640～1688）等十數人。（四）關門弟子杜詔（1666～1736）、鄒升恒（1675～1742）。以及（五）女性詞友龔靜照、吳綃等。

京城方面則有（一）生平至交納蘭性德（1655～1685）（二）舉薦之人龔鼎孳（1615～1673）魏裔介（1616～1686）徐乾學（1631～1694）等。（三）酬唱之友張純修（1647～1706）、吳興祚（1632～1697）等數人。

在所有往來友人之中，以吳兆騫與納蘭性德二人最為重要。吳兆騫為顧貞觀早期即相識者，顧氏前往京師主要目的之一，即是營救遭科場案牽連流放寧骨塔的吳兆騫，因此方有十年的仕宦生涯，亦才得以與納蘭性德相識。納蘭性德更是顧貞觀一生難得的知音人，二人交契甚厚，納蘭性德英年早逝，乃顧貞觀心中難解之憾恨，在其逝世後，顧氏甚有不忍再作長短句之嘆，交厚之情可見一斑。

著作方面，顧貞觀今存作品有《積書巖宋詩選》、《彈指詞》、《徵緯堂詩》以及後人合輯之《顧梁汾先生詩詞集》等，其中流傳最廣、版本最多者即為《彈指詞》，另有與納蘭性德同選的當代詞選本《今詞初集》二卷。

　　詞學方面，顧貞觀雖無有系統論述詞論之專書，然其論詞可在與友人書信往來、序跋、詞作以及詞選本中體現，明代以詞爲小道的觀念爲清初繼承，亦視詞體爲不登大雅之堂之末技，因此清代詞家對尊詞體大多極爲重視，顧貞觀亦以尊詞體爲第一要務，認爲詞自樂府中脫胎後，實際已經成爲獨立存在的一種文學體裁，不再附庸於樂府，更不是詩的餘緒，其文學生涯也以詞輝煌，足見其確實徹底實踐自己尊詞體的觀點。

　　其次顧貞觀提出極情與性靈之主張，認爲作品必須來自眞實情感，情感又來自日常生活，故作品必須立足於生活，抒寫自己眞實的喜怒哀樂，才能古人爲法，又能避免太過學步古人。顧貞觀講究能從中變化出獨特新體新格的創新之作，並必須堅持詞之本色，又要符合大雅的標準，且不僅在評論他人時以此爲準繩，在自己的作品中亦能如實貫徹。

　　顧貞觀又認爲天賦與格律必須兼備，主張塡詞須渾成自然，又能符合格律，此二說看似背道而馳，然實則互爲表裡，其所謂「自然」較偏向於天賦秉性之自然，認爲天賦乃塡詞之必須，在天賦具備後方能要求塡詞時要不著痕跡，無斧鑿之痕後，又要求能符合格律，層層遞進，在所有要求皆能兼備，方有佳作。然此說固能成一體系，步步推進，但天賦異稟者終爲少數，多數人仍須透過鍛鍊字句而趨向自然天成，然顧氏強調的天賦自然毫無步驟進途可循，遂成爲其詞論不易被一般人接受，乃至流傳不廣的原因。

　　最後顧貞觀主張兼容百家及獨創，此說實是針對浙西派而發，浙西派主張小令師承北宋，長調慢詞則師法南宋，有固定師法與進程，時人亦多學步之。然顧貞觀卻對朱彝尊論點明顯不認同，而堅持塡詞必須做到不執己，不徇人，不強分時代，方能兼容百家，創新獨步。

　　總體而言，顧貞觀的創作理論中心是「抒寫性靈」，講究詞作能否抒發出內心最眞摯的情感，其《彈指詞》兩百四十餘首作品全以眞情撰成，無一與不從肺腑流出，同時以天賦化人爲首要條件，認爲具

備天賦後方能渾成自然，進一步再講求能符合格律，取法眾家、獨創面貌，最終方能真正達到「抒寫性靈」之高妙境界，各理論層層遞進，環環相扣，見解獨到，為清初詞壇中別開生面。

詞選方面，顧貞觀與納蘭性德感嘆自宋明以來，詞學衰微不振，清初詞風又多艷麗，因此共同編纂《今詞初集》，希望透過詞選矯正詞壇奢靡風氣，此集首次刊刻於康熙十六年（1677），按詞家排列，分為上下兩卷，共收詞家 184 人，詞作 617 首，由其選詞情況可以察覺，二人在選錄作品之時，只要是能夠符合其審美觀者，便不吝惜採錄之。

在清初眾多選本中，《倚聲初集》對後進甚有參考價值，因此由《倚聲初集》與《今詞初集》的選詞情形也可察覺顧貞觀試圖透過詞選集的方式，體現其對於「直抒性靈」的審美追求以及對《倚聲初集》的繼承與糾正。此外，康熙年間尚有許多通代詞選，其中成書最晚者為康熙五十三年（1713）由沈時棟選編成書之《古今詞選》，沈氏選編期間曾會同眾多名家參與編選工作，顧貞觀即在其中，顧氏並為之作序，因此《古今詞選》可視為顧貞觀晚年停止填詞後的詞學理論，《古今詞選》與《今詞初集》的選錄差異也可體現顧貞觀選詞前後之心境。

詞作方面，《彈指詞》中作品絕大部分作於康熙二十三年（1685）以前，在此年以後，由於納蘭性德英年早逝，當年顧貞觀已年屆半百，頓失知己，哀痛欲絕，深怕觸景傷情，遂停止填詞，因此《彈指詞》可視為其少年至青年時代的人生遭遇與心路歷程之紀錄。正因如此，顧貞觀詞作可大致分為：（一）在京十年與（二）罷官奔走等二期。

交遊作品中，前期由於在京供職，不得遠離京師，故交遊詞數量較少，後期則因罷官後四處遊歷，與友人唱和更為頻繁，在筵席間亦常以詞作贈與友人，並在其中自抒己意。

抒懷作品中，顧貞觀前往京城前，面對茫然未來，惶恐不已；前

往京城的路上遭遇強盜，盤纏盡被劫去，抵達京城後身無分文，只得寄居寺廟，困乏無比；抵達京城後，面對官場的黑暗，自己只是七品的芝麻官，雖稱作在京供職，實際卻是可有可無，不僅無法施展經世濟民的抱負，更遑論營救吳兆騫出寧古塔的大計，卻又無可奈何。綜觀期到京前與在京時的抒懷詞，皆有大不稱意，懷才不遇的怨憤之氣。康熙十年（1671）罷官以後，顧貞觀絕心從此再不涉足官場，轉在各地遊歷，此時的抒懷詞較多是羈旅天涯，思鄉難排之悲音。

寫景方面，在京時期顧貞觀常藉外在景物抒身世之感，其背負明代遺民的特殊身分，曾歷童年亡國的黍離之悲，因此前期寫景作品主要藉景物抒發自己的悲苦失意，多是充滿淒淡索寞的悲戚之音。罷官之後雖仍不時有懷古傷今之作，然由於年事已高，對世事逐漸澄明洞澈，故後期亦可見風格輕快優美，自然傳神，愉快歡欣的寫景之作。

除可知創作時間的交遊、抒懷、寫景等作品外，顧貞觀作品中尚有（三）生活隨筆一類，此類多半爲愛情詞與詠物詞。

愛情詞方面，由於顧貞觀青壯年時期皆客居他鄉，先是在京供職，罷官後又往來京城與江南等地，宦遊酬唱中亦不乏情思之語，且自己漂泊無定，遂發對家中妻子的懷念之情，此類以愛情爲題材的作品具有（一）「夢」字使用頻繁以及（二）女子形象不明確兩項特徵，可見其並非著重女子的表象，而較常著墨於女子的心靈境界，方能使作品清新脫俗。

詠物詞方面，顧貞觀詞心細緻，敏銳善感，體物入微，因而《彈指詞》中的詠物作品或描物態，或傳物情，皆各有所長。此外顧貞觀尚有題畫作品，皆是爲他人作品所題，並在作品中兼讚頌或抒情之意，眞情滿溢，韻味悠長，表現出顧貞觀珍重友情的性格，同實反映題畫文學作爲文士往來應酬之媒介的重要性。

顧貞觀生於明末，長於清初，背負著明代遺民的身分，早年即名動江南，然而知己吳兆騫遭科場案牽連，加以心中仍有經世濟民之抱負，遂決定前往京城謀求官職，但入仕清廷後卻宦途甚蹇，年未不惑

便罷官而去，從此遊歷各方，再與官場無涉，雖得結識至交納蘭性德，吳兆騫亦獲赦放還，但一年之間二人相繼病故，痛失知己，其淒涼寥落可以想見。

其文學生涯以詩開始，以詞輝煌，以詩終結，其詞作與陳維崧、朱彝尊並稱「詞家三絕」，又與納蘭性德、曹貞吉並稱「京華三絕」，可見後世多傳其詞名，其《彈指詞》皆以性情撰結而成，真情流露，真摯誠懇，是清初詞壇中特出面貌者；且在以尊體為要務的觀念下，其詞論頗具系統，又有詞選本輔佐之，可見顧貞觀確實曾想在詞壇中別開生面，無奈納蘭性德驟逝，遂風流雲散，令人惋惜，然其以性靈結成之作品確實足以傳之久遠。

參考資料

一、顧貞觀著作

1. 《彈指詞》〔清〕顧貞觀著，張秉戌箋注，北京：北京出版社，2000年1月。

2. 《彈指詞》〔清〕顧貞觀著，收入《續修四庫全書》，上海：上海古籍出版社，2002年。

3. 《彈指詞》〔清〕顧貞觀著，收入《國學基本叢書》，臺北：臺灣商務印書館，1968年。

4. 《彈指詞》〔清〕顧貞觀著，收入《四部備要》，臺北：臺灣中華書局，1966年。

5. 《彈指詞》〔清〕顧貞觀著，民國二十五年（1936）上海中華書局排印本。

6. 《今詞初集》〔清〕顧貞觀、納蘭性德編，收入《清詞珍本叢刊》南京：鳳凰出版社，2007年。

7. 《今詞初集》〔清〕顧貞觀、納蘭性德編，清光緒三十二年（1906）鈔本。

8. 《今詞初集》〔清〕顧貞觀、納蘭性德編，收入《續修四庫全書》，上海：上海古籍出版社，2002年。

二、古籍〔按作者年代排序〕

（一）經、史、子部

1. 《漢書》〔漢〕班固，收入《百衲本二十四史》臺北：臺灣商務印書館，1968年。

2. 《史記》〔漢〕司馬遷，收入《百衲本二十四史》臺北：臺灣商務印書館，1968 年。

3. 《毛詩》〔漢〕毛亨撰，〔漢〕鄭玄箋，收入《四部叢刊正編》臺北：臺灣商務印書館，1979 年。

4. 《晉書》〔唐〕房玄齡，收入《百衲本二十四史》臺北：臺灣商務印書館，1968 年。

5. 《能改齋漫錄》〔宋〕吳曾，收入《筆記小說大觀》臺北：新興書局，1979 年。

6. 《夢溪筆談》〔宋〕沈括：收入《叢書集成新編》臺北：新文豐出版社，1985 年。

7. 《宋史》〔元〕脫脫，收入《百衲本二十四史》臺北：臺灣商務印書館，1968 年。

8. 《吳江縣志》〔清〕陳續等修，倪師孟等纂，收入《中國方志叢書》臺北：成文出版社，1975 年。

9. 《大清世祖章皇帝實錄》，〔清〕高宗敕撰，臺北：新文豐出版社，1978 年。

10. 《撫吳疏草》〔清〕韓世琦，收入《四庫未收書輯刊》北京：北京出版社，2000 年。

11. 《復社紀略》〔清〕陸世儀，收入《續修四庫全書》上海：上海古籍出版社，2002 年。

12. 《東華錄》〔清〕王先謙，收入《續修四庫全書》，上海：上海古籍出版社，002 年。

13. 《燕丹子》〔清〕王先謙，收入《續修四庫全書》，上海：上海古籍出版社，002 年。

14. 《清史稿》〔清〕趙爾巽，收入《三十三種清代人物傳記資料匯編》濟南：齊魯書社，2009 年。

15. 《國朝耆獻類徵初編》〔清〕李桓，收入《三十三種清代人物傳記資料匯編》濟南：齊魯書社，2009 年。

16. 《國朝先正事略》〔清〕李元度，收入《三十三種清代人物傳記資料匯編》濟南：齊魯書社，2009 年。

17. 《清畫家詩史》〔清〕李浚之，收入《三十三種清代人物傳記資料匯編》濟南：齊魯書社，2009 年。

18. 《清代學者象傳》〔清〕葉恭綽，收入《三十三種清代人物傳記資料匯編》濟南：齊魯書社，2009 年。

19. 《國朝名家詩鈔小傳》〔清〕鄭方坤，收入《三十三種清代人物傳記

資料匯編》濟南：齊魯書社，2009 年。

20. 《國朝畫識》〔清〕馮金伯，收入《三十三種清代人物傳記資料匯編》濟南：齊魯書社，2009 年。

21. 《鶴徵錄》〔清〕李集，收入《三十三種清代人物傳記資料匯編》濟南：齊魯書社，2009 年。

（二）集部：全集、別集、選集類

1. 《昭明文選》〔梁〕蕭統，臺北：文化圖書公司，1995 年。

2. 《世說新語》〔南朝宋〕劉義慶撰，〔南朝梁〕劉孝標注，北京：中華書局，1999 年。

3. 《朱熹集》〔宋〕朱熹，郭齊、尹波點校，成都：四川教育出版社，1997 年。

4. 《姜白石詞詳注》〔宋〕姜夔，黃兆漢編著，臺灣：學生書局，1998 年。

5. 《蘇軾全集》〔宋〕蘇軾，上海：上海古籍出版社，2000 年。

6. 《東坡樂府編年箋注》〔宋〕蘇軾撰，石聲淮、唐玲玲箋注，臺北：華正書局，2000 年。

7. 《蘇軾詞編年校註》〔宋〕蘇軾撰，鄒同慶、王宗堂編年校註，北京：中華書局，2002 年。

8. 《樂府詩集》〔宋〕郭茂倩編，徐幼良整理，濟南：山東畫報出版社，2004 年。

9. 《安雅堂稿》〔明〕陳子龍，收入《續修四庫全書》上海：上海古籍出版社，2002 年。

10. 《西泠詞選》〔清〕陸進、俞士彪，清康熙十四年〔1675〕刻本。

11. 《松陵絕妙詞選》〔清〕周銘，清康熙十七年〔1676〕刻本。

12. 《湖海樓詞集》〔清〕陳維崧，收入《四部備要》臺北：臺灣中華書局，1966 年。

13. 《曝書亭集》〔清〕朱彝尊，收入《四部備要》臺北：臺灣中華書局，1966 年。

14. 《瑤華集》〔清〕蔣景祁，北京：中華書局，1982 年，

15. 《百尺梧桐閣集》〔清〕汪懋麟，臺北：文海出版社，1988 年，

16. 《國朝詩別裁集》〔清〕沈德潛，收入《四庫禁燬書叢刊》北京：北京出版社，2000 年。

17. 《倚聲初集》〔清〕王士禛、鄒祇謨，收入《續修四庫全書》上海：

上海古籍出版社，2002 年。

18. 《錦瑟詞》〔清〕汪懋麟，收入《續修四庫全書》上海：上海古籍出版社，2002 年。

19. 《名家詞鈔》〔清〕聶先、曾王孫，收入《續修四庫全書》上海：上海古籍出版社，2002 年。

20. 《晚晴簃詩匯》徐世昌編，收入《續修四庫全書》上海：上海古籍出版社，2002 年。

21. 《百名家詞鈔》〔清〕聶先、曾王孫，收入《續修四庫全書》上海：上海古籍出版社，2002 年。

22. 《彊村叢書》〔清〕沈修，揚州：廣陵書社，2005 年。

23. 《梨莊詞》〔清〕周在浚，收入《清詞珍本叢刊》南京：鳳凰出版社，2007 年。

24. 《本事詩》〔清〕徐釚，收入《續修四庫全書》上海：上海古籍出版社，2002 年。

25. 《菊莊詞》〔清〕徐釚，收入《全清詞（順康卷）》，北京：中華書局，2005 年。

26. 《南州草堂集》〔清〕徐釚，收入《清代詩文集彙編》上海：上海古籍出版社，2010 年。

27. 《南州草堂續集》〔清〕徐釚，收入《清代詩文集彙編》上海：上海古籍出版，2010 年。

28. 《遂初堂文集》〔清〕潘耒，收入《清代詩文集彙編》上海：上海古籍出版社，2010 年。

（三）集部：詩文評、詞話、詞譜類

1. 《文心雕龍》〔梁〕劉勰，收入《四部叢刊正編》臺北：臺灣商務印書館，1979 年。

2. 《西清詩話》〔宋〕蔡絛，上海：國學扶輪社排印本，1915 年。

3. 《唐詩紀事》〔宋〕計有功，收入《四部叢刊正編》臺北：臺灣商務印書館，1979 年。

4. 《樂府雅詞》〔宋〕曾慥，收入《四部叢刊正編》臺北：臺灣商務印書館，1979 年。

5. 《六一詩話》〔宋〕歐陽修，收入《歷代詩話》北京：中華書局，1980 年。

6. 《賓退錄》〔宋〕趙與時，收入《景印文淵閣四庫全書》臺北：臺灣商務印書館，1986 年。

7. 《碧雞漫志》〔宋〕王灼，收入《詞話叢編》北京：中華書局，2005年。

8. 《苕溪漁隱詞話》〔宋〕胡仔，收入《詞話叢編》北京：中華書局，2005年。

9. 《拙軒集詞話》〔宋〕張侃，收入《詞話叢編》北京：中華書局，2005年。

10. 《樂府指迷》〔宋〕沈義父，收入《詞話叢編》北京：中華書局，2005年。

11. 《詞源》〔宋〕張炎，收入《詞話叢編》北京：中華書局，2005年。

12. 《詩餘圖譜》〔明〕張綖，收入《續修四庫全書》上海：上海古籍出版社，2002年。

13. 《藝苑卮言》〔明〕王世貞，收入《詞話叢編》北京：中華書局，2005年。

14. 《康熙詞譜》〔清〕陳廷敬、王奕清等編，長沙：岳麓書社，2000年。

15. 《西河詞話》〔清〕毛奇齡，收入《詞話叢編》北京：中華書局，2005年。

16. 《花草蒙拾》〔清〕王士禛，收入《詞話叢編》北京：中華書局，2005年。

17. 《金粟詞話》〔清〕彭孫遹，收入《詞話叢編》北京：中華書局，2005年。

18. 《詞苑叢談》（清）徐釚撰，唐圭璋校注，北京：中華書局，2008年。

19. 《古今詞話》〔清〕沈雄，收入《詞話叢編》北京：中華書局，2005年。

20. 《詞苑萃編》〔清〕馮金伯，收入《詞話叢編》北京：中華書局，2005年。

21. 《蓮子居詞話》〔清〕吳照衡，收入《詞話叢編》北京：中華書局，2005年。

22. 《詞學集成》〔清〕江順詒，收入《詞話叢編》北京：中華書局，2005年。

23. 《賭棋山莊詞話》〔清〕謝章鋌，收入《詞話叢編》北京：中華書局，2005年。

24. 《白雨齋詞話》〔清〕陳廷焯，收入《詞話叢編》北京：中華書局，2005年。

25. 《詞徵》〔清〕張德瀛，收入《詞話叢編》北京：中華書局，2005年。

三、近人專著〔按出版年代排序〕

（一）詞學專著

1. 《歷代詞話敘錄》，王熙元，臺北：臺灣中華書局，1973 年。
2. 《雙溪詩餘》〔宋〕王炎，收入鞏兆吉編《歷代詞論新編》，北京：北京師範大學出版社，1984 年。
3. 《詞與音樂關係研究》，施議對，北京：中國社會科學出版社，1985 年。
4. 《詞學考詮》，林玫儀，臺北：聯經出版社，1987 年。
5. 《詩話和詞話》，張葆全，臺北：萬卷樓圖書公司，1993 年。
6. 《詞話學》，朱崇才，臺北：文津出版社，1995 年。
7. 《近三百年名家詞選》，龍榆生，上海：上海古籍出版社，1998 年。
8. 《詞曲通》劉慶雲、劉建國，長沙：湖南大學出版社，1999 年。
9. 《明清之際江南詞學思想研究》，李康化，成都：巴蜀書社，2001 年。
10. 《清詞史》，嚴迪昌，南京：江蘇古籍出版社，2001 年。
11. 《中國詞學史》，謝桃坊，成都：巴蜀書社，2002 年。
12. 《詞學史料學》，王兆鵬，北京：中華書局，2004 年。
13. 《清代詞學》，孫克強，北京：中國社會科學出版社，2004 年。
14. 《詞曲史》，王易：南京：江蘇教育出版社，2005 年。
15. 《湖海樓詞研究》，蘇淑芬，臺北：里仁書局，2005 年。
16. 《中國詞史》，黃拔荊，福州：福建人民出版社，2007 年。
17. 《詞話史》，朱崇才，北京：中華書局，2007 年。
18. 《明清詞派史論》，姚蓉，山東：廣西師範大學出版社，2007 年。
19. 《宋代詞學批評專題探究》，黃雅莉，臺北：文津出版社，2008 年。
20. 《清初遺民詞人群體研究》，周煥卿，上海：上海古籍出版社，2008 年。
21. 《清代詞學批評史論》，孫克強，上海：上海古籍出版社，2008 年。
22. 《清詞探微》，張宏生，上海：上海古籍出版社，2008 年。
23. 《詞學研究方法十講》，王兆鵬，北京：北京大學出版社，2008 年。
24. 《清初清詞選本考論》，閔豐，上海：上海古籍出版社，2008 年。
25. 《清詞話考述》，譚新紅，武漢：武漢大學出版社，2009 年。

26. 《唐宋詞在明末清初的傳播與接受》，陳水雲等，北京：中國社會科學出版社，2010 年。

（二）其他文史專著

1. 《中國繪畫史圖錄》，徐邦達，上海：人民美術出版社，1981 年。

2. 《清史史料學》，馮爾康，瀋陽：瀋陽出版社，2004 年。

3. 《中國科舉史》，劉海峰、李兵，上海：東方出版中心，2004 年。

4. 《心史叢刊》，孟森，北京：中華書局，2006 年。

5. 《五脂石》，陳去病，收入《陳去病全集》上海：上海古籍出版社，2009 年。

（三）工具書

1. 《中國人名大辭典》，臧勵龢，臺北：臺灣商務印書館，1958 年。

2. 《歷代名人年里碑傳總表》，姜亮夫，臺北：臺灣商務印書館，1965 年。

3. 《續修四庫全書提要》，橋川時雄等編，王雲五等重編，臺北：臺灣商務印書館，1972 年。

4. 《三十三種清代傳記綜合引得》，杜連喆、房兆楹，臺北：鼎文書局，1973 年。

5. 《歷代名人生卒錄》，錢保塘，臺北：廣文書局，1978 年。

6. 《四庫全書總目提要》〔清〕永瑢等，臺北：臺灣商務印書館，1983 年。

7. 《中國文學家大辭典》，譚正璧，上海：上海書店，1985 年。

8. 《中國人名大詞典》，廖蓋隆等，上海：上海辭書出版社，1990 年。

9. 《中國典故大辭典》，辛夷、成志偉，北京：燕山出版社，1991 年。

10. 《詞學研究書目 1912～1992》，黃文吉編，臺北：文津出版社，1993 年。

11. 《詞學研究書目 1901～1992》，林玫儀編，臺北：中央研究院中國文哲研究所籌備處，1995 年。

12. 《二十五史人名大辭典》，黃惠賢等，鄭州：中州古籍出版社，1997 年。

13. 《清詞別集知見目錄彙編：見存書目》，吳熊和、嚴迪昌、林玫儀，臺北：中央研究院中國文哲所籌備處，1997 年。

14. 《歷代名人室名別號辭典》，池秀雲，太原：山西古籍出版社，1998

年。

15. 《中國歷代名人大辭典》，張撝之等，上海：上海古籍出版社，1999
年。

16. 《清人別名字號索引》，王德毅，臺北：新文豐出版公司，2001 年。

17. 《清人室名別稱字號索引〔增補本〕》，楊廷福、楊同甫，上海：上海
古籍出版社，2001 年。

18. 《歷代名人生卒年表》，梁廷燦等，北京：北京圖書館出版社，2002
年。

19. 《清代人物生卒年表》，江慶柏，北京：北京人民文學出版社，2005
年。

20. 《中華典故》，李翰文，瀋陽：萬卷出版公司，2007 年。

21. 《中國歷代名人字號室名辭典》，王鐵柱等，北京：學苑出版社，2008
年。

22. 《明清江蘇文人年表》，張慧劍等，上海：上海古籍出版社，2008 年。

（四）學位論文

1. 《顧貞觀《彈指詞》研究》，吳幼貞，國立政治大學國文教學碩士學
位班碩士論文，2001 年。

2. 《清初詞人顧貞觀研究》，李娜，蘇州大學碩士論文，2002 年。

3. 《順康之際的詞論研究》，孫芳，安徽師範大學碩士論文，2004 年。

4. 《梁溪詞人群體研究》，羅婷婷，浙江大學碩士論文，2007 年。

5. 《顧貞觀《彈指詞》研究》，許維娣，遼寧師範大學碩士論文，2008
年。

6. 《清初梁溪詞人群體探論》，張耕華，國立政治大學中國文學研究所
碩士論文，2010 年。

7. 《顧貞觀詞作的前承與創新》，儲慶，安徽大學碩士論文，2010 年。

四、期刊論文

1. 〈詞顧金縷曲本事〉，宋海屏，中國文選第 39 期，1970 年 7 月。

2. 〈論清初奏銷案的歷史意義〉，伍丹戈，《中國經濟問題》，1981 年第
1 期。

3. 〈回腸蕩氣的寫贈之作──讀吳梅村、顧貞觀贈吳兆騫的詩詞〉，李
國濤，名作欣賞，1983 年 01 期。

4. 〈「千秋絕調」《金縷曲》──讀顧貞觀《金縷曲》〉，李偉，青海師

專學報，1984 年 02 期。

5. 〈顧貞觀《金縷曲》「非正聲」辯〉，瞿果行，蘇州大學學報哲學社會科學版，1992 年 02 期。

6. 〈滿漢友誼之絕唱──納蘭性德與顧貞觀的交游及酬唱〉，劉德鴻，滿族研究，1993 年 04 期。

7. 〈顧貞觀與《彈指詞》〉，高亢，承德民族師專學報，1994 年 03 期。

8. 「增朋友之重」的「千秋絕調」──顧貞觀《金縷》二首賞析〉，鄭伯勤，名作欣賞，1995 年 05 期。

9. 〈顧貞觀詞論探析〉，卓清芬，中國文學研究，第 10 期，1996 年 5 月。

10. 〈論清詞中興的原因〉，周絢隆，《東岳論叢》，1997 年，第 6 期。

11. 〈評康熙時期的選詞標準〉，陳水雲，武漢大學學報（哲學社會科學版），1998 年第 1 期（總第 234 期）

12. 〈顧貞觀詞學思想論衡〉，李康化，學術月刊，1999 年 04 期。

13. 〈從顧貞觀「金縷曲·以詞代書」看清詞的發展〉，陳民珠，中華學苑，1999 年 2 月，第 52 期

14. 〈清初奏銷案發微──從清廷內閣中樞一個文件說起〉趙踐，清史研究》1999 年，第 1 期。

15. 〈中國詞話與詩話之由合而分及其意義〉，劉慶雲，《中國韻文學刊》2000 年，第 1 期。

16. 〈從顧貞觀及其《金縷曲》二首看封建文人以文爲生的三種生存狀態〉，黎曉玲，西南民族大學學報人文社科版，2003 年 09 期。

17. 〈清詞與世變、寄託的關係〉，吳宏一，《學術研究》2003 年，第 2 期。

18. 〈以「體」論詞之「體」辨〉，尚繼武，《哈爾濱學院學報》2004 年，第 25 卷第 12 期。

19. 〈清初淥水亭在北京出現的文化意義〉，胡慧翼，《中央民族大學學報》2004 年，31 卷第 1 期。

20. 〈顧貞觀詞簡論〉，鄭潔，內蒙古煤炭經濟，2006 年 04 期。

21. 〈論納蘭性德的編輯思想〉，于佩琴，承德民族師專學報，第 26 卷第 4 期，2006 年 11 月。

22. 〈顧貞觀〈金縷曲〉二首篇章結構分析〉，吳兒容，板中學報第 5 期，2006 年 5 月。

23. 〈談顧貞觀深情眞氣之〈金縷曲〉兩首〉，羅賢淑，中國語文 99 卷

第 1 期，總 589 期，2006 年 7 月。

24. 〈問天公，生余何意——論顧貞觀的詠懷詞〉，余何，魯東大學學報哲學社會科學版，2007 年 02 期。

25. 〈顧貞觀詞「將身世之感打并入艷情」淺探〉，陳桂娟，承德民族師專學報，2007 年 04 期。

26. 〈吳梅村與兩大社會〉，葉君遠，《甘肅社會科學》2008 年，第 1 期。

27. 〈顧貞觀身世及文學實踐之矛盾芻議〉，張兆年，現代語文（文學研究版），2008 年 07 期。

28. 〈《今詞初集》與清初詞壇〉，張宏生，南開學報（哲學社會科學版），2008 年第 1 期。

29. 〈論顧貞觀《彈指詞》之「極情」特色〉，張學舉，隴東學院學報，2008 年 06 期。

30. 〈詞話考論〉，孫克強，《中山大學學報》2009 年，第 6 期。

31. 〈略談吳兆騫返京原委〉，劉小燕，重慶科技學院學報（社會科學版），2009 年第 11 期。

32. 〈聲氣標榜與清詞復興〉，夏志穎，《中國韻文學刊》2009 年，第 23 卷第 2 期。

33. 〈顧貞觀填詞前後心境考述〉，陳慶容，東吳中文研究集刊 16 期，2010 年 10 月。

34. 《今詞初集》與飲水詞派〉，葛恒剛，古籍整理研究学刊，2011 年 5 月，第三期。

35. 〈論明末清初的詞壇新貌〉，陳水雲，《河南師範大學學報》2011 年，第 38 卷第 4 期。

36. 〈明末清初西泠詞壇與詞學發展〉，胡小林，《中國韻文學刊》2011 年，第 3 期。

37. 〈清代蘇南詞學的地域文化觀照——以梁溪爲中心〉，巨傳友，《江南大學學報》2011 年，第 10 卷第 1 期。

38. 〈中國古典詞源「倚聲」論的傳承〉，胡建次、汪素琴，《蘭州學刊》2011 年，第 5 期。

39. 〈從汪懋麟《錦瑟詞》看廣陵詞人群之詞學宗尚〉，張博鈞，《文與哲》2011 年，第 19 期。